内蒙古自治区重点文艺创作项目图书

U0802170

铁脊

王玉亮 / 著

绿水青山就是金山银山

兴安务林人，用钢铁脊梁擎起了大兴安岭
的千里林海和生生不息的明天

内蒙古人民出版社

图书在版编目(CIP)数据

铁脊 / 王玉亮著. —呼和浩特 : 内蒙古人民出版社, 2025.2

ISBN 978-7-204-17568-0

Ⅰ.①铁… Ⅱ.①王… Ⅲ.①长篇小说-中国-当代 Ⅳ.①I247.5

中国国家版本馆 CIP 数据核字(2023)第 018108 号

铁　脊

作　　者	王玉亮
责任编辑	罗　婧　王晓俊　李　琳
出版发行	内蒙古人民出版社
地　　址	呼和浩特市新城区中山东路 8 号波士名人国际 B 座 5 楼
网　　址	http://www.impph.cn
印　　刷	内蒙古爱信达教育印务有限责任公司
开　　本	710mm×1000mm　1/16
印　　张	15
字　　数	205 千
版　　次	2025 年 2 月第 1 版
印　　次	2025 年 2 月第 1 次印刷
印　　数	1—2000 册
书　　号	ISBN 978-7-204-17568-0
定　　价	62.00 元

如发现印装质量问题,请与我社联系。联系电话:(0471)3946120

内容简介

本部小说是《铁肩》的续篇，讲述的是20世纪90年代内蒙古大兴安岭林区开发建设过程中第二代务林人的故事。第二代务林人仍然继续着前辈们的光荣传统，他们扎根大山，默默奉献，一手砍树一手植绿，实现了大兴安岭“青山常在、永续利用”的梦想。难能可贵的是，在众多的植树造林大军中，“女子造林队”脱颖而出，她们巾帼不让须眉，肩负起植树造林、荒山披绿的历史使命，挺起北疆生态屏障的绿色脊梁，书写了史诗般瑰丽的奋斗传奇。

李山杏的女儿刘思文学习成绩优异，本可以上大学的她，为了照顾家庭放弃了学业，接了工伤父亲的班，成了林业局制材厂的一名圆锯手。一次事故，她被锯掉了一截手指，男友在关键时刻离她而去，弟弟中途辍学，母亲又罹患重病，一系列的重大打击接踵而至……

“跌倒后”的刘思文重新站了起来，她用她的善良和一颗爱心带出了一支植树造林的好队伍。所谓人与人之间的理解，不外乎他知道你笑容背后的悲伤、明白你怒火里的善意、了解你沉默之后的坚强。女子造林队继承了英雄的父辈们战天斗地、一往无前的创业精神，她们也像英雄的父辈们一样挺起钢铁脊梁，擎起了大兴安岭的千里林海和生生不息、枝繁叶茂的明天！她，以及她们，这些“不爱红装爱武装”的“铿锵玫瑰”成为兴安岭上那一抹最艳丽的杜鹃红！

绿水青山就是金山银山！兴安务林人，他们用青春、热血和忠诚书写着最壮丽的家国情怀，谨以此书向兴安务林人致以最崇高的敬意！

热血年代，激情似火，一幕大戏就此拉开……

小说主要人物表

李山杏：51 岁，小名杏儿，林业局木材生产工队退休职工

刘　强：53 岁，小名嘎子，李山杏的丈夫，林业局木材生产工队工伤病退职工

刘思文：28 岁，李山杏的大女儿

刘思友：18 岁，李山杏的小儿子

周　山：78 岁，林业局木材生产工队退休老职工

周玉梅：49 岁，周山的大女儿

李运田：51 岁，周玉梅的丈夫

李建国：周玉梅的大儿子，林业局知青工

李建军：周玉梅的二儿子，林业局知青工

李建萍：周玉梅的女儿，林业局营林处的技术员

周玉平：周山的儿子，林业局武装部长

赵　敏：周玉平的妻子，林业局财务科退休职工

周　楠：周玉平的独生女儿，林业公安干警

陈春红：制材厂的质检员，文文的好姐妹

施振雄：制材厂副厂长

白云飞：营林处第一造林队队长

顾国邦：林业局局长

苏　丽：外号小不点，女子造林队队员

郝　艳：女子造林队一组组长

涂嘉嘉：女子造林队队员

周　芳：女子造林队副队长

曹少芬：女子造林队队员

尹招弟：女子造林队队员

于清清：女子造林队二组组长

球　子：营林处造林一队队员

陈　昊：营林处造林一队副队长

目　录

1　这猫一定跑不远 …… 001
2　要星星不敢给月亮 …… 004
3　这中间隔着“副科级、科级、副处级”三道高高的“云梯” …… 019
4　她好轻啊，像一只小猫 …… 036
5　电锯杀人只需要短短的十分之一秒 …… 059
6　鸡窝里飞出来的金凤凰 …… 071
7　明儿个你不用来了，在家好好养胎吧 …… 086
8　这点小智慧简直就是我们队长身上的九牛一毛 …… 099
9　他无意碰到了她“敏感的地方” …… 113
10　她自己都惊异为何需要这种“遇见” …… 124
11　组织上给她以信任，她就要还组织以忠诚 …… 136
12　一个个成了“泥猴” …… 148
13　空旷的大会议室里只剩下她一个人 …… 162
14　她拼尽了身体里最后一丝力量 …… 174
15　抡镐的力气似乎也没有了 …… 186

16　记住你说的话，男人要说到做到！ …………………………… 198
17　要因地制宜，保质保量，不断提高更新造林成果 ………………… 212
18　绿水青山就是金山银山 …………………………………………… 223
尾　声 ………………………………………………………………… 231

1 这猫一定跑不远

一九九〇年初夏。

“振雄,你在哪儿呢?我来了,你在吗?你说话啊,这么黑,我怕……”她的声音都变得颤巍巍的。停电后,办公大楼的楼道里漆黑一片,静得没有一丝声音。她像是在冰上滑行一样,一点一点用脚尖着地向前缓慢移动。她穿的是胶布鞋,这种鞋踩在地上几乎没有任何声音,现在整栋办公大楼都安静下来了,就连自己的脚步声也听不见。她好怕,越害怕,越驱使着她往前移。她知道离那扇门越来越近了,那扇门能带给她安全感。

她摸索到了一间办公室的门把手,虽然什么也看不见,但凭感觉知道那是他的办公室。她轻转门把手,门轻轻地开了。她长长地吐了口气,心里嗔怪地说了句:“这个坏蛋,这么叫他也不吱一声。”

她轻轻地踱进办公室里,里面仍是漆黑一片。她像被人掐住喉咙一样发出弱弱的声音:“振雄,你在这里吧?别吓唬我,你小声说句话,是我!你可别吓唬我,人吓人能吓死的。振雄,说句话啊,你在屋里吧——”

没有任何声音,只能听见自己的喘息声和怦怦的心跳声,她越发地害怕,轻轻地摸索着向门口处退去,心里尽是怨恨和恐惧。

她一点一点地退到门口处,摸索着去找门,却摸到了一个软软的、热热的东西,吓得她“妈呀”大叫一声。

“嘘——”有人紧紧地抱住了她,“别叫,是我。”

“振雄,你坏死了,坏死了!”她吓得花容失色,如果不是在漆黑中,她的脸色应该苍白得吓人。

“文文,我可想死你了,再见不到你,我可就害相思病死了!”

“净乱说话,在一个单位,天天低头不见抬头见的,又不是见不着。这么黑,我刚才进楼都吓死了,喊你也不给我回句话。”她还未从惊悚中缓过来,心“突突”地乱跳。

他嘿嘿地笑,“看你这点小胆吧!”

“你还笑得出来,你见过女孩子有多大胆的?这么乌漆麻黑的人家来见你,你也不知道心疼人!”

“好了好了,是我不好。”他火一样热烈地吻着她,她慌乱着用手去挡,“别别,振雄,不行,不行——”

“别怕,现在整个大楼就咱俩!”

“振雄,别!”她用力挣脱他的包围。

“谁在里面?”忽然,走廊里传来大声的问话,一道刺目的手电筒光从门玻璃外射进来。

是值夜班的门卫老郑闻声而来,用手电筒照来照去。

她吓得惊慌失措,“都怪你,这要是被发现了,可咋办,像贼似的。”

“发现了又咋地?”他还嘴硬着,头上的汗却已经下来了。

“你是一个堂堂干部,我是一个未嫁姑娘,你说咋地?”她的话直戳他的心窝子。

“咱俩你未嫁、我未娶,怎么就不能处对象了?”他还争辩着。

“全厂子有谁知道咱俩在处对象?不是还没公开吗!”

“那可咋办,我现宣布也来不及啊!”他慌神了。

老郑已经站在门口了,他推开门,用手电筒径直往里照。

“是老郑啊——”他一把夺过老郑的手电筒,用手电光反刺向老郑,“是老郑吗——”他拉着长音。她趁机一缩身子从门口溜掉,完全是凭着感觉快步冲进走廊里。

老郑被强光刺得睁不开眼,慌忙用手去挡,“嗖”地一下,他就感觉有股凉风擦身而过，“啥？啥玩意儿过去了？”

“没啥，猫，我捡了只野猫，跑掉了。”他故作镇定地回答道。

“哦，是施厂长啊，这么晚了，您还没下班呢？您办公室里刚才动静太大，黑灯瞎火的，我就过来瞧瞧，还以为进贼了呢。”

他抽筋似的笑笑，没好气地说：“进啥贼啊，这不没啥事，我就在屋里逗猫呢嘛，你一来，把它吓跑了。”

老郑一听，连忙道歉：“哟，对不住了，施厂长，勿怪勿怪，您看这事闹的。这猫一定跑不远，回头我看见那猫啊，一定给您抱回来，好好经管着。”

他瞥了老郑一眼，懒得再搭理他……

2 要星星不敢给月亮

“妈,我回来了,快饿死了！饭好了没?”刘思文推开院子的大门,和房子还有一段距离就大声嚷嚷上了。这是一处略显陈旧的院落,大门上的黑漆已经斑驳,被日晒雨淋,失掉了原有的面貌。主房是一座四十多平方米的砖贴脸的板夹泥房子。在板夹泥房子的基础上又包砌了一层砖,称为贴脸房,这种房子在林区十分普遍,可以说既经济实惠又实用美观。

院落不大,窗明几净,院子里的两侧摆满了劈好的整齐栟子,院落的西侧是一处长方形的小菜园,种着绿油油的小葱,还有几垄白菜和大头菜。地垄横竖成线,几乎看不见杂草。一根长长的铁丝连在主房和仓房之间,这是林区人家最简易实用的晾衣绳,上面还晒着一些散发着洗衣粉香味的衣物。

主房的屋门敞开着,飘出葱花爆锅的香气。正在忙活饭菜的李山杏听见了女儿的声音,可气又可笑地摇摇头,自语道:“人都说三岁看到老,上学的时候进家就吵吵饿,这工作了还是一进门就吵吵饿,这老话可真准到家啰!”

这当儿,刘思文已经进了家。她没听见妈妈在嘀咕啥,就又尖叫了一声:“哇,老妈,万岁！您知道您闺女这些日子又累又馋,是该补补身子了,所以整了这么多好吃的！我这不是在做梦吧！嘻嘻,我得掐一下大腿。哟,好疼！老妈,您太好了,您是最伟大的妈妈!”说着,她扑上去“叭叭”地亲了两口正系着围裙忙碌的李山杏。

“少贫嘴，美得你！你哪有这待遇啊，咳咳——还给你补补！馋丫头，呵呵——”李山杏忍不住笑了，宠溺地望着眼前这个穿着劳动布工作装的还略显稚嫩气的女儿，轻轻地爱抚着她的肩。孩子一定是走得急，晶莹的汗珠还挂在额前，脸上、眉毛上还沾着星星点点的锯末，劳作的痕迹也没有褪去。刘思文的肤色很白，属于咋晒也不黑那种类型，脸是很标准的瓜子脸。她爱笑，一笑就有一个漂亮的小酒窝，这个遗传了她的妈妈。她不用刻意打扮，一身挺朴素的工作服也能将她亭亭玉立地展现出来，如果换上一身漂亮的裙子，有谁会将一个圆锯手与这么一个漂亮姑娘联系在一起呢？

圆锯手，是一个非常辛苦又非常危险的职业，可在林区，这样的工种是相当普遍的，女孩子当圆锯手也是司空见惯，并不稀奇。可是天下有哪个母亲不心疼自己的孩子，看到女儿辛劳归来，看到女儿清瘦单薄的身体，当妈的心莫名地难受起来，不禁鼻子发酸，眼眶里已经溢满了泪水。刘思文不明就里，问了句：“妈，您咋了？”

李山杏这才缓过神来，淡然一笑，忙解释：“哦，没啥，妈被油烟呛着了，咳咳——咳咳——”

刘思文赶忙帮妈妈捶了捶后背，“妈，您咳得又厉害了，您进屋歇着吧，我来炒菜。”

李山杏走到屋外呼吸了几口新鲜空气，好多了，咳喘得呈桃红色的脸慢慢恢复了原色。她轻轻回复女儿：“你妈这是老毛病了，要是连饭也不能做了，那可真成了没用的老太太了。妈是劳碌的命，这要是真让我闲下来，啥也不干，那我得闷死。”

“妈，您忙碌了半辈子，等我弟出息了，您就在家做‘皇太后’，啥也不用干了，我来侍候您和我爸，让你俩享清福，嘻嘻——”

李山杏没有再说啥，嘴角现出一抹隐隐的笑意。

刘思文转身蹦进屋里，对她来说，眼前的这几道肉菜实在是诱惑力太大，她禁不住用手去捏了一块鸡肉，并以迅雷不及掩耳之势塞进嘴里，叫了句:“哎呀妈呀,老香了,老好吃了! 完了完了,我今天得吃三碗饭。老妈,你这是让我长肥的节奏啊!”

李山杏呵呵地笑着,用手去拍她那只“出轨”的小手,“这孩子,也不知道埋汰,去洗手去!”

“遵命,老妈! 嘻嘻——”

快速洗过手后,思文忙着支桌子、摆凳子,从厨房往里屋端菜摆筷,旋风一样,片刻的工夫便将开饭前的准备做完了。

刘思文性子急,手里眼里都有活儿,干活儿从不拖泥带水。大锯下来的方料转到她的圆锯那儿,她的任务就是将大块的方料破成规格一致的4厘米×6厘米的小方料,一块大料一般可以破四块小方料。工作一旦开始,便是一环套一环、一个工序接着一个工序。大料下来,小圆锯便不再有停歇的时间,必须马不停蹄地破料见方。上锯手负责捧料上锯台,瞄准锯口上线推料,下锯手负责拽料出料,捧料下锯台,两个锯手间需要默契配合,一个眼神、一个手势便知对方意图。如果大料下得多,小圆锯就会转个不停,锯手根本没有休息的时间,最多就是上下锯手之间对换一下位置。总是一个姿势劳作,身体容易僵硬,时间长了人就受不了。

如今,二十八岁的刘思文已经是个有十年锯龄的老锯手了,而且绝对是制材厂“巾帼型”锯手。这十年里,她获得过五次“锯手标兵”称号和四次“林业局劳模”称号。家里用的暖水瓶,印有双面红旗的镜子,漂亮的搪瓷脸盆,双人床床罩,纯羊毛的大红毛毯,等等,很多物件都是她得的奖品。

刘思文很疑惑,又黏在妈妈的身边撒娇,“老妈,今天到底是啥好日子啊,我感觉过年也没做这么多好吃的啊,您发大财了吗? 就算是发了大财,咱就不能匀着点吃,这好吃的咋都赶一天了,嘻嘻——”

“啥好事?”李山杏故意卖了个关子,神神秘秘地说,“给你介绍个对象。今天媒婆和男方来咱家,你说妈能不整几个好菜吗?”

“啥?”刘思文顿时呆住了。她想过一万个原因,唯独没有想过是这么一出戏。她可真急了,急得“当当”直跺脚,一副要上房揭瓦的架势,尖着嗓子喊:“妈,这么大的事儿您咋不跟我商量,我啥时候让您介绍对象了,您这是哪儿跟哪儿啊?”

“咋了,姑娘大了要嫁人,父母之命,媒妁之言,有啥好商量的?人要是行,咱就处;要是不行,咱就当人家来串个门。”李山杏一副不以为意的样子。

“妈,这肯定是您跟我爸的主意吧?您二位可真行,这饭我是不能吃了,你们谁爱相亲谁相去,反正我是不相不嫁。我去春红家,恕不奉陪!”刘思文的小脸立时涨成了桃粉色,说完这些话,她就想扬长而去。

她前脚刚迈出去,就听到妈妈“扑哧”笑出了声。

刘思文停住脚步,回头看着笑弯了腰的妈妈,才知道被骗了,嘟起小嘴,转身回来,“妈,您可真行啊,要您姑娘啊!”

看着妈妈脸上还没有散尽的笑容,刘思文心中忽然涌上了一丝莫名的感动加激动。在她的记忆里,妈妈似乎不会笑,她为了这个贫困和苦难交织的家,似乎没有了笑容。她不会笑,也不想笑,更没有笑的理由。刚五十出头,她已是满头银发。年轻时的妈妈多好看啊,像山里的杜鹃花一样靓丽。她有妈妈年轻时的照片,那时的妈妈还是山场采伐连队红旗连里的一名大厨。照片上的妈妈青春美丽、神采飞扬,照片上的妈妈肆无忌惮地开怀大笑,白白的透着光的贝齿闪着迷人的光芒,那一瞬间她仿佛是全世界最幸福的女人。那时的妈妈多么迷人、多么自信,她的那一笑,该迷住了多少连队里春心荡漾的小伙子。生活啊,活生生地将妈妈压得变了模样、变了性格,变成了另一个人。岁月让妈妈经历了太多沉重的苦难,让她付出了太多辛酸的眼泪。听着妈妈的笑声,刘思文想哭,想号啕痛哭一场!可是,她不能那么做,她得笑。她笑着走过去,撒娇地扑在妈妈的怀里。“哼,差点中了您的计。您女儿是谁啊,人送外号‘赛诸葛’。嘻嘻,才骗不了我呢。”

妈妈渐渐地收住了笑,点了点这个蹬鼻子上脸的小丫头的额头。“你这个疯丫头也老大不小了,这次算是警告,咳咳——再不找对象,那当妈的可真就做主了,咳咳——”

“妈——”刘思文帮妈妈捶着后背，拉着长腔，每次说到对象这个问题她都极不耐烦。“我都不急，您着哪门子急啊？您就那么想把我嫁出去，我嫁出去您咋就那么开心呢？我就吃您二两米，但一个月给家里挣多少钱啊！我可是您的摇钱树啊！嘻嘻——”

“文文，你已经给这个家分担不少压力了。妈懂你的心思，咱家的苦日子也快熬出头了，你都二十八了，跟你同龄的姑娘，孩子都上小学了。远的不说，你干姥爷的外孙女建萍比你小一岁，人家的孩子都六岁了，妈也想抱外孙了。这个家可不能再耽误你了。”

“妈，我早就跟您有言在先，不把我弟供出大学，我是不会找婆家嫁人的。”刘思文噘起小嘴，脸颊桃红，气鼓鼓的。

“文文，你都二十好几了，快——”

“妈妈——妈妈——”不由分说，刘思文抢过妈妈的话，“我求您了，不用您提醒，我自个儿的岁数我记得贼准。您就安心瞧好吧，等我弟出息之日就是您闺女嫁人之时，到时我一分钟也不多待，省着让您看着烦，嘻嘻——”

“你这孩子啊，唉——”李山杏苦笑着叹了口气，叹声里却充满了浓浓的爱怜。

“妈，说了大半天，您还没告诉我呢，今天到底啥好日子啊，整这么多好菜？”

妈妈笑了笑，眉梢间出现了些许皱纹，“啥客人啊，今天你干姥爷来咱家吃饭。”

“哦，原来如此。嘻嘻，我就说嘛，沾我干姥爷的光了！您这么一说，是有好久没请我干姥爷来家里吃饭了，可我没忘给我干姥爷买好吃的，每个月开支的第一件事就是去看我干姥爷，我干姥爷可稀罕我了，嘻嘻——”刘思文蹦跳着又摆了一副碗筷，“我都快饿晕了，我干姥爷咋还没到呢？”

“文文，不是妈说你，以后啊你可得有个稳当劲。你都多大了，还跟个孩子似的，咋一点也长不大呢？”

“妈,嘻嘻,我天天在您的翅膀下生活,哪儿长得大,等我飞出去了再长大吧。”

妈妈无奈地摇着头,却不像是真的无奈,她的眼神里有一束温暖欣慰的光。

“我爸还在屋里?我弟呢?闻着这么喷香的饭菜味儿,咋都这么沉得住气?可真是亲爷俩!就我一个馋猫吗,嘻嘻——”说着话,刘思文小手灵巧地又捏起一块小排骨塞进嘴里,乐得眼睛眯成了一道缝,“老妈的手艺也真是没的说!妈,搁过去,您这手艺能给皇上当御厨。”

“少贫嘴了,还御厨呢?你妈就给连队当过厨子,连队的兄弟不挑你妈做的饭,你妈就已经烧高香了,咳咳——好了,去把你爸你弟叫出来,咱们一起等你干姥爷,你干姥爷这会儿也该到了。”

刘思文颠儿颠儿地去把躺在炕上看连环画本的爸爸刘强扶起来。爸爸坐起身子就不让她扶了,自己伸手够拐,他用一支拐支撑着身体,慢慢地挪出屋去。思文又去最里面的小屋“请”弟弟思友。最里面的那个小屋原本是没有的,小时候姐弟俩住一个小屋里,后来都长大了,再住在一起显然不合适,就在房子的后面接了一间“小厦子”,这间“小厦子”就成了弟弟思友的卧室加书房,除了喊吃饭这样的“大事”,一般情况下是“闲人免进”的。

刘思文推开房门,眼前的一幕却让她惊呆了,她看见了正吞云吐雾的弟弟刘思友。她的脑袋瞬间“嗡”地炸响了,在她的记忆里,烟酒这种东西和她的弟弟是不搭边的。她乖巧懂事的弟弟只是一个“书呆子”,只知道读书。弟弟今天的这个反常举动,让她瞬间崩溃,她张了几回嘴,声音才从嗓子里发出来,发出来的声音都是颤颤巍巍的:“你、你、你抽烟?你这个破孩子——你咋回事?你啥时候学会抽烟了?啊?”

“你嚷嚷啥?”刘思友瞪了她一眼,很不屑她大惊小怪的那一套。

“你还凶?你还有理了?咳咳——”烟味太呛了,她咳了两声,“你个臭孩子,让妈知道非揍死你不可!”思文上前夺掉他手中的香烟,狠狠地丢在地上,又狠狠地踩碎了。

“揍死我得了，反正我这辈子是没啥出息了，揍死了倒省心！”思友一副玩世不恭的样子，让人看着既生气又没辙。

刘思文也是蒙了，似乎一夜之间眼前的小弟弟变得那么陌生可怕，让人不可思议。“你，你这个破孩子，想气死你姐！”她的泪在眼圈里打起了转。曾几何时，弟弟是全家人的骄傲，他懂事肯学，成绩在班里名列前茅，眼瞅着就是前途无量、光宗耀祖的料。可世事难料啊，高考竟然名落孙山。

其实家里人并没有过多地责备，没有考好，刘思友的心里肯定也并不好受，但过多的责备只能适得其反。好在思友毕竟年轻，一切都可以重来，只是再复习一年的事。人只要心气不输，就不会真的输掉，一年之后考入理想学府还是大有希望的。为了让思友有个良好的学习环境，全家人不看电视，不听广播，那么爱看电视的爸爸也只看“小人书”打发时间。为了不耽误思友学习，家里的大活儿小活儿都不让他插手，他的任务只有一个，那便是学习！在经济上，家里是尽可能满足，要学习资料买学习资料，要零花钱给零花钱，不要补品硬给买补品。他的待遇远远超过了久卧病榻的爸爸，他像一个“孕妇”，只要咳嗽一声，“侍候”的人就知道是该端茶还是该倒水。

刘思文不舍得乱花一分钱，但对弟弟却从来不吝啬，从来是要一给俩，不要还撵着给，从里到外、从物质到精神精心呵护着，生怕有一丝闪失。千想万想，咋也想不到，全家人待之若宝的弟弟竟颓废成这样。真是做梦也想不明白，瞬间袭上心来的是锥心刺骨的痛！

对思文的痛楚，思友却并不买账，他跟没事人一样，出奇地淡定，一副完全无所谓的样子。“姐，你别跟我大呼小叫的，我现在高中毕业，大学也没考上，俗话说‘落架的凤凰不如鸡’，妈虽然不说，可我看得出她有多失望，爸都懒得看我一眼。姐，你那么辛苦帮着妈挣钱养家，你是家里的功臣，你劳苦功高，这些我全看在眼里。我吃家里的喝家里的，过着伸手要钱的‘太子’生活，这种日子我过够了，真他妈没意思！”

都“出口成脏”了，刘思文越发陌生地看着眼前的弟弟，连连摇头。

"姐,你瞅我现在这怂样,很来气,是吧?很想抽我一个大耳光,是吧?姐,你想抽就抽,我二话没有。姐,今天我就把话搁这儿,我想好了,绝不复读,我也得上班挣钱。林场人没有不知道的,当年你读高中的时候成绩最好,要不是家里条件不好,你早就是大学生了,为了这个家,你把学业说放下就放下了——"他有些哽咽,侧过身,停顿了下,咬紧了牙,腮处的肌肉鼓胀着。"你学习好,可以轻松地考上大学。可我不一样,我现在的心思没有一点放在学习上,我真的学够了、学烦了,我不想再读这该死的什么书了!""哗啦"一声,他把卷子扔了一地。

这一幕让刘思文震惊,她倒退了两步,连连摇着头,泪水汹涌着夺眶而出。"弟弟,你咋能这样想?咱妈的心思你又不是不知道?咱家条件不好,爸当时旧疾复发,妈陪着爸各处求医治病,姐当时没办法,只能辍学上班挣钱养家。眼下好了,咱家的日子也是一天比一天好过。弟,你现在是全家人的希望,是爸妈的精神支柱,今年没考上,咱再学一年,明年一定能考上!弟,在这件事上你可不能犯糊涂,这可是一辈子的大事。姐好害怕,姐求你了,呜呜——"刘思文所有的伤心和委屈一股脑地涌上来,大声哭了起来。

"姐——"刘思友红着眼圈,伸手牵过姐姐的一只手。那是怎样的一只手啊,无论如何也不能和未出阁的姑娘的纤纤小手联系在一起——干燥粗糙,手掌布满了硬硬的老茧,手背黑红,手指硬硬的、瘦瘦的,常年的推锯拽锯让手指关节处布满了老茧。他牵着这只手,将其置于自己的额前,痛哭流涕。"姐,你知道我这一年都干了些啥?你看见我抽烟,你还没看到我喝酒呢,我还处对象、泡歌厅……我五毒俱全,我学得啥也不是,咱妈算是白养我这个儿子了!我每天回到家装得很认真学习的样子,其实都是在骗你们呢,我根本听不懂老师在讲什么,我脑袋里想的根本不是学习,我恨不得把自己的脑袋拧下来当球踢。我学不会就更不想学,就又喝又抽又玩,我拿着你们给我的钱任意挥霍!姐,每当我看见你那双期盼的眼睛我就害怕,我心虚,我在心里骂过自己无数次,我也想好好振作起来。可是,姐,我真的做不到!姐,我求你了,别逼我了,我跟爸妈说,我再也不上什么学了,我要工作,上山扛木头或者当锯手,随便干啥都行,就是别逼我上学了,我真的受够了!”他撕扯着自己的头发,那种痛牵扯着姐姐的心,碎成了一片一片,散落了一地。

刘思文重重地、无力地坐下,掩面而泣……

家里的苦难史犹如影片在脑海里清晰闪过。刘思文怎能忘记,爸爸出事的那一年,她刚刚十八岁,正在读高三,那时的她成绩优秀,在全年级的榜单上没有下过前三名,可家里的天在一夜之间塌了。从那时起,妈妈就陪着爸爸开始了漫长的求医之路,延续数年。出事那年,自己带着才九岁的弟弟边学习边“当妈妈”,即使这样,她的成绩仍然稳居前十。那时正是春播的季节,大兴安岭家家户户都在种土豆,她也学着用锄头锄地,虽然那垄沟像蛇一样弯弯曲曲。他们学着用刀将土豆切成小块当栽子,她在前面翻地刨垄,弟弟在后面垄沟里播土豆栽子,姐弟俩累得汗流浃背,但看着一片播种好的熟地,却抹着花猫脸笑了。

爸妈在外面看病的日子,两个孩子似乎一夜之间长大了,他们算计着吃穿,过最紧巴的日子,可是姐弟俩从来没说过一个“苦”字。干姥爷和他的子女也时常来照看这两个可怜的孩子,给他俩带好吃的,帮他们料理家务,可是“帮急帮不了穷”,日子还得靠自己过。艰难的岁月将刘思文、刘思友姐弟俩磨砺得比同龄人懂事得多。从小刘思文就告诫弟弟:“不是咱们的东西,咱们不要;别人的东西再好,咱们也不眼馋。咱家虽然穷,但穷得要有骨气!咱们要靠自己的努力过上好日子,以后让爸妈享清福!”

当时,刘思友望着姐姐坚毅的目光,心里充满了力量和自信,以至于在那个物资匮乏的年代,人人对物质趋之若鹜的年代,他却对物质没有什么追求。吃啥不重要,吃饱就行;穿啥也不重要,穿暖就行。他对物质生活看得很淡,但是姐弟俩却比着赛地孝敬爸妈。爸妈看病回来,姐弟俩乐得掉眼泪,扑在妈妈怀里撒娇。爸爸的病情稳定了,却自个儿下不了床,大小便要有人帮扶着,姐弟俩谁也不嫌弃,伺候爸爸解手、擦洗没有一丝厌烦,有的只是心疼和付出更多的爱。

李山杏和丈夫刘强看病回来已是上秋。远远地,李山杏就看见自家的菜地开得旺盛的白粉花，自家地里的土豆秧子比别人家的还要高大结实，她有些愣住了。推开院门，小院依然是走时那样干净整洁，晾衣绳上挂着还未干透的衣物，屋子窗明几净。

进了屋门，她掀开热气腾腾的锅，锅里煮着一锅土豆，放好的桌子上摆了两个小碟子，一碟装着一点白糖，一碟装着一点盐巴。她明白了，这就是两个孩子的午饭。那一瞬，她的心都碎了，她将两个孩子紧紧搂在怀里，热泪滚滚而落……

她是个命运多舛的女人，她的人生比莎士比亚的悲剧还要悲切，但是她得咬牙挺着，绝不能认输。她有一双懂事的儿女，这是支撑她活下去的希望和力量！

命运似乎对李山杏很不公，从十八岁就开始在山场作业点劳作，后来结了婚，仍和老实巴交的丈夫刘强一同在山场摸爬滚打，风里雨里这一干就是二十年，眼看最艰难的日子熬出了头，一双儿女也天养似的健康长大，哪料晴天一声霹雳，刘强在作业点出了大事，被一棵放倒的大树拍在了下面。家里的顶梁柱倒了，这个家也就倾斜了。李山杏日哭夜哭，哭干了眼泪，最后不会哭了，哭又能解决什么问题？她悉心照料重伤的丈夫，无微不至。林场派了护理人员，可是日夜不眠全方位照料丈夫的人却一直是她。后来的岁月里，辗转多地，四处求医，才让刘强从卧床不起到能翻身、能坐，再到利用拐杖能下地活动，其中的艰辛谁又能真正地体会到？要知道，刘强的腰椎已经被多地医院判了“死刑”——后半生只能瘫在床上了。刘强逆天般的恢复，创造了医学奇迹，创造这奇迹的不是神医神药，而是一个普通的女人，一个将爱化作奇迹的女人！她将丈夫从死亡线上拉了回来，让丈夫能够体面地走路、待人。她要给孩子一个完整的家，一个有爸妈疼爱、有爸妈可叫的散发着爱的暖阳般的家！她做到了！如今五十一岁的她已经没有一根青丝，为了这个家，她熬干了最后一滴心血，可是她并不后悔，眼前的这个家，仍是她想象中的团团圆圆、时有笑声的家。听惯了女儿脆脆朗朗的笑声，听惯了儿子变了音却仍有些腻的喊妈声，听惯了丈夫吃着她做的饭菜说“真香”，甭管她做的是什么，只要热乎的饭菜递到他的面前,他还没吃一口就准说“真香”。她觉得人应该知足,这就是一个家,一个有小小幸福的家。这些年里,一路有好人相帮相伴,帮她支撑起这个风雨飘摇中的家,她觉得亏欠大家很多,说几句简单的谢谢是不足以表达诚意的,但她觉得亏欠最多的却是自己的女儿思文。丈夫重伤病退,女儿毅然决然地接了他的班,成了一名林业工人,代父亲撑起了一片天,成了家里的顶梁柱!女儿放弃了上大学,放弃了梦想,一个心地多么善良又多么决绝的孩子!为了消除爸妈的亏欠感,从那天起,她只字不再提学习、学校之类的话题,似乎她从来就没有迈进过学校的大门。她放弃了高考,令她的班主任和其他老师捶胸顿足、扼腕叹息……

女儿领了工作服后,笑着将她的书本整理得整整齐齐塞进收废品的秤盘里,笑着走出家门上班,笑着下班走进家门,笑着面对家人、友人、同事……你看到她的每一分每一秒,她都绽放着笑容,似乎她永远生活在蜜一样的生活里。

她将弟弟看成自己曾经的影子,多么希望度过风雨艰险后的家能够有人出来支撑门户。她将弟弟视为珍宝,这个世界上最可宝贵的人,要星星不敢给月亮,至于钱物更是倾尽所有,连买雪花膏的钱都省了出来资助弟弟,唯恐亏欠了弟弟一点点。别的工友口渴了会买五分钱一根的冰棍解渴,甚至一连气地吃它几根,可她从不吃,说自己肠胃不好,怕生冷,她吞着口水喝自家灌的“井拔凉”。参加工作以后,她没有添过一件新衣服,她只有工作服,她是一个连一件裙子都没有的姑娘。

刘强重病在身,只能依靠拐棍行走几步,需要多种药物维持生命,虽然工伤可以核销药费,但一家子只靠他每个月的那点工伤津贴和退休金,日子过得紧巴巴的。为了照料重病的刘强,李山杏不得不提前“离岗”,到了四十五周岁那年,按重繁体力人员退了休,成了名副其实的“全职陪护”。

进入二十世纪九十年代,眼看着一部分脑瓜活络的人“奔小康”了,家里的新“四大件”——冰箱、彩电、洗衣机、录音机代替了原来的旧“四大件”——缝纫机、自行车、手表、收音机,这个家却一成未变,一直在原地踏步。家中唯一的牡丹牌黑白电视还是周山送的。没有人不想过好日子,这个家也一样，全家人也在暗暗使劲，期盼扬眉吐气、重振门楣的那一天。实现这一目标最现实也最可行的途径就是将弟弟刘思友供出来，让他上一所名牌大学。只有穷苦人家最懂得一个道理：上学是改变命运的唯一途径，别无他途！

眼前的这个自暴自弃的弟弟让刘思文无论如何也接受不了，难道是忙于工作而疏忽了对弟弟的关心？他毕竟只有十八岁，还很小，还不懂事，兴许他只是一时糊涂犯傻，她要用真情拉回这个迷失了方向的小弟弟。她大声向他哭喊着："姐姐一直把希望寄托在你身上，姐多希望咱家出个大学生，能给咱家光耀门楣，让那些瞧不起咱家的人也高看咱一眼，可你却把全家人的希望当烂泥踩在脚底下，你对得起谁啊？呜呜——"

思友却冷冷地回了句："姐，是我对不起你！你放心，我用你的那些钱以后一定会还给你。"

"你个破孩子，你气死我了，姐啥时候让你还钱了？姐的钱就是你的钱，姐就是希望你好，希望你有出息！姐辛苦赚钱为了啥，不就是——"

"够了！"思友狠狠地打断了刘思文的话，歇斯底里地反击，"我不想听，我现在啥都不想听！我的命我做主，我不用你替我规划人生！你的大学梦以后让你的子孙给你完成吧，你的梦代替不了我的梦！我告诉你，我不想读那些可恶的书了，只要不上学，让我干啥都行！所以，不要再跟我提啥学习了！"

"你这是怎么了，你以前不是这样的，你中啥魔了吗？"思文的眼神里尽是不解的愤恨。

"在吵啥？"门"吱"地开了，李山杏突然出现在门口，屋子里顿时静了下来，但姐弟俩剑拔弩张的样子被她全看在眼里。"这姐弟俩是咋了，以前说话都没红过脸，今天这是咋了，咋还吵吵起来了呢？"

"妈，我快气死了，您好好管教一下您的好儿子吧！"刘思文挤出去，坐在中间屋子里呼呼直喘。

刘强也拄着拐瞅瞅这个，看看那个，问了好几遍："咋了这是？"

"爸，您的好儿子出息了，会抽烟了，哼！"刘思文气得还直喘，坐在凳子上，顺手从炕上扯过一个枕头又摔又打。

刘强来气了，哆哆嗦嗦地朝里屋的刘思友喊话："兔崽子，给我滚出来，把话说清楚了，到底咋回事？人不大，臭毛病添了不少，呼呼——"他气得直捶胸口。刘思文又过来安抚刘强。

刘思友耷拉着脑袋挪了过来，刘强闻到了他从屋子里带出来的浓重烟味，他哆嗦地抡起拐就要打人。李山杏跨前两步横在了爷俩的中间，大声喊道："你想干哈？"

"干哈？"刘强哭丧着脸，"瞅瞅你惯出来的好儿子，家里啥活儿都不让他干，到头连个大学也考不上，还学会抽烟了，你是不是还会喝酒、打麻将啊？"

"爸，你说得没错，抽烟、喝酒、打麻将、搞对象，我'五毒'俱全了！"

"你，你个混蛋！看我不打死你个败家子！"刘强挣扎着抡拐，刘思文去拦，李山杏也去拦，唯独刘思友还是气哄哄的。"好啊，你打你打，反正我的命是你给的，你想打随你的便！"

刘思文感觉天旋地转，这孩子是啥时候变得这么无药可救了，还是这孩子今天是中邪了？感觉平常他也不这样啊？难道被学习压抑久了，今天爆发了？她咋也想不出个头绪来。本想让爸妈管教一下，思友服个软，这个事儿也就过去了，哪想谁管他，他跟谁急啊，一副拼命的架势。

吵骂声乱成一团，家里像开了锅。双方的火气都不小，越吵越厉害。李山杏急了，顺手抓起桌子上的一个水杯，"啪"地摔了个粉碎。屋子里又安静了下来。她开始声嘶力竭："都吵吵够了没有？孩子不就抽支烟嘛，多大点事儿？他抽烟的事儿我早知道，是我让他抽的，咳咳咳咳，咋了？"

"啥？"刘强愣了。

"妈？"刘思文简直不敢相信自己的耳朵。

"妈——"思友这一声弱弱的，没有了先前疯狂失态的模样。

"学习不累吗？思文，你是上过高中的，你知道高中有多累多苦，现在考大学竞争有多激烈？思友没考上大学，他的心里比谁都难过，这一点，当妈的能体会不到吗？他是从我身上掉下来的肉，咳咳，我心疼孩子——”说着话，李山杏的泪水掉下来，“思友这孩子从小就懂事，长这么大，没让我操过啥心，咱家日子过得紧巴，这些年我东跑西颠地陪你爸外出看病，没好好照看你们，妈这心里比针扎还难受，是妈亏欠你姐弟俩，尤其是思友，他还是个孩子。这孩子不知咋了，变得沉默寡言，一顿饭也吃不了两口，整天愁眉不展的，我担心这孩子是不是病了。妈怕了，妈变得胆小了，妈岁数大了，再也经不住吓了。妈现在只要你们都平平安安的，妈就很知足了。思友抽烟我早就发现了，我儿子啥样的人我自个儿知道，这孩子心事重，是愁的，他没考上大学，是觉得愧对我这个妈，愧对这个家。如果吸烟能让他的心里好受点，那妈又咋能拦着呢？”她长出了一口气，“今天我就把话跟全家人摊开了说吧，思友不想念书了，他想工作，他实在是读书读够了，读烦了。我是想让我的儿子有更大的出息，可是当妈的不能把儿子往死里逼。我希望他好，可我更心疼他，咳咳咳咳……”

“妈，你说啥，你知道你在说啥吗？你说思友不读书了，不考大学了？妈，你们今天都是咋了？我咋越听越糊涂！妈，不对呀，我弟可不能不读书啊，他得考大学，他得给咱们老刘家争气呢！呜呜呜呜——”刘思文号啕大哭起来，腿一软跪在了地上。

“思文，你起来，给我起来。”李山杏和刘思友一起去扶刘思文。

刘思文伤心地摇头，“不，妈，你今天是咋了？思友，你个臭孩子，你是咋了？你答应过姐啥，你都忘了吗？姐拼命地干活，累死都觉得值，就是因为我知道我有个争气的弟弟，我弟弟一定能考上大学！让别人都瞧得起咱家——啊呜呜——”

刘思友眼睛红红的，僵硬地说：“对不起，姐，弟弟让你失望了。”

“弟，我不让你道啥歉，我只求你今天当着爸妈的面表个态，你说你会好好读书，你说你一定会考上大学的，你说，你说啊！”

刘思友呼呼喘着大气：“姐，书我是不会读了！我答应了妈，可以应征入伍，如果能录取，我可以去当兵，当兵一样可以有出息。如果当不了兵，我就去工作，干啥都行，反正书是不会再读了，再逼我也没用！”

“我的傻弟弟，你会后悔的，这个世界上可没有后悔药！你的成绩我知道，各科老师都夸你，你这次失利完全是个意外，只要你再坚持一年……”

“姐，不要说一年，就是一个月。哪怕是一天，我都不愿意。今天当着全家的面我表个态，我永远不会后悔，我自己的路是我自己选择的。你们已经尽力了，我也是！”

刘强坐在那里唉声叹气：“家门不幸啊，家门不幸！”

李山杏强作笑颜，对刘强说：“孩子他爸，玉平弟是林业局武装部的部长，他是干爹的儿子，也是咱的干弟弟，想当年，你们也在一个战壕里出过力。这次，我就求玉平弟弟一次。直接找玉平弟弟，这个嘴我张不开，你也张不开。这不，我寻思着，把干爹请来，让干爹给拿个主意。干爹当了一辈子的领导，有见识。如果干爹认为这个事儿行，就让干爹去跟玉平透透话；如果干爹他老人家认为这个事儿不行，那，只当今天是咱一家人团聚团聚。从今往后，咱再也不提当兵这个茬！剩下的路，就让思友自己去闯吧。”她说着话，眼圈红红的。

刘强抬起头，看看自己的妻子，满是心疼与辛酸。他将目光又扫向两个孩子，最后点点头说：“好，杏儿，听你的，全依你。”

此时，刘思文的心有万般不甘。她一心想着让弟弟考大学，这个心思像定海神针一样牢牢地扎根在心底，谁也撼动不了。她知道，干姥爷虽然七十多岁了，但他老人家是明事理的人，她期望着干姥爷能点醒这几个糊涂人。

迎来了周山，一家子充满了欢声笑语，可又有谁知道这笑声中的几多苦涩与无奈。席间，刘思文有意无意地点拨着周山，李山杏用咳声震住了她的几次“多嘴”。

周山听明白了干女儿杏儿的意思，也听懂了刘思文的暗语，他没有多言，只是语重心长地问刘思友，就想知道他是咋想的。刘思友语气诚恳，但态度异常坚决，中心意思就一句话——想当兵，如果当不成兵就去工作，书是绝对不读了！

周山一口干了杯中的白酒，足有二两，没有半个字的废话，只说了句：“知道了，孩子，等干姥爷的信儿！”

3 这中间隔着“副科级、科级、副处级”三道高高的“云梯”

刘思文的脑子乱得很，没有一天不纠结刘思友不读书这个事儿，可她真是半点辙都没有，爸妈都不再坚持了，自己又能做得了什么。一天到晚，她脑子里就只能胡思乱想。

这天工作休息的片刻，有人向她喊话：“思文，副厂长找你，快去他办公室吧。”

工友们也挺纳闷的，副厂长三天两头找思文，难不成这两个人“有情况”？可左思右想又觉得不太可能，人家副厂长是大学毕业生，又是现任厂领导，听说父母也是领导干部，而思文呢，一个圆锯手，家庭更是没得比，完全不在一架天平上。如果这也行，那灰姑娘与白马王子的故事就比真的还真了。

刘思文愣了半天，工友喊了好几遍她才缓过神来，颠颠地跑去副厂长的办公室。

“施厂长，你，你找我？”她声音小得像蚊子，且怯怯的，虽然偌大的办公室里并无第三个人。

施副厂长轻轻将门合上，笑望着羞涩的她。“是啊，有事，再见不着我可爱的文文，我就疯了。”他将她逼靠得没有了余地，她的身子紧贴在门上,门被关紧了,他的身子又紧贴在她的身上。他急促的喷着热浪的气息烫到了她,也吓到了她。

“别别,施厂长,上班的时候人多,让人看见……”

“文文,我就喜欢看你羞涩的样子,你忍心让我这么想你吗?”他低下头,深吻了她。她甜蜜地沉浸在爱的世界里,但忽然又用力推开他。“厂,厂长,你办公室来人多,我怕——”

“你看你,现在就咱俩,还叫啥厂长,叫我振雄!你说这事闹的,我早就说公开咱俩的恋情,你偏不让。如果公开了,我们大大方方地处朋友,还怕谁说啥不成。”

“厂长——”看到了他严厉的眼神,她马上改口,“振雄,对不起啊,我真不是有意的,我是想让我弟——”

“好了,文文,我知道,你是想让你弟考上大学后再公开我们的恋人关系,我全依你。文文,我是真的想你,好想你,你也不能太狠心了。”说着话,他已经深深地吻了下去,吻得思文说不出话来。

“当当当——”有人敲门,思文的心像被圆锯破料甩出的锯末般飞跳起来,她尴尬地挤出门去,甚至没敢抬头看敲门的人是谁。

这种门不当户不对的恋情,刘思文其实是相当犹豫的,她也一直没有想好,到底要不要答应他。可他就是一团火,一见到他,他就能瞬间将自己燃烧融化掉,看得出他是喜欢她的。她害怕,有羞涩,也有一丝窃喜,一种说不出的滋味……

杏儿的家事儿周山不能耽搁,睡不着觉也琢磨着咋办这个事儿。虽说是跟自己的儿子说事儿,可自己的儿子毕竟是端国家饭碗的,说得太直白了不好,说得太绕了,又怕儿子领悟力太低。他翻来覆去地琢磨了一夜的词,把词背得滚瓜烂熟。

虽说儿子住上了楼房,但周山还真就没跟着享受过一天住楼房的福。儿子请他八百回了,让他跟着一块过,可周山倔着呢,总说:“咱有胳膊有腿,能走能颠的,干吗跑你家去住?还是自个儿的老窝住着舒坦!”不是有句俗话说“金窝银窝不如自家的狗窝”嘛,在自家住着随便,愿意怎么着就怎么着,住在儿子家虽说不用看儿子脸色,可儿媳的脸色多少得看一点吧？还有,脱衣上厕所不能那么随便吧？咋想还是自个儿的老窝好。话又说回来,住楼又有啥好的？无非就是吃水方便一些,拧开就来水;无非就是上厕所方便一些,在屋里就能拉尿了,这是个挺方便的事,可周山咋觉着就那么别扭呢？但凡自个儿能迈动步决不在那个瓷罐子里拉尿,这是他的“原则”。他时常想起他的连队,他那住着百十号兄弟的大工棚,火红的大炉子在中间一支,那阵势,才叫气派,那个大帐,才叫屋,那才是值得一辈子留恋的地方,多少回在梦里还住在那个大帐里。

这么些年,周山还是一个人住在林业局分给他的一套四十多平方米的家属房里。相比较而言,周山更愿意去女儿周玉梅的家,她也是在工队退的休,有时候周山就在她那儿住两天。她家毕竟是平房,院子宽敞,出来遛弯透气方便。她的丈夫李运田是林业局机械运修处的司机,一个不愿多声多语的人,老婆说啥是啥,周山挺得意他这点,自个的女儿说了算,甭管过的是不是大富大贵的日子,可日子过得舒心。周玉梅有三个孩子,两男一女,大儿子李建国是林业局知青工,在树皮队扒树皮、装火车;二儿子李建军也是林业局知青,在小杆队扛小杆、装火车。在这里不得不提一下“知青”这个词,二十世纪五十年代至七十年代,响应毛主席上山下乡号召的知识青年简称“知青”。后来,“知青”这个词在林区指称得就宽泛了,林区的子女除了接班工人以外,还有很大一部分念完了初中或高中以后就在林区从事和林业有关的劳动工作,这些有一些文化的本地林业子女工就统称为“知青工”,他们几乎遍布于林业的各个工种之中。小女儿李建萍,接了周玉梅的班,在林业局营林处苗圃当技术员。周玉梅心中有盘算,丈夫再干个几年,一退休,就让二儿子接班当工人。最后就剩个老大了,老大虽说只能当知青工了,但他体格壮实,能吃苦,天天中午晚上下班能捎带着划拉两袋碎柴火回家,家里的柴火烧不完,实在是持家过日子的好手。

周山上了楼,儿媳在家。儿媳叫赵敏,是林业局财务科的退休会计,特别爱干净,退了休在家没事就爱拾掇屋子,地板砖擦得都能当镜子照。

周山挺厌烦进了门就脱鞋这一套,这跟进了工棚脱鞋往大铺里一钻可不一样,那种感觉就是进了自己的家,而进楼换鞋,那是一种主人嫌你鞋脏,怕弄脏人家地板才定下的规矩,不是你想不想换,而是你必须得换,所以让人很不自在。可是有啥法子,住楼的都这样,用周山的话讲,住个破楼说道这么多。周山耐着性子换了拖鞋,和儿媳唠了两句家常话。

赵敏显得十分热情,说:“爸,您来了,中午就在这儿吃吧,我去弄几个小菜,一会儿让玉平陪您喝两杯。”

周山心想,喝就喝,有时候不喝点酒,这话还真就不那么好说,毕竟不是自个儿当队长给别人发号施令,何况是要求儿子办事,还真是挺难张这个口。周山长喘一口气,心说:也就是为了咱干闺女杏儿吧,换了另一个人,让咱低三下四地求自个儿儿子,连门儿都没有!杏儿的事儿得办,别说求自己的儿子,就是让自己当孙子也得办,杏儿的事儿就是天大的事儿,不但得办,还得办好!

赵敏一边在厨房忙活一边和周山搭话,“爸,您来是不是有啥事啊?”周山挺纳闷,这女人的感觉这么准吗?难道咱脸上写着求人办事吗?她咋一猜一个准?周山一口喝干了杯中的茶,故意提高了嗓门:“咱能有啥事,遛弯就遛过来了,挺长时间没看到楠楠了,想楠楠了。”楠楠大名周楠,是周玉平和赵敏的独生女儿,中专毕业,上的是牙克石林干校,毕业了分进林业局机关,后来又调进林业公安局工作。周山挺喜欢楠楠这个孩子,虽说是个独生女,可没那些娇惯的小毛病,从小到大稳稳当当,没让大人操过啥心。周山说想楠楠了是一个挺站不住脚的理由,楠楠隔三岔五地就去看看他,水果啊糕点啊从不空手。和楠楠一样是“常客”的还有刘思文,她也很勤快地往干姥爷家跑。这小姐俩对脾气、对心思,处得跟亲姐俩一样。

周山看看表,下班的时间差不多了,周玉平还没个影儿,有些急,就问儿媳。赵敏说:“爸,玉平是您儿子,他是个啥人您最清楚,干起工作来,那是拼命三郎,就没准点下过班,咱不用管他,一会儿咱就开饭。”周山问:“楠楠也不回来吗?”赵敏笑着摇头:“爸,这爷俩一个德行,都是工作狂,干起工作来哪还想着家。我干工作那会儿，天天他爷俩下班的点儿，我都在家做好饭了，哪天我从科里都是早走半个多点，咱工资也一分没少开，呵呵——”周山一听，火“蹭”地上来了，嗓门有点大：“难怪你干到退休，工作也没啥进步，你这工作态度首先就有问题！”这话一说出口，周山就后悔了，毕竟是求人家办事来了，人家还给自己弄菜呢，说这么一句不咸不淡噎人的话干哈？真是当领导当惯了，训起人来张口就来。嫌他太官僚的话其实杏儿早说过，最早可以追溯到几十年前，那时杏儿还是个未嫁人的丫头。这会儿他又想起来了，想想都好笑，好像杏儿这个丫头又在“训”自己。看着儿媳脸上紫一道白一道，周山假装咳了两声，道：“你家这牡丹花养得不错。”儿媳支吾着回话：“爸，那不是牡丹花，是月季花。”

周山就装作很服气的样子说：“对对，你说得没错，是月季花。”他偷偷瞄了儿媳一眼，似乎把面子给儿媳找回来了。他哈哈笑了两声，瞪着月季花说了两句：“这花确实不赖，赶明儿咱也养两盆，也有个事儿干。”

赵敏脑袋瓜子在飞速旋转，她似乎捕捉到了一些重要信息，老爷子一辈子屋里也没摆过盆花，今天这是咋了，咋瞅花儿还顺眼了呢？是不是有啥所指？她突然自悟地笑了，“爸，我说句话您可别生气，您看我妈已经过世五年了，我觉得吧，您应该再找个阿姨，生活上也好有个照料。爸，我老姨您很熟，我看您俩就挺合适……”

“噗——”周山刚端起杯喝了口茶，一下子喷了一地。赵敏赶紧说：“没事没事，爸，我收拾。”周山心骂，活该你收拾，眼睛怒视着她，不吐不快，“儿媳妇呀，找老伴这个事，咱记得在你妈死以后就跟你们交代了。你大姐玉梅提过一次，咱把她家桌子给掀了。你今天又来这么一出，是啥个道理啊？”

“爸——”赵敏成了丈二的和尚，敢情这老爷子没这股子心思，心里有些打怵了，“爸，我……”

话没说完，门开了，是周玉平。周玉平一见周山，怔了三秒。周山先开口：“周大部长公干很忙啊，见一面还真是挺不容易的。”

周玉平放下公文包，换了拖鞋，连忙赔笑说：“爸，您看您说的，想不到您来。”他朝厨房里的媳妇喊，“多整俩菜，整爸最爱吃的红烧肉，呵呵——”

“行了，别整那虚头巴脑的，咱今天来，就问你要一句话，说完了，咱马上就走，行不行你给句痛快话。”周山琢磨了一夜的词，这会儿一句也用不上了，还是用他当队长的口吻对儿子发号施令。

“爸，您整得那么严肃干哈，有啥事您吩咐就是了，啥行不行的，您说啥我听就是了。”周玉平边说边给周山斟茶。

“好，像老子的风格，那咱就有话直说了，你干姐杏儿的孩子想当兵，这事没啥问题吧？”周山盯着周玉平的眼睛看，周玉平有些不自在了，这不像是在问话，更像是在“逼宫”。

“爸，您是说友友要当兵？这孩子成绩一直挺好，不就今年没考好嘛，明年再考一次准成。”周玉平四两拨千斤一样将话题岔开了。

“他要是还想考大学，咱就不用跑到贵府来跟你磨嘴皮子了。给句痛快话，这孩子成不成？咱跟你说，这孩子各方面条件都很好，输送给国家，那是对国家负责，你们招到这么好的兵源，那是你武装部长的荣幸，友友有多优秀就不用咱跟你叨咕了吧？”

“爸，您别急，咱们边吃边唠。友友这孩子是很优秀，我看着他长大的，还能不知道。”说着话，他将头转向忙碌的媳妇，“赶紧上菜，把我留的那瓶五粮液拿出来给爸喝。”

周山一摆手，“吃饭不急，一天不吃也饿不死，咱先把事给定了再吃。把事定了，你那一瓶五粮液我包圆了！”

周玉平低着头，虽小声地回复，但听得出语气有些凌厉：“爸，您知道的，这当兵是得经过政审和体检的，这也不是我一个人说了算的，得过这几关的，谁也不能例外。”

周山的眼神像豹子一样犀利，“周玉平，你当了几年部长跟老子拿起官腔了，哼！”赵敏一听话音不对，忙从厨房端菜上来，说着“给爸倒酒”之类的话打着岔，还挤眉弄眼地假装说周玉平：“跟爸好好说话，咋那么不懂事呢。”

周玉平的眼角和嘴角挤出一丝褶皱，看着像笑了。“爸，我没别的意思，我跟谁装也不能在您老人家面前装，我说的是百分之百的大实话。”

“周玉平，你老子在连队摸爬滚打了一辈子，和咱的兄弟说话从来都是直肠子，咱觉着跟自个儿的儿子说话就更没必要绕弯子了，咱再问你一遍，友友这孩子成还是不成！”

“爸，于情于理，我不应该驳您的面子。别说是您的面子，就是看在我杏儿姐的面子上，我也不能驳。可您非逼我说实话，那我就照实了说，友友达不到征兵的体检要求。”

“怎么就达不到了？你刚才还口口声声说要体检的，这会儿一口就给堵死了！”周山的嗓门不止高了八度。

“爸，正因为我太了解咱家友友了，他是近视，您又不是不知道，而且近视得还挺厉害，就视力这一关，他就根本当不上兵！”

周山拍案而起，水杯里的水窜出去老高。“老子从部队转业回来的时候就是正连级了，你在这儿跟老子摆征兵条件！这么好的一个孩子愿意去报效国家，咱得支持。咱说一句，你八百个不行，你到底啥意思？你到底想干哈？”

赵敏连跑带颠地过来安抚周山：“爸，您消消气，您老保重身体要紧，听玉平好好跟您解释。”

“解释个屁！听了半天，你一句帮孩子的话都没有，你哪儿凉快哪儿待着去！老子在教训自个儿的儿子，你别插嘴！”周山眼珠子充血发红，吓得赵敏一哆嗦，走也不是留也不是，用白眼仁直剜周玉平。

周玉平似乎很轴，没理会赵敏“息事宁人”的眼神，仍顽固地讲他的大道理：“爸，如果您跟我说的是家事，我没二话；可您现在说的是工作上的大事，那是得讲工作原则的。”

周山哆嗦着指着周玉平，先是手指哆嗦，随后全身也跟着颤抖，“好——小子，跟老子——讲原则！那好——老子就跟你讲一讲原则！老子革命了一辈子，工作了一辈子，为自家的事，这一辈子老子没求过当官的一次，你杏儿姐更是！这么多年，你杏儿姐跟咱家张过一回嘴，要过一回东西,求过咱一件事吗?十年前,她丈夫被大树拍残了,她俩孩子在家没人管,遇上这天大的难事,她张过一回嘴吗?多好的俩孩子,就说文文吧,想当年成绩那么好,为了那个家,连大学都没有考,一个刚刚十几岁的姑娘就支撑起了一个家——”周山哽咽了,用手捂着红红的眼睛,半晌才说:“周玉平,你拍拍自己的心窝子,你有一点良心吗!老子怎么有你这么个混蛋儿子,老子让你偷让你抢了?友友那孩子是高中毕业生,有文化有报负,想报效国家,为国当兵,咋就不行了?想当年,你杏儿姐从工队下山回来都不忘给你揣几个包子,她怕包子凉了,捂在衣服里,几个小时的颠簸,她一口都舍不得吃,那包子喂狗了吗?王八羔子,你杏儿姐哪年的劳保品报尺码的时候报的不是你们能穿能用的尺码,发下来的棉裤、棉袄、棉手闷子、棉靰鞡都给你们穿了用了。你瞅瞅她,当年还是个未嫁人的姑娘,穿得像个要饭花子——”周山侧过脸,眼泪大颗滚落,用手背一抹,拭干了泪痕,咬着牙,“狼心狗肺的东西,要知道你是这么个东西,还不如冻死了好!当了几天小科长连人都不会当了,看看你现在这个德性,你妈在棺材板里都不能闭眼!咱没教育好自己的孩子,就该跟你妈一块躺在棺材板里!咋还有脸活着!”

“爸——”周玉平尖叫着站起来,面无血色。

“你别喊爸,咱可承受不起,您是大科长,堂堂的武装部长,可以跟你老子摆谱了,可真是出息了啊。周玉平,老子告诉你,这辈子没人敢欺负杏儿,别说你,天王老子也不能欺负咱的丫头!老子来找你,那是还把你这个兔崽子当人看,看来老子错了,老子就不该来找你这个狗屁部长!老子去林业局找局长,天下总有个说理的地方。老子告诉你,从今天开始咱们的父子情谊就断了!周玉平,你要还是个站着撒尿的,让老子还能瞧得起你一点点的话,从今往后你就别登老子的门,咱们老死不相往来!你必须给老子记住了!”

周山怒不可遏,手一摆甩飞了桌上的茶杯,“啪”的一声摔得稀碎,到门口一脚踹开门,突然眼前发黑,捂着胸口,人慢慢地倒了下去……

周山醒过来的时候,瞅见一堆人脑袋围着他,想半天不明白是咋回事。

“干爹，您醒了，可吓死我们了。”杏儿红肿着眼睛，不知流了多少泪。

周山左右看着围着的一圈人，又看了看白白的天花板，许久才寻思过来，又将目光投向杏儿，心里愧得慌，瞬间老泪纵横。“丫头啊——你看干——爹真是老了——答应你的事还——没去做就倒下了——呵呵——这都是啥事啊——干爹真是没用——”

杏儿用热毛巾轻轻擦拭着周山的脸，泣声道：“干爹，丫头不许你这么说。丫头真是犯浑啊，因为丫头，害得我干爹生病住院，咳咳——”

“你这个丫头，说的啥话？哈哈，干爹这不好好的吗，丫头，快扶干爹起来。”看到杏儿，周山感觉心口的大石头一下挪开了，心情大好，他觉着自己啥事没有了，未完的事还得接着去办。

“爸，您要休息。”

“爸，您不要动，您要静心休养。”

周山从一堆人声里和一堆脑袋中间分辨出了周玉平，看到他，心火又蹿了出来，“这不是周大部长吗，劳您大驾了，您请回吧。丫头，把针给干爹拔了，干爹啥事都没有，干爹现在就去找局长去！”

“不，干爹，丫头咋那么混球，让您老人家这把年纪了还为丫头操心！丫头不懂事，丫头的孩子也不懂事，友友不想当兵了，他要上班挣钱……咳咳，他是个男子汉了，该支撑这个家了。”

“你说啥，你这个臭丫头，糊涂！你咋比干爹还老糊涂了呢，你以为干爹在说气话，在给自己的老脸镶金边，没事儿在这唱高调？错了！丫头，干爹虽然老了，但心还不糊涂。友友是个好孩子，友友立志从军报效国家，这是多好的事儿，咱得支持，大力支持！就因为有一两颗耗子屎搅和咱，咱就打退堂鼓了，东一耙子西一扫帚那是咱大人做的事？真是笑话！咱是当兵的出身，这辈子枪林弹雨没怕过，在山场摸爬滚打半辈子也没怕过，但是咱还是有一样是怕的，那就是怕咱的丫头受委屈。咱的丫头是咱的兄弟之后，是咱大岭英雄唯一的血脉，咱的兄弟在地下看着咱呢！咱到死还是那句话，谁也不能欺负咱的丫头，天王老子也不行！”周山怒瞪豹眼,不容有任何反驳。

周玉平杵在旁边,脸一阵红一阵白,也不敢上前搀扶,只得“扑通”跪下,“爸,我错了,您要怎么出气等您养好病了再说。”

周山没用正眼看他,用余光扫了他一眼。“周玉平,一个小针头就能拴住咱,你也太小看咱了。你一个大部长可别在那儿跪着,咱可受用不起!”说着,他一把扯掉输液的针头,血水瞬时从针眼冲了出来。

周遭的人吓坏了,目瞪口呆。周山挥手,蹬鞋起身,浑身颤抖。

“干——爹——”杏儿的声音都变了,也不敢多说话了,眼泪汪汪地俯下身子,只是连连摇头。

刘思文从后面蹿出来,嬉笑着扑在周山的怀里,“嘿嘿,干姥爷,您先坐会儿,天大的事等吃个橘子再走,孙女喂您,嘻嘻——”

周山无法跟隔辈的孙女闹情绪,只能是佯怒地瞪瞪她,重新坐在病床上,刘思文用纱布摁在了周山出血的手背上,这一切自然而然。她笑嘻嘻地向着周山撒娇,周山仿佛看到了当年那个任性又调皮的杏儿,火气顿时消散了不少。刘思文使了个眼色,众人心领神会地都悄然退下。

周玉平和赵敏两口子大眼瞪小眼,心想:真是一物降一物啊!

周玉平满肚子的话得找人倾诉,把老爷子气病这“锅”他背不起,就一脸愁容地跟李山杏倒苦水:“姐,我爸越老这脾气越大,一点就着,那火能把人烤死。我说帮不了思友,他就要跟我断绝父子关系,我可是一点辙都没有了,他现在是连家门都不让我进。”

杏儿安慰他:“弟,没事的,哪天我去找干爹唠唠,我年轻的时候干爹宠我,现在干爹又宠思文思友。唉,我们这一家子都被干爹宠坏了。咳咳——”周玉平一脸的歉意,耷拉下脑袋,“姐,说起来我也真觉得对不起你,思友的事儿,一点忙也没帮上,真是……”

“好了,姐知道,你是替国家做事的人,咋能随着咱自己的性子来,姐还不是老糊涂,怪就怪姐当时想得太简单了,为了孩子的事,脑袋一时发热。咳咳——这事都怪姐,怨不得干爹,更怨不得你。咳咳——你要是做起事情来没个原则,那姐可就真瞧不起你了。”

"姐,你这么想,我真是太高兴了,我这个位置外人看着挺光鲜亮丽的,其实有多难只有自个儿知道。唉,不说这些没用的了。姐,思友这孩子以前见我老亲了,现在也不搭理我了,我可真是把思友伤透了。"

杏儿的眉头一皱,气得心口剧烈起伏,"还有这事,咳咳咳咳——弟,你放心,我会好好教训这个不懂事的孩子!"

刘思文的缓兵之计只能抵得了一时,抵不了一世,转天的工夫,周山一个人去了林业局。他在林业局门口站下来,看着林业局的牌子不免思绪万千。他定了定神,迈步往林业局大楼里走,这时门卫也迎了过来,挺客气地询问道:"老爷子,您有事?"

"有事,咱是无事不登三宝殿。"周山咳了咳,瞥了年轻人一眼,就往里进。

"那您找谁?"门卫快速地站在了他的前面,继续盘问。

周山停下脚步,也不想为难人,毕竟门卫有门卫的职责,挺和善地回答:"找官最大的,就找局长。"

"老爷子,那您有预约吗?"

"预约?没有。"

"这……"门卫露出为难之色。

"周老爷子请还请不来呢,不用预约。"忽然有人在背后说了一句。周山回头看看,也不认识啊,西装革履的,肯定是个干部。门卫回了句:"好的,伍主任。"

伍主任上前握住了周山的手,笑着说:"周老爷子,您好!"

"您认识咱?"

"周老爷子,您是林业局开发建设的功臣,大岭的英雄,我当然认识您!只不过,您为林业局做贡献的时候,我还是小屁孩一个呢,您可能不认识我。我叫伍成江,是林业局的信访办主任,请您老人家多多批评指正。"

"哈哈哈哈——"周山爽朗地笑了,"啥英雄啊,咱就是一个退休工人,老了,不值钱!咱倒是觉得长江后浪推前浪,后生可畏呀!"

“您过奖了，老英雄，您找局长有事？”

“说实话，咱还真不认识你们局长，可是，这个事咱还非找他不可。”

“周老英雄，那您随我上楼，晚辈给您引见。”

周山见到了林业局的局长顾国邦，国字脸，小平头，浓眉大眼，浑身上下透着股精气神。周山打量了一番，第一印象觉得这个局长还行，打心里没讨厌。周山一辈子的识人之术归纳为第一眼的眼缘，如果第一眼瞅这个人顺眼了，那以后的相处基本差不了多少；如果第一眼瞅这个人不对，那这辈子也很难和这样的人共事。周山第一眼看隋友文，第一眼看王志杰，都是印象深刻，打心眼里不烦，甚至有些暗暗地喜欢。他在心里暗暗想：“实践证明，咱的第一眼识人术还是经得住历史的考验的，认定对的人，确实给咱露了脸、长了志气，只是可惜，哎——”

周山不往下想了，在心里怪自己，真是老了，老是怀旧，跑来见局长谈大事的，脑袋咋转悠到别的地方去了，忙定了定神。

顾局长听了信访办主任的介绍，连忙起身，紧紧握住周山的手，连说了两句：“老前辈，老英雄，您好，您好，欢迎老英雄！”顾国邦请周山坐下，并亲自沏茶端水，让周山有话慢慢讲。顾国邦注视着周山，像一个小学生聆听老师的教诲，显得非常真诚谦恭。

周山是直肠子，不会也不想绕弯子，就照直了说：“您是林业局的局长，时间宝贵，也不想占用您太多的时间，就几句话，说完了就走。说实话，咱自打退休以后，就没迈进过林业局的大门，咱不想给组织添麻烦，今天算头一遭吧。这事说起来一点也不复杂，咱有个干孙子，到了征兵年龄，不论啥条件都挺合适的，就是想入伍从军报国。”

“老英雄，按理这个事您应该让孩子直接去林业局武装部报名审查，您到我这儿……”

“顾局长，咱这个人一辈子行得正走得直，咱来找您，绝不是给组织上出难题。咱敢保证，友友那孩子绝对是一个好孩子，他能有从军报国的想法，咱得支持。”

顾局长一直微笑地注视着周山，非常尊重和崇敬，他见周山也不端茶杯,几次端起来递到周山的手里。周山没想到堂堂一个局长会这样待人,客气异常,但心里也不停地打鼓。眼前的这位“笑面虎”客气倒是客气到家了,但也只是客气,并不作表态,还不时说一些无关的话打趣,比如插话说,“您是第一代林区开发建设的功臣,那时林业局还是个不毛之地,这江山是您老人家那一辈人一手打下的,你们吃了大苦,为国家立了大功!”顾局长还嘘寒问暖,问了一些当年连队工作的事情,弄得周山也跟着跑偏,说了半天“战严寒斗酷暑”的创业史。末了,周山才缓过神来,言归正传。周山心里嘀咕:“这要是咱自个儿的儿子,咱早急眼了,谁在这儿跟你比牙白呢,一个劲地龇牙笑!”

周山心里急,就重复着车辘轱话,把来的意图里里外外磨叽了几遍,而对方以一笑应万变,就好比他在与一个绝世高手过招,他出拳的力气再大,到了对手那里,瞬时把他的拳势化为了无形,弄得他疲惫不堪无力再战,以至于最后怎么被人送出办公室、怎么被人送出林业局的大门都很模糊。如果没记错,他还说了好几个“谢谢”,让人家莫要再送。他摸了摸脑门子,眉头上的皱纹密密匝匝地挤在了一起,能挤死一排蚊子。他在回去的路上想了想,人家局长并没有给予任何肯定的答复,只是说了些尽快了解情况、尽快答复的官场套话。周山一拍脑门子,在心里骂自己:“咋这么蠢呢?回去咋跟杏儿说,咋跟友友说?难道就说局长说了让回去等信,等他们研究研究再说?唉,真是老了,变得这么好糊弄。真是不服老不行了!”虽然他在心里懊恼,但心里也更下着狠:“过几天再来,如果这个局长再绕来绕去不解决问题,那咱可是先礼后兵了,可就怪不得咱!”

见局长的事周山绝口不提,任何人也不知道,事情没有办好,说出来只能更丢人。这几日,他的家里非常热闹,来看望他这个“病号”的人络绎不绝,闹得他挺心烦。周玉平也来了几趟了,拎着大包小包,周山是说到做到的人,就是周玉平把嗓子喊破了、把门敲碎了,他也不开。没有经他的允许,就是在屋里来看他的人也不敢擅自开门。

周山从来也没考虑过自己病不病的事儿,就扳着手指头硬挨了三天。三天一到,他喝了一碗苞米面粥垫底,就要去林业局,来个“二进宫”。刚把大门打开，他的眼睛愣了三秒又三秒，瞅着来人面熟，就是想不起来是谁。终于想起来是谁了，可又叫不上名字来，弄得很尴尬。对方也不着急，笑意浓浓，谦恭地望着他，等周山想起来了，对方却抢先说："老英雄，能不能请我进您的府里坐一坐？"

周山很激动，声音有些发颤："顾局——长，没想到是您的大驾来了！快快，请进请进！"周山非常客气，他一下子就明白了，好事应该是进门了，难怪这一大早上的左眼皮就跳个没完没了，原来是有大贵人临门。周山看了看他的身后，无人无车，真是轻车简从的好领导。周山搓了搓手，请局长进门，他甚至想着留局长在家里吃饭。"做些啥饭菜呢？得好好露一手！得把那几盒上好的梅林罐头都拿出来，都给局长吃，好钢得用在刀刃上。哈哈，就这么办！"

顾局长进了他的院门，环顾一周，这是一个不大的院落，院子里有码放整齐的烧柴，有一小块园子，种了些小菜，菜地非常有限，就在旁边竖起了一人多高的木架子，倭瓜秧子沿着高高的架子爬了上去，结着一个个大倭瓜。这情景不免让顾局长感慨："还是劳动人民有智慧呀，真是应了那句话，有条件要上，没条件创造条件也要上。"

跟主房相连的是一条砖头铺成的小道，这种砖头小道绝不是砖头之间的简单连接码放，而是铺成了"V"字形花式，既美观，吸水性又非常好，给院落增添了生活的气息。主房是四十多平方米的砖瓦式成趟家属房，这种林业家属房多是五户为一趟，室内的格局也基本一致：一个厨房，一个卧室，一个大客厅，大客厅里面有一铺大火炕。这种房子是林区的标配房，父母住在小卧室，子女住在大客厅，甭管几个孩子，一般婚前全部睡在客厅的一铺大火炕上，有的家里人口多，往往在主房上又接出一两间住人的小间，这种后接的小间又称后厦子。室内的摆设简朴得不能再简朴，映入眼帘的两件最值钱的东西，一个是 17 英寸的彩色电视机，一个是单缸荷花牌洗衣机。沙发、椅子、桌子都是找木匠做的，是那种老掉牙的样式。

客厅墙上的几个镜框吸引了顾国邦的目光，他走上前细细端详，有一张全家福。顾国邦数了数，呵呵一笑说："老英雄，您家真是子孙兴旺啊，十好几口人!”

那一刻,周山显出骄傲的神色,想想自己也是子孙满堂,虽非有钱,但生活上也是衣食无忧,这辈子也知足了。他回了句:“照片上有我干闺女一家四口,也有我的老伴,只是她已经走了几年了……”瞬间黯然神伤。

顾国邦没有注意到周山的回复,而是被几张生产工队的灰白老照片吸引了,他的目光定格在一张灰白照片上。照片的背景就是山场的连队工棚,照片上的人清一色的黑瘦脸庞,但个个精神抖擞,眼里充满了光。他们笑着面对前方,无所畏惧,那种笑是那么的自信满满,仿佛任何困难在他们面前都只是一个笑谈。顾国邦细细地看着,掏出随身的手帕擦拭镜框,他的眼睛渐渐湿润了……

周山注意到了顾局长的表情,有些手足无措,“顾局长,您这是?”

顾局长搀扶周山坐在沙发上,恭恭敬敬站在他的身前,深情地说:“周老英雄,今天,我不是以局长的身份来看您,我是以一个晚辈,以您侄儿的身份来看您。周老英雄,请受侄儿一拜!”

周山一时摸不着门道,被眼前的场景震住了,没等他缓过神来,顾局长已经跪地磕头完成了一拜。顾局长接着说:“方才那一拜是侄子给您拜的,我还得再跪拜一次,替我的老父亲给您老磕个头。”说着话,他深深地埋下头,“当”的一声,磕了个响头,完成了第二次跪拜。

周山这才想起去搀扶顾局长,一脸茫然加无措,说话嘴都打瓢了:“这这这——顾局长,您快请起,您这么着是要折煞咱这个糟老头子,咱可万万担不起啊!”

顾局长站起来,侧坐在周山的身边,眼里已满是泪花。

“顾局长,您这是?咱现在全蒙了。您说说看,这事是咋闹的?这这……”

“老英雄,您当然不认识晚辈了,我跟您老提一个人,您肯定认识。”

“咱肯定认识?嘿嘿,咱一个老头子,能认识谁?那您请说!”周山在局长面前也是有些局促的,毕竟他这辈子只当过生产连队的队长,在级别上,生产连队的队长只是股段级干部,而局长呢是正处级,这中间隔着“副科级、科级、副处级”三道高高的“云梯”。其实让他最不安的就是局长刚才连磕的那两个头。假设这两个头磕错了，局长失了面子，自己难堪是小事，友友当兵的事那可就一百一的没戏了。周山的手心里瞬间攥出了汗，他在等待局长的回答，这几秒的长度似乎超过了一个世纪。

“老英雄，您当年的手下里有一个叫顾老黑的，您还记得吗？”

“顾老黑！”周山眼前一亮，声音也洪亮了起来，“顾老黑咱还能不记得，那是和咱一起出生入死的连队兄弟，只可惜，退了休后就再也没见过。听说他去了南方，也不知道咱这个兄弟现在过得好不好，身子骨还硬不硬朗？咱还记得，咱这个兄弟退休的时候连腰都直不起来，腿还一瘸一拐的，可能是身子骨被冻坏了，落下病根了。唉——”周山的眼眶渐红，沉浸在回忆的世界里，当年和兄弟们在大雪封山的大岭上战天斗地放树抬杠的场景一幕一幕划过眼帘，就像是在昨天，久久不能自拔。他又忘了旁边还有个局长，等回过神来，连说几个“对不住了”，“你看看，咱也不知道是咋了，一提过去的事儿就鼻子发酸，让您见笑了。”

“周老英雄，我的老父亲时常提起您，您的大恩大德无以为报，所以晚辈今天就是代父谢恩来了。”

“你的父亲？”周山颤颤巍巍地站起身。

顾局长双手搀扶周山，眼含泪花，“周老英雄，我的父亲就是您的手下顾老黑啊！家父说，如果当年不是您救他一命，他早就冻死在大岭之上了。周老英雄，侄儿这么多年没早点来看望您老人家，实在是对不住了！”

周山百感交集，一时也不知道怎么说才好，“你——你是老黑兄弟的后人？好好，好啊——让咱好好看看你，没错，咱见你第一面就觉得你好亲切，就觉得像谁，可咱这脑袋不灵光了，也想不起来，也不敢问啊。大侄子，你父亲，我的兄弟现在挺好吧？”周山又觉得称局长为大侄子很是冒昧，连忙改口喊局长。

顾局长轻扶周山坐下，“周老英雄，您能叫我一声大侄子，晚辈这心里暖啊，您没把大侄子当外人，家父在天有灵，也心安了。”他的声音变得尖细，声泪俱下。

“你说啥？你父亲——咱的兄弟——咋的了？”周山嘴唇剧烈地抖动，老泪纵横，已经泣不成声。

“周老英雄，家父去年病逝了，家父临终前特别嘱咐我，一定要当面给您老人家磕头报恩。去年我还在赤峰市工作，没想到天遂人愿，组织将我调派到克一河林业局工作。周老英雄，侄儿没能及时来看望您，还请您责罚啊！我见到您老人家，就像见到了家父一般亲切啊。”

那一刻，周山泪如泉涌，哭得像个孩子。他想到了顾老黑，想到了和他在大岭一起战斗，不计报酬、不计劳苦，先国后家、为国尽忠的那些好兄弟们。

顾局长走时留下一个小兜，里面有四瓶茅台酒，是他作为晚辈孝敬周山的。周山呆呆地望着茅台酒发愣，他的兄弟顾老黑的影像再一次清晰起来，还是他的兄弟了解他，知道他好这口。他启开一瓶，先倒了一杯摆在桌子的对面，然后又给自己倒了满杯，对着对面的杯子说：“老黑兄弟，咱的好兄弟，没想到你先走了一步，你是太累了，是得好好歇息歇息了。咱的好兄弟，咱活着是好兄弟，到了那边还做最好的兄弟——”伴着泪，他端起满杯酒，一饮而尽。

4 她好轻啊,像一只小猫

刘思友去林业局劳动部门填了表格,报了知青,没想到很快有了回信,让他去一个林场报到上班。刘思友的心里有莫名的惆怅,这辈子就与学校无缘了。他也有些小激动,从一个学生一步成长为大人了,可以上班挣钱了,是真正的男子汉了!

回到家的时候,家里挺热闹,久违的笑声从屋子里传出来。进门才知道,是干姥爷周山来了。所有人的目光"刷"地射向他,那一刻刘思友似有所悟,难道干姥爷是来通知他当兵的事有信儿了?要不还能是啥?一看爸爸、妈妈、姐姐开心的样子,八成就是!

奇怪的是,这样的结果,刘思友却并不怎么开心。

周山微笑地看着刘思友,平心而论,为了思友当兵的事,他是尽了全力。直到现在,顾局长那天的话还萦绕在耳边:"老英雄,据我了解,友友那个孩子成绩还不错,只是一时的发挥失误,这没啥,可以复读一年,明年接着考大学,绝对没有问题。我去找了他所有的任课老师,这是他的所有任课老师亲口对我讲的。孩子有当兵报效国家的志愿,这是好事,可以让孩子报考军事院校,实现他的军人梦!"周山一听就明白了,人家顾局长没直接驳他的面子,但是话已经不言而明了,看来友友应征入伍的条件确实是不够,但人家给指了明路——应征入伍不行,但可以考军事院校。上了军校就相当于现役了,毕了业就是军队里面的干部,这个事不是也挺美吗？

周山就一路风尘仆仆地来杏儿的家，把里外的道理这么一摆，全家都双手赞成。最开心的是刘思文，甭管咋绕，绕来绕去能说服刘思友继续学习考大学，那就是最开心的事了。为了这个事，她这段时间没有一天睡过好觉，急得嘴里都起泡，如今有干姥爷撑腰支持刘思友继续学习，刘思文这个乐，这可真是天降祥瑞，就差喊干姥爷万岁了！能上学多好啊，可以增长才干，丰富自己的阅历，提升人生的境界，这世上唯有书、唯有学问能让一个人的人生达到另一重天。反正她就是这么想的。

刘思文没有上过大学，这是她心底最深的痛，她特别喜欢古典文学，曾独自在自己的小卧室里轻唱浅吟苏轼的词：

明月几时有，把酒问青天。不知天上宫阙，今夕是何年？

她也喜欢晏殊的词：

红笺小字，说尽平生意。鸿雁在云鱼在水，惆怅此情难寄。

她还读欧阳修的词：

寸寸柔肠，盈盈粉泪，楼高莫近危栏倚。平芜尽处是春山，行人更在春山外。

一个是内心诗情画意的柔情女子，一个是工作中巾帼不让须眉的女强人，谁能将这两种性格的人联系在一起？独处时，她便沉浸在诗词歌赋里，徜徉在风雅离骚间，用诗词调剂人生的余缺，活得坚强而笃定。她坚信有书做伴好还乡，她要让身体和灵魂必须有一个在路上。用她的话讲：一个人可以平凡，但不能平庸！

她多么希望弟弟不是那个自甘平庸的人，她相信大家的努力可以唤醒沉睡的弟弟。

周山一番良言相劝,家人在旁边添薪助燃,结果刘思友几句话就给打发了:“干姥爷,你们都别说了,要么当兵,要么上班,学校我是再也不会回去了!”

一屋子的人面面相觑,谁心里都揣着类似的这句话:这孩子油盐不进啊,纯粹是找打的节奏啊!又不是笨得不行,只是偶尔的失误,干吗就一蹶不振了呢?

刘强将拐杖抡了起来,叫嚷着要打刘思友:“你干姥爷的话也敢不听了,我打死你这个不争气的兔崽子!”

一家人又是拦,又是拽,周山沉闷地咳了一声:“嘎子,你也五十多岁的人了,这脾气咋比咱还臭呢,孩子长大了,咱得慢慢说,都坐下。”

杏儿的脸色苍白,剧咳连连,咳得上气不接下气,虽然她一句责怨的话也没有,但刘思友心里明白,他伤得最深的人是他的妈妈。他不敢看妈妈的眼睛……刘思友异常痛苦,他的大脑一片白色,半夜里惊叫着坐起来,身子已被冷汗浸透。隔壁的刘思文闻声闯进来,将他紧紧揽在怀里,抚着他柔软的头发,安慰低声啜泣的他:“好弟弟,别怕,做梦了吧?姐来了,姐来了。咋了弟弟?姐知道你心里有事,天大的事跟姐说,姐给你顶着,相信姐!”

“姐,我梦见妈妈死了,呜呜——”

“傻孩子,没事了,那只是个梦,咱妈好好的呢,不哭了,不哭了——”刘思文万般疼爱弟弟,弟弟哭得这么凶,自己的眼泪也跟着来了。

“姐,有个事,我该跟你讲了。”刘思友红肿着眼睛看着姐姐。

刘思文非常震惊,但她努力保持镇定,她太了解弟弟了,以前的弟弟懂事乖巧,高考完以后性情突变,变得几乎不敢认,这其中应该是有缘故的。从刘思友的眼神中,她看到了从未有过的慌乱。弟弟的隐情,既在情理之中,又在意料之外。听完弟弟的一番话,她也被吓到了,久久无语,用被角蒙着面哭泣。

原来,刘思友一次无意间看到他的妈妈咳了血,当时他吓坏了,非拉着妈妈去医院。可是,妈妈死活不去,说老毛病了,就是咳得重了,把嗓子咳破了,不让他到处乱嚷嚷。那个时候正是他备战高考的时候,妈妈不让他分心,让他一心备考。从小到大,他都是妈妈眼中的孝顺孩子,所以他只得听从妈妈的嘱咐,没有对任何人说起过那件事。不过从那次事后,他留心观察妈妈,竟然又发现他的妈妈咯血了,他感觉到了事情并不像妈妈说的那么简单。他爱他的妈妈胜过爱自己,怎么能眼见着妈妈病重而不治呢?高考前的一次体检,他特意让妈妈陪他去检查,而之前他已经跟医院的大夫打好了招呼,骗妈妈说同学的姐姐就是大夫,让妈妈顺便做个胸片。看到片子后的刘思友惊呆了。大夫告诉他:"从片子看很不好,赶紧带你的妈妈去大医院看病吧,肺部的阴影很大,几乎可以断定是癌。"当时,他感觉五雷轰顶,可是他强撑着露出笑脸,告诉他的妈妈,没啥事,就像妈妈说的,是支气管炎,老毛病,妈妈这才露出一丝欣慰的笑。从那天起,他就在谋划一个局,他要自编自演一部戏:不管付出什么代价,救活妈妈最重要!爸爸常年卧床吃药,姐姐快三十而不嫁,如今妈妈病入膏肓,该是他这个已经十八岁的男子汉撑起家庭大梁的时候了。如果他再外出读大学,那这个家谁来管?妈妈的病谁去陪着治?治病的巨额医疗费从哪儿来?他可以考上大学一走了之吗?上大学不用钱吗?所有这一切他想了个遍,现在家里需要钱,也需要他。他唯一能做的,就是放弃学业,陪妈妈治病,上班挣钱养家!

下定决心以后,他在高考的卷子上胡乱答题,意料中的"没有考中",他又自导自演"厌学"和"学坏",几次三番,让家里人对他彻底失望死心。妈妈对这个誓死不上学的"不争气的儿子"最后一丝希望是求人帮助他当兵进部队,这也是一个妈妈最后的努力了。但这一丝希望也破灭了,而这一切却全部符合刘思友的意愿!

刘思文简直不敢相信这一切,姐弟俩抱头无声地痛哭起来。

"我的傻弟弟啊,你咋这么傻,这么大的事,咋不跟姐说,你一个人闷在心里是咋扛过来的?我的傻弟弟,救妈重要,可你这是自毁前程,你这么做比割姐的心还疼,你知道吗,呜呜——"

刘思友拭干了泪水，呜咽着："姐，你是觉着咱把全家的钱都拿出来供我上那个啥大学重要，还是用这些钱救咱妈的命重要，你说啊，姐？"

刘思文泪流满面，"好弟弟，姐错怪你了，姐误会了你这么久，对不起，真的对不起，我的好弟弟！姐懂了，咱用钱救咱妈的命，就是卖房子卖地卖血卖肾，咱也得救咱妈的命，啊呜呜——"

刘思友抽噎着说："你是我最好的姐姐，我咋会怪你。"

"姐答应你，一定会治好妈妈的病，但你也要答应姐，治好妈妈的病，你得重返学校，考上大学，给妈，给咱家争口气！"

"姐姐，你真能救活妈妈吗？真的吗？姐，我怕，呜呜——"刘思友的泪水大颗大颗地滚落下来。

刘思文擦干泪痕，嘴唇抖动着说："姐向你——保——证——救活咱妈——"

"嗯嗯！"刘思友用力点头，"姐，只要你能救好咱妈，以后啥事儿我都听你的。"

"好弟弟，妈的病不能再拖了，得跟干姥爷和爸说了。"

"我担心妈不会去大医院看病的，她不会扔下爸不管的，妈的脾气你也知道。"

"姐有办法，妈肯定能去。"她把计策说了一遍，刘思友连声说好，"也只能走这一步了！"

转过天，周山把李山杏叫去了他家，周山的家里有一部林业电话，是他的儿子周玉平花钱安装的，儿女们时常打打电话，问候一下。周山非常喜欢这部电话，他现在腿脚不利索了，走路费劲，想杏儿了，就抄起电话打一通，反正用他的话讲就是这电话没白安！李山杏的家里本是没有电话的，安电话是需要排号的，费用也不低，李山杏家根本用不起，周山也是有办法的，瞒着杏儿硬是给排上了一个号，还谎称是林业局为了照顾刘强这个工伤职工给免费安装的，其实都是周山掏的腰包。

周山一圈圈地在屋子里转，等李山杏来的两小时似乎是等了两年，脑门子都急得冒出了汗珠。一见了她，他就开门见山地说："丫头啊，干爹这一阵身体不舒服，干爹想上大地方瞧瞧病，你觉得咋样？”

这有些出乎李山杏的预料，她没想到是这事，也没多想，顺着周山的话说：“干爹，您岁数大了，身体就得保养着点，勤检查着点，去大医院太应该了。”

“丫头啊，去大医院倒是没啥问题，这些年呢，咱的养老看病钱倒是攒得挺足，可就是没人愿意陪着咱这个糟老头子，你说闹心不闹心。”

“干爹，您咋这么说，您老是想让丫头陪着您去检查吧，那您就直说呗，还拐着弯地跟丫头藏猫猫，嘻嘻——”李山杏乐了，人都说老小孩，就是岁数越大的人越活成了小孩，这话看来一点儿也不假。

“哈哈，还是咱丫头聪明！丫头，你这么嘻嘻地一笑，干爹可是有二十多年没见过了，这个调皮机灵劲干爹可是太喜欢哩。”周山甩飞了一脑门子的汗珠子。

“干爹，丫头都成老太婆了，还能调皮机灵？”李山杏夸张地皱皱眉头，故意逗这个“老小孩”开心。

周山佯怒：“这丫头，在干爹面前以后不准提这个‘老’字。”

“是，干爹，丫头记下了，嘻嘻。”杏儿一直敬畏着干爹周山，这个饱经风霜的大岭英雄，在李山杏心里的地位无可撼动！

“多大的小屁孩啊，听干爹的，丫头的好日子还在后头呢，你也是儿女双全的人了，虽说嘎子有残疾，可也是个知冷知热的人，总之，一切都会越来越好的。”周山攥着杏儿的手，细细的像干柴一样的小手，周山鼻子阵阵发酸。这些年，李山杏从工队退休下来一直照顾着重病的丈夫，劈柴，做饭，洗衣，里里外外，将家操持得井井有条。她白了头，弓了腰，胃也不好，吃不下饭，气管也不好，总是咳，身子越发瘦弱单薄，似乎一阵风就能吹跑。周山看在眼里，疼在心里。他总是帮持着杏儿，他觉着他要好好活下去的理由就是要好好照顾这个苦命的丫头。只要他在，就没人敢欺负他的丫头，周山就是这么想的。周山的脑子里想了很多，友友、文文是两个懂事的好孩子啊，能想出这么一辙来救自己的妈妈，也算是没白疼他们一回！

周山从思绪中走出来，回到现实："丫头，愿意陪干爹去外地瞧病吗？"

"干爹，瞧您说的，别说去外地，就是陪干爹去外国，您的丫头也去，说心里话，别人陪着，我还真不放心呢。"

"好丫头，干爹有你这个丫头，就是现在死了，此生也没遗憾了。"

"干爹，您说啥呢，我还得孝敬您三十年呢。"

"对对，说得好，瞅干爹这张破嘴，呸呸呸，那咱爷俩就好好活着，哈哈——"

"就是嘛！"杏儿摇着周山的胳膊。

"好好，好丫头！"

"干爹，咱去哪儿看病？"

"去北京，去最好的医院！"

"北京——"李杏儿愣了，脑子瞬间停止运转了一样。

"咋了丫头？"

"没，没事干爹，那咱啥时候动身？"李山杏连忙掩饰窘态，多少年了，她的那颗爱的心连北京这个名字一起深深地隐藏了。这么多年了，为啥一听到"北京"这个名字脸就会发烫，心跳还会加快？她自己都弄不明白，为啥一听到北京，周身的热血都在滚滚奔流，都在热烈地燃烧。

她在恍恍惚惚中回到了家，她得和丈夫刘强商量去北京的事。她把干爹周山要去北京看病的事和盘托出，征求刘强的意见。刘强闻言，大力支持。李山杏后顾之忧就是刘强，没有了她的照顾，不知道行不行。刘强看出了她的忧虑，反过来安慰她："杏儿，你看我能吃能喝、能走能颠的，啥事儿都没有。你就放心陪干爹去看病，北京好玩的地方老鼻子多了，你就陪干爹好好转转，别怕花钱——"

虽然在预想之中，但是李山杏还是感激刘强的理解和支持，想想结婚这么多年，风里雨里，虽有万般艰难，但刘强却没有对她动过一回粗，全是小心翼翼地用心呵护着她，呵护着这个家。他卧床不能下地的日子里，为了减少上厕所的次数，一天只喝几羹匙水。他心疼她，也埋怨自己的无能！在他的心里，杏儿就像仙女一样，这个仙女一样的女人日里夜里围着他擦屎把尿，没有一丝怨言。没人的时候，他“当当”地往床上磕自己的脑袋，多想就这么磕死算了，这样折腾一个好女人，于心不忍！他开始绝食绝水，一心求死。李山杏觉察出他的想法，像哄小孩一样哄他多喝水，她不嫌脏，也不怕麻烦，她只要他快快地好起来。他还是固执地一心求死，李山杏没辙了，也以死相逼，和他一样不吃不喝。她的真情真爱激励了他，他明白，只有快快好起来，才是对这个好女人最好的报答。术后，他刻苦地进行康复训练，再痛再苦他咬牙挺着，在她的面前，他始终保持微笑。天知道，他经历了多少痛苦的折磨才恢复到了生活自理！天知道，他与死神进行了怎样硬碰硬的殊死较量！他能活下来，能一点点地康复，就是个奇迹，与其说他创造了奇迹，倒不如说是杏儿创造了奇迹！

李山杏在收拾出门的包裹，都说破家值万贯，这一收拾，还真是收拾出不少“老家底”，就连友友、文文小时候穿的衣服，甚至他们的尿布都还留着，整整齐齐地码在箱子的一角。那些年艰难的日子在眼前掠过，那些艰难的日子是咋熬过来的？想想都可怕，真是在鬼门关里转了一遭又一遭……如果说在这些艰难日子当中还有一丝喜悦的话，那么就是老天送给了她两个可爱懂事的好孩子。

李山杏将一个折子里的两千元钱都取了出来，刘强嫌少，让她多带一些。“俗话讲：在家千日好，出门万事难！出门在外，一分钱憋倒英雄汉，多带点钱花着也仗义。”刘强还说，“这几年，咱的日子也缓过来了，日子不那么紧巴了，只要能将干爹的病看好，花多少钱都值得！”李山杏偎在他的怀里，感觉从未有过的温暖，她重重地回了句：“哎，他爸，我听你的，多带点钱，治好干爹的病！”刘强又说：“杏儿，让闺女、儿子也跟着你们去吧，你身体也不好，他们能跑能颠的，准有用。再说了，闺女、儿子长这么大，也没出过门，带上他们，也让他们去北京见见世面。”李山杏用力点着头，别看刘强平时不吱声，想起事情来比她还周到。她忽然又摇头：“不行不行，我们都走了，你……”

“杏儿，你咋总把我当残废看呢！”刘强佯怒，“我都好了，我上大街遛弯都不成问题了！还有，你自个儿也说，我做的菜比你做的都强，你还有啥不放心的?”

她的眼睛露出了疑色。

他不给她思忖的时间,连忙又说:“再说了,你们也待不了多些日子,姐弟俩轮班照应着,干爹还有个休息时间,光折腾你,我不干,我心疼。”

李山杏没辙了,笑笑说:“好好,他爸,我全依你还不行嘛!”

还有两个折子,一个折子上是四千,另一个折子上是五千,能积攒下这么多,全是女儿文文的功劳。这个孩子长这么大,没有穿过裙子,不知道啥是化妆品,五分钱一根的冰棍不舍得吃,除了留给弟弟花的,全部存了起来。想到亏欠女儿这么多,李山杏的心里绞着疼。她将箱底里的一个布袋子取出来,那是整整两套被子的里外面,龙凤绸子面的,是给女儿准备的嫁妆。刘强都不知晓,李山杏交代给他。她还在立柜的角落里取出了一个小木盒,里面装着一双银镯子,那是结婚的时候刘强送给她的,她也交代给他,说这个是给未来儿媳妇的。

刘强的心中涌上一阵辛酸,想想杏儿跟了自己大半辈子,也就给杏儿买过这么一次贵重的东西。他强忍着泪说:“杏儿,你摆弄这些东西干哈,用不了多久你就回来了,我记性可不好,这些事情还得你操心。”

李山杏笑了:“是啊,你看我这是咋了,就去陪干爹看看病,很快就回来了,整得这么婆婆妈妈的。”她还不放心,马上又想起了什么,“孩子他爸,我走后,你在家可千万别糊弄,做点好吃的,每顿都得整点菜吃,咱再省,也不差嘴上那点吃的东西,听见了没?”说着自个儿都笑了,“哎,我这是咋了,我是不是像七老八十的人了,变得这么磨叽。”刘强抛下两行泪水,转身擦了,轻轻地说:“杏儿,你咋能像七老八十的人呢,你还是那么美。我跟你过了大半辈子,也没有看够你,真的,我怎么也看不够啊! 杏儿,你可以笑我没出息,可我,可我说的是实话。”他不由得泪流满面。杏儿帮他擦泪,杏儿的泪水也在眼窝里打转,笑着说:“都老夫老妻的了,你看看咱俩这是唱的哪出啊……”

再说周山,做梦也没有想到杏儿能遭如此大难,当刘思文跟他讲了事情的来龙去脉后,周山如遭雷劈,几乎昏死过去。刘思文吓坏了,给老人家摩胸捶背，弄了好半天，周山才缓上来一口气就吼起来："老天爷啊！要死让咱这个糟老头子死啊！可不能祸害了咱的丫头啊！老天爷啊！咱可是一辈子敬着您这个天公公啊！您可发发慈悲吧！"说着话，"扑通"双膝跪地号啕大哭，伏地不起。任凭刘思文怎样劝说，也无济于事。哭过了，他开始翻箱倒柜，把箱子里的现金和存折全部拿了出来，"去，把折子上的钱全取出来，都带上。"

刘思文怯怯地没敢接，泣声道："干姥爷，这是您养老的钱，我不能要，家里钱够。"

"你说啥？这是你干姥爷的养老钱？狗屁！"周山暴跳如雷，"文文，亏你是个读过书的人，咱的丫头要是有个三长两短，你干姥爷还能活吗？还活个狗屁！钱是个啥！钱要是能救回丫头的命，咱砸了这把老骨头棒子那也值啊！文文，今天你跟咱说这个话咱不跟你计较，这个话要是从周玉平的嘴里吐出来，咱今天不砸断他的脊梁骨咱都不是人！还不快去！"

"哎——"刘思文吓傻了，在她的记忆里，她的干姥爷是如此地爱她呵护她，哪舍得说一句重话，哪舍得动一手指头？这一刹那，她似乎明白了人世间的一切道理，才懂得了什么叫"父女情深"，才懂得了什么叫"爱人胜过爱己"！

她再不敢怠慢，跑着出去了。

"回来！"

她又颠颠地跑回来。这会儿刘思文整个人都木木地，被干姥爷吓傻了。

"给你大姨、二姨打电话，让她们过来见咱，让她们撒愣地①，立马就来！"

"好的，干姥爷，我马上打——"

"还有……"周山犹豫了片刻，压低了声音，"给你大舅也打个电话，让他也来——"他忽然抬高了声音，战栗着嘴唇，"告诉他，今天他要是不来，

① 东北方言快点的意思。

这辈子就不要来了!”

列车启动,车笛鸣响——

窗外是七月的大兴安岭,满目苍翠。车窗开得很低,大股的风吹进来,刘思文迎着风却毫不在意,似乎在思考着什么,她的眼睛眯着,目光坚毅而笃定,一头乌黑的长发随风飘动。

列车呼啸着驶进苍茫林海,长这么大,刘思文还没有离开过大兴安岭这片热土,第一次进京,竟然是陪着妈妈去看病。列车在大岭中蜿蜒起伏,除了火车有节奏的嘎噔嘎噔声,世界都安静了下来,只有绿色洗涤眼睛,仿佛进入了童话般的世界。星星般散落的村落人家,偶见的牛马羊群,一簇簇的五色花海,一个个玉镜似的湖泊,一条条时隐时现伴车而行的奔腾不息的大河。

列车披荆斩棘,切开一条大河,甩过连苍鹰也飞不过的一座大岭,一个弯道过后,车子飞驰出白色的云朵,一大片整齐划一的犹如列兵一样整齐的森林长城就不管不顾地扑进视野。列车在任意驰骋,但不管从哪个角度,仍能看出这墨绿色的森林横竖成线,绵延天际。刘思文不禁在心里说了一句:“伟大壮丽的人工林!”她深深地吸了一口气,心灵被震撼了。这个时候,车上有个小姑娘问她的爸爸:“爸爸,这就是我们在课本上学到的人工林吧,那么整齐,好漂亮啊!”

刘思文的脑海里快速闪出敬爱的周总理曾说过的一句话:“越采越多,越采越好,青山常在,永续利用。”他老人家的指示是多么的高瞻远瞩,如果森林只是采伐而不播种,那早就砍光了。她对周总理的这句话记忆犹新,是因为她去过妹妹李建萍的单位——营林处苗圃,她们单位墙上最醒目的位置,用油漆写着的就是这几个朱红的大字。其实她打心眼里羡慕妹妹的工作——培育树苗,孕育新的生命!她第一次到妹妹的单位参观,看到那样广阔的苗圃大地上生发出数不清的小树苗,那些小树苗带着露珠、迎着朝阳向育苗员绽开笑脸时,她就想扯起嗓子大声地高歌一曲。这些天使般的育苗员,每天迎接的都是希望和生机,她打心眼里觉得这样的工作才更有意义!

她的妹妹李建萍也曾半开玩笑地对她说过:“大劳模同志,肯不肯来我们单位工作啊,咱姐俩要是在一个单位工作多好啊!”刘思文也很动心,但是她可不敢提调动工作的事,她就在她“准对象”的眼皮子底下工作,人家还嫌见面的时间少呢,这要是跑到别的单位去了,那不急眼才怪。说起来,施振雄对她也是挺好的,来的时候,她去厂子里请假,一天的假,跟班组长请就行,请长假就得跟副厂长施振雄请了。施振雄焦急地问她出了啥事,她就把陪她妈妈去北京看病的事说了,施振雄二话没说,就把兜里的钱和办公桌里的钱划拉划拉一千多都塞给她,“给阿姨买点好吃的,钱不够给我打电话。”要知道一千多块钱可是这个堂堂制材厂副厂长五个月的工资了。这么多的钱,刘思文捧在手心里,一时不知道怎么办才好,她的潜意识告诉自己:不能要!平白无故地咋能收人家这么多钱?虽说两人现在是“对象”关系,可这个情也过于重了。她像被烫着似的,猛地把钱放到他的办公桌上,转身要跑,他一把将她揽在怀里,他甚至毫不在意办公室的门大敞四开着。他的眼神告诉她:必须得收下,这不单单是钱,这更是一颗火热的心!他把那些钱重新塞到她的手里,她感觉得到他怦怦的心跳,她不知道该收不该收,将一捧钱端在手心里。他吻了她的额头,他要吻她的唇时,她慌忙跑掉了。“文文,保重身体,把阿姨的病治好,回来让我好好爱你,听见了吗!”他扯着嗓子向她的背影喊,她羞得想要钻进地板缝里……

车声隆隆。一旁的刘思友也心思沉重,还想着爸爸交代他的话。

“友友啊,爸这边开了工资就给你寄过去,别舍不得花钱,这趟去北京,无论如何得把你妈的病治好了,治不好,你姐弟俩就别回来了!让你妈吃好喝好!钱不够就给爸打电话,爸在这边再想办法。总之,钱的事就不用你们操心了,敢给你妈饿瘦了,小心你爸跟你小子玩命!这辈子记住了小子,你谁都可以对不起,但对不起你妈……”他的鼻音越来越重,字字千钧地说,“天打五雷轰!”

“爸,我记下了!”

“还有,记住了小子,把家里的钱都划拉划拉拿干净了,出门都是花钱的地方，要是给我剩一分钱，弄把钱给我塞被子底下这类的小把戏，你爸就当纸钱扔炉坑里烧了。”

“爸——”他不敢看他爸的眼睛，“真让您猜着了，我妈把钱给您留碗架子底下了，让我们到地方了再打电话告诉您。”

刘强用力挥手，“赶紧地，听爸的，把钱都拿上，这钱是给你妈救命的，是救命的钱！家里啥没有啊？大米白面大白菜土豆有的是，爸饿不死！爸虽然是个大老粗，一辈子不识文断字，但道理我懂，咱得学会照顾女人，咱连自己最疼最爱的女人都照顾不了，咱还算个爷们？”

刘思友机械地回答：“爸，我记住了，家里一分钱也不会给您留着，您保重身体！我们一定会把妈妈的病治好。”

车声隆隆。他一遍又一遍地重复着对爸爸的承诺：“我们一定会把妈妈的病治好，一定！一定！”

来之前，周玉平给北京的朋友打了电话。到了北京有人接站，有人给挂好了号。在做检查之前，周山给李山杏上了堂“课”：“丫头，你这趟陪干爹出来检查身体，机会也是难得，你也一块儿检查检查，你的身子也不太好，文文陪着咱，友友陪着你。”

李山杏目瞪口呆，也不容她答应不答应，反正号已经给她挂好了，检查的单子也开出来了，她只能机械地随着人流前行。

刘思友陪着妈妈去做检查，好久没有这样挽着妈妈的胳膊走路了。小的时候走路很笨，尤其是冬天，一走就掉进雪窝里，他就使劲够着牵妈妈的手；长大了，就忘记了牵妈妈的手。妈妈现在已经步履蹒跚，她老了，需要人搀扶着走了。李山杏走不动了，就依在儿子的身上，刘思友感觉妈妈好轻啊，像一只小猫，身上似乎全是骨头，硌得他生疼。一时间，他的鼻腔酸酸的。

陪妈妈一路这么走着，从记事起的事情一件件浮现在眼前——

小时候的刘思友好馋，啥都馋，馋饼干，馋糖块，馋火烧，馋麻花，馋肉……见啥都想吃，见啥都想冲上去啃一口。家里来了客人，他就用一双小眼睛可怜巴巴地直盯着菜盘子，客人夹了几颗花生豆、吃了几块切成小瓣的咸鸡蛋、夹了几筷子炒肉片,他都数着,馋得直流口水。妈妈买些好吃的也得藏起来,要不然可等不到过年,他就把东西翻出来偷吃了,偷吃还不敢全吃了,吃得星星点点的,像老鼠打洞,东一个窟窿,西一个眼的。他还清晰地记得有一年将妈妈压箱底的一瓶黄桃罐头偷偷拿出来,也不敢吃啊,就那么眼巴巴地瞅着。后来,计从心来,拿个妈妈做鞋的锥子用力在罐头盖上扎了个小眼,仰着头喝控出来的罐头汤,心里想着只喝一点,又一点……直到把罐头汤控得滴水不剩,再把罐头放回去。不知过了多少日,等妈妈取出来的时候,罐头里面已经长满了绿毛。

“妈,您还记得罐头汤的事吗?”

“咋不记得,这事妈妈很后悔,就为了口吃的。”

“您打了姐姐,姐哭您也哭。”

“你还记得那么清,你那会儿才多大啊?”

“妈,其实是我偷吃的,不关姐姐的事。”

“妈知道——”她温暖地笑着,望着儿子俊俏的脸。

他很吃惊,“您知道?那您为啥还打姐姐?”

“妈打姐姐,是为了让你长记性,让你知道偷吃东西是不对的。姐姐受委屈没啥,谁家里的老大都是挨打最多的,老大犯了错要打,老二犯了错,老大也要挨打,老三犯了错老大也要挨打——家家都是这样。”她笑了,轻轻地摇了摇头。

“为啥呀,妈?”他停下脚步,将小猫一样瘦弱轻盈的妈妈搂在怀里,感觉妈妈的温暖。

“老大没有带好头,就得挨打,自古就是这么个理。”

他笑了,笑着笑着眼泪就掉下来了。

“孩子,你长大了,是个男子汉了,以后要保护好你的姐姐,女人再坚强还是个女人。”

他用力地点点头:“妈,儿子记下了!儿子一定保护好妈妈,保护好姐姐。”

过了一天,李山杏的检查结果出来了,诊断书上赫然写着:肺癌晚期。

五雷轰顶，姐弟俩也不敢声张，拿着诊断书在一处旮旯里抱头痛哭。哭也不是个办法，他们只好拿着诊断书跟干姥爷周山商量。周山最怕的结果呈现在眼前，他一气把眼泪都哭干了。可是哭能有啥用？哭是最没用的办法。甩飞了泪珠子，周山换成笑模样去见杏儿：“丫头啊，你看看，这不检查不知道，你的检查结果出来了，咳了那么多年，到底出了点小问题，这肺子上长了个小结节，这回得做个小手术了！”周山努力在轻描淡写，他笑得那么牵强。姐弟俩在一旁想赔着笑附和，但是，真的笑不出来……

李山杏对这样的检查结果其实并不吃惊，她对自己的身体最清楚，这段时间以来，病情持续加重，每况愈下，只是不往那方面想，不想面对这样的现实……

她看出干爹的一抹强笑，她很明白诊断结果并非如干爹说的那么简单，一瞬间，她似乎明白了一切。她不露声色，平淡地对干爹报以微笑，顺着他的话说：“你看这事闹的，本来是陪干爹来检查身体的，结果我住上院了。”

“丫头，这人吃五谷杂粮，哪有不生病的？你啥也别寻思，放宽心，咱把病治好了，高高兴兴地回家去。”

“好的，干爹，我听您的，那咱就治。”

周山连说几个“好丫头”，抽身就去找主治大夫。得到的答复是：“手术的意义已经不大了。”

“这叫啥话？啥叫意义不大？”周山急了，跟人家拍起了桌子。

“老人家，您消消气，患者肺部的肿瘤巨大，而且已经扩散了。说句大实话，如果手术，遭着罪还花着钱，到了还是人财两空。”

“你们——你们是北京的大医院啊，咋能说这样不负责任的话呢，咱们从几千公里外的内蒙古跑到北京来，就为了听你这句话，就为了听你说句治不了？”周山的眼珠子喷着火，吓得大夫们纷纷后退。

“老爷子，您不要太激动，我们的意思——”

“你们的意思是怕咱要赖不给钱吗？咱有钱，友友！友友呢！”闻声，刘思友从外面跑进医生办公室。

“友友，把钱都给咱亮出来！”

刘思友就把三沓崭新的钞票摆到桌子上。

“你们看清楚了，这是三万块，够不够治咱丫头的！友友——”转头又大声叫刘思友，“周玉平到了没有！”

“干姥爷，我舅舅刚到。”

“到了？到了咋还不露面！”

刘思友又把周玉平叫进医生办公室。

“钱带来了吗！”周山厉声问。

“爸，这是我们几家凑的——”周玉平拉开黑色的提兜，“五万整，不够的话，我还可以向同事借。”

旁边的大夫传来了唏嘘声。

周山把八万都摆在桌子上，盯着主治大夫，“这些钱加在一起够不够给我丫头手术的？”

“老人家，够，太够了！我们不是那个意思，您可千万别误会——”

“咱没误会，咱代表咱的丫头给诸位大夫鞠躬感谢了，请一定救救咱的丫头！”周山深深地弯下腰去，鞠躬答谢。

周玉平带来的五万元巨款是及时雨，一件事就让周山重新审视他这个儿子。晚饭的时候，他和儿子在小酒馆难得地端起了酒杯，他很欣慰，说话也柔软了许多：“玉平啊，关键时刻还得是一家人，爸有的时候说话重了些，你别往心里去。”

老爷子刚强了一辈子，一辈子也没说过软话，今天对自己儿子说这样的话，周玉平反倒觉着不自在了，挺惶恐，连忙端起满杯酒回敬道：“爸，您千万别这么说，您教训的是，这么些年，您为我们这些儿女受苦受累，我们没有对您尽到孝心，尤其是我，还总是惹您老人家生气，想想真是不孝，儿子给您赔不是了。”他一仰脖把酒干了。

周山许久没有应声，尔后，也一口干了杯中的酒，眼眶渐渐变红，拍了拍周玉平的肩，说：“这人呢，上了岁数眼窝子就浅了，也经不起事了，你今天能说出这番话，爸真的是很高兴，人活一辈子是得学会知足、感恩。爸这辈子是知足了,可是恩,爸还没有报完,咱们爷们还没有报完！咱丫头的亲生父亲是大岭英雄！是咱的恩人,没有咱的好兄弟以命相助,你爸今天能坐在这儿跟你一起碰杯喝酒吗？孩子,一句话,咱丫头的命得救,花点钱不算个啥,能救丫头,咱爷们就是豁出命去也得救,脑袋掉了碗大的疤,咱到啥时候都是个爷们！说句心里话,孩子,如果能以命换命,你爸就是死十回也得换回丫头的命！”周山已经泪流满面,一口菜没夹,又一杯热辣的酒倒入喉中。“想当年,丫头的父亲一个人救回五个兄弟的命。轮到今天,咱就得用咱爷几个人的命去救咱大岭英雄女儿的命,这就是天道！人在做,天在看,懂吗,孩子？”

“爸,您的话我记下了！只要能救我干姐的命,咱不惜一切代价！”

“好,这才是咱周山的儿子,好好,咱高兴啊——”

周山这样夸赞周玉平,他却并没有舒展眉头,相反,似乎更不敢抬头看他的老父亲了。他心里闷,闷得喘不上气来,那块压在心里的大石头似乎无时无刻都能要了他的命,他仰脖又干了一杯烈酒,豁出去了,借着酒劲,他打开了尘封的往事。

原来,十年前周玉平从林业局机关被下派到基层工队挂职锻炼,去当生产工队的副队长,这一锻炼少则一年半载,多则几年。有挺多这样的干部,历练好了,被上面提拔重用,历练得不好,也就留在工队当了“山大王”。他当时挺不理解,心里有疙瘩,总是闹情绪,在工队的日子总是喝得醉醺醺的,也没人敢管。当时跟他在一个工队的有刘强。因为是“亲属”的关系,刘强总是劝着他,让他少喝酒。可是他毕竟是刘强的副队长,刘强压根管不了他。有一天,周玉平喝得醉醺醺的,却非要和刘强一道去伐树。刘强左右劝说也无济于事,毕竟官大一级压死人,他只能小心照顾着周玉平,让其躲得远远的,自己一个人拿油锯去放树。周玉平酒劲上来攻得烧膛,压根坐不住,偏抢了油锯去放树。他把锯抡圆了,疯了一样伐了一根又一根,结果放倒了一片,搭挂①了一片。在山场工作过的兄弟们都

① 锯掉的树木没有倒下去。

懂，这种搭挂的树最危险，你可能费半天劲也推不倒它，也可能一阵风就能让大树趴下，总之，这种被锯断的又不当时倒下的大树是最要命的“夺命杀手”。如果路过的人经过这里，你想想，那将面临多大的危险？刘强当时吓坏了，喊人已经来不及了，只能紧跟在他屁股后面照应着，四下张望着替他把风。临了，周玉平作够了，也累趴了，就把油锯一扔，一屁股坐在了地上。说时迟，那时快，一棵搭挂的大树瞬间向周玉平砸了过去。此时，周玉平已经累虚脱了，又背对着搭挂的大树，所以他根本就没有任何反应，等大树到他的脑袋顶了，他整个人也飞了起来，是刘强在后面把他推开了。也不知过了多久，等他醒过来的时候，就看见刘强被大树拍在底下了。

事后，刘强的材料里是这么写“出事经过”的：那天，他用油锯放树，有几棵树没有放好，搭挂了，他想把搭挂的树放倒，结果没弄好，还被大树拍了。幸亏被巡视工作的副队长周玉平发现，及时得到了救助……

周玉平也因为这个事被林业局表彰，没过多久，他被调回局里得到提拔重用。所有人包括杏儿都以为事情是这个样子。如果不是这个样子又能是什么样子？周玉平有才华，干练，机智。刘强不善言辞，只知道闷声干活，不会见机行事，不会看领导脸色。材料与两人的平时表现高度吻合，没有人有异议。

周玉平痛哭流涕，跪倒在周山的膝下，把这个事情原原本本地告诉了周山，心里一下子痛快了。他想好了，要杀要剐随老爷子的便了，反正把这事说出来了，自己的良心账算是上交了。这样一番话，如果不是借着酒劲，他是死也不敢说出来的，他也没有勇气再对谁复述一遍。

周山已经酩酊大醉了，他像是在听着，其实已经处于半昏睡半酒醉的状态，只能咿咿呀呀地说了一堆莫名的话。

这一番话，恰巧被寻来的杏儿听得真真切切，她的身子慢慢地蜷缩了下去，捂着嘴无声地号啕，泪从指缝间汹涌而出，她的心好痛，痛得撕心裂肺……

一周后，李山杏的病情迅速恶化。

之后，医院安排了手术，手术很顺利，医院的学术带头人和一个留美博士联合操刀。

“手术很成功，可我妈的病却怎么一点也不见好？”刘思文、刘思友姐弟俩哀求着医生的解答。

“从某种程度上讲，肺部的巨大肿瘤是被一下子‘消灭干净’了，但是手术却会加速癌细胞的扩散速度，对于这样的病，我们也没有回天之术。对不起，我们尽力了。”

重症监护室里，躺着已经奄奄一息的李山杏。

她的脸苍白如纸，努力睁开眼睛，向来的人微微一笑，翕动着嘴唇：“你咋来了，你的身体不好，多遭罪啊，买着卧铺了吗？”

“嗯嗯，杏儿，我很好——”刘强已经泣不成声，“走的时候还好好的，咋一转眼就变成这样了？杏儿，你一定要好起来，两个孩子离不开你啊——”

“一个大男人，掉啥泪啊！嘎子，对不起，忽然想起你的小名来了。”李山杏嘴角挤出了笑意。

“嗯嗯，杏儿，我喜欢你叫我嘎子，你叫吧，嘎子听着呢，呜呜——”

“嘎子，十年前你是咋受伤的？是为了救玉平兄弟吧？你瞒了我这么多年，咳咳——这么多年我跟你发过火，数落你，甚至，甚至骂你咋那么笨，你咋就一声也不吱呢？对不起嘎子，我真的好傻，我是天底下最傻的女人——”

她的话虽然这样说，但实际上她并没有对刘强有过多的埋怨，这些年她默默承受默默付出，承担了常人难以想象的苦难，无数个静静的夜里她独自以泪洗面。她知道刘强有多么爱自己，她不想伤害爱她的人，只能把一切归结为命……

“杏儿，我不让你这么说。我救的是咱兄弟，这有啥好说的？就是换成别的兄弟，我也一样会去救！跟咱在大岭一起摸爬滚打的兄弟，都是好兄弟！”

“嘎子，你说得对！嘎子，以前我觉着你是个闷葫芦，觉着你嘴笨，干活也笨，无能，你在我的眼里一点也不灵巧，咳咳，简直是一无是处……现在想想，你其实是个大丈夫！你疼我，你是不跟我这个小女人一般计较，咳咳咳咳——”

“杏儿，大夫不让你说这么多话，你先休息好吗，呜呜——”

“嘎子，不要难过，我们——有一双健康的儿女，我已经很知足了——”

“杏儿，嫁给我，你一天好日子也没过过，啊呜呜呜呜——你跟着我吃了多少苦、受了多少罪啊！这些年，你一直在工队跟兄弟们一样摸爬滚打，你不知道心疼自己，可是我疼啊，我疼得心都快炸了，我没有照顾好你，没有让你过上好日子。老天爷啊，你把我这个没用的废物带走吧，别折磨我的杏儿了，呜呜呜呜——”他揪着自己的头发无声地悲号。

“又说——又说——这样的话——”

“杏儿，你让我把话说完。说掏心窝子的话，隋组长和志杰都是好样的，都是咱大岭的好男人，只可惜他们俩就没有那个好命，一个死了，一个弃你而去，我敢保证的是志杰会后悔一辈子，他再也找不到你这样的好女人了。”

“别说了——咳咳——”她哭了。

“这些年，这些话在我心里憋着，我都快疯了，隋组长为了救你而死，死得像个爷们，死得让人敬佩，但我知道，你的心里一直有我的好兄弟志杰。别说我活成现在这个怂样，我就是活成个局长，也没法跟志杰比，你也不会真的爱上我，这个理我懂。其实你的心里有我的好兄弟志杰，我还挺高兴，我从来都没把他当成外人看，你俩当初好的时候，我还在心里祝福过你俩。在我心里，你俩是天生的一对，没有人比你俩更合适，可是老天捉弄人啊，让我这只癞蛤——”

“好了，不说——这些了。”她呼呼地喘着气，烦躁起来，手四下乱抓。

“杏儿，你跟了我一辈子，啥福都没享受过，身上连件像样的衣服都没有，我亏心啊。我，给你买了件呢子大衣，你看看，红色的，多好看，等你病好了，穿上它，肯定又像当年一样好看。”

她仔细地看了看，露出一丝笑，“快扶我坐起来，快，穿上它。”

“杏儿,大夫不让——”

“嘎子——帮我穿上吧——求你了——我要穿着它走——”杏儿的声音越来越微弱,他的耳朵贴在她的唇上才能听到她说的话。

“啊呜呜——大夫快来人啊,快来人啊!”刘强嘶叫着撞开病房门,痛哭流涕,不能自已……

其实办理入院的时候,李山杏就知道自己得了“不好的病”。只是没有想得那么重而已。她住的这个病区里,天天都有“走掉”的人,刹那间,她对生死了然于心了。

最对她心思的人就是她的干爹周山了,周山也是最能劝慰她的人。这天,周山在用羹匙一点一点喂她喝蜂蜜水。她忽然说:“干爹,你们不用瞒我了,我全知道了,我知道自己得癌了,有那么一刻挺悲伤的,不为别的,我的两个孩子都还没有成家,我就这样走了,可怜了两个没妈的孩子啊……我这一辈子净让干爹跟着操心了,丫头真是对不住您……”泪水从她的眼角淌下来,打湿了枕巾。

“丫头,看你说的啥,别怕,有干爹在!北京的专家很厉害,他们说了,能治好你的病,你放宽心啊,丫头。”

“干爹,志杰应该在北京吧?”她的眼睛里闪出明亮的光。

“嗯嗯。”周山不敢看她的眼睛。

“干爹,我得病了,病得很严重,咳咳,志杰会不会来看我,他是大夫啊!如果能碰到他,让他给我治病,那有多好啊。我总是想着,指不定哪天,我在医院可以偶遇志杰,我想,那一瞬我的脑袋肯定会天崩地裂了,我不敢想象,可是我还是忍不住去那样想。我去买了好多化妆品,咳咳,我有多傻,我竟然想用钱买回我的青春。我不敢用我现在的样子去见志杰,我还想用我三十年前的样子见到他。他白,他俊俏,他的样子一定还是当年的那个样子,我咋能这么老态龙钟地见志杰呢。”

“丫头……北京这么大……再说……都几十年了……”周山哆嗦着双唇,无法对答。

“干爹,您不用说了……”她的泪水瞬间挂满了腮:“干爹,其实三十年前您的眼睛已经告诉丫头了，丫头预感到志杰早已不在人世了。丫头以前怕黑……怕鬼，可是志杰离开我以后，丫头啥都不怕了，多想他能回来看看我……哪怕能走进我的梦里来……志杰多狠啊……一次也不来看我。丫头知道，他怕吓到我，他这个傻孩子，我怎么会怕？干爹，呜呜……我好想他……”

“好孩子，干爹……对不起你……干爹不该瞒着你啊。”周山摇头悲号。

“丫头明知道干爹是骗我，可是，咳咳，干爹啊……丫头宁肯相信您说的话……我相信您说的话，就相信志杰还活在这个世上！只要他活着，别说他在北京，就是他在天涯海角，咳咳，只要他能活着，只要他能好好地活着，丫头就知足了。他如果还活着，那该有多好啊！干爹，人这一辈子，可能只会经历一次刻骨铭心的爱情，如果志杰现在出现在我的面前，我的病就全好了，我保证能像一个小丫头一样活蹦乱跳地站起来，我保证还能像三十年前那样好看，咳咳咳咳……”

“丫头，咱的好丫头，在干爹的心里，你一直都那么好看。你就是个小丫头，和三十年前一模一样，哪儿都没变，哪儿都没变啊……”

手术并没有阻止病情的恶化……

一连几天，她什么也吃不进去了，只能靠输液维持。

22日，浑身疼痛，输液，吐血。

23日，输液，吐血。

24日，输液，吐血，谵语。

25日，输液，浑身疼痛，吐血，昏迷，谵语。

26日，输液，吐血，想要吃的。

一碗酸菜猪肉馅的薄皮饺子。刘思文用手拿着，将饺子送到了妈妈的嘴里，她的嘴一张一翕，努力地将饺子吃了下去，吃了一个半，气色从未有过的好。她很平静地跟两个孩子说了一句话：“要坚强，不能哭，人生的路很长，妈妈只能陪你们走一程。”“嗯，我不哭，我听妈妈的话——”泪水决堤般冲出眼眶，只是呜咽，不敢出声。

转瞬，浑身疼痛加重，呼吸急促，打了镇静针，医院让绝对安静地休息。她微睁着眼睛，一直盯着刺目的天花板，就那么看着，看着……

大夫轻轻地关上门，对守在门外的刘强说："我们已经尽力了，实在对不起，做准备吧！"

刘强叫过来刘思文，把一个东西塞到她的手里："送进去，给你的妈妈。"

"妈妈——要睡——着——了——"

"快去，把东西送进去就出来。"

"爸——"

"听爸的话，快去！"

刘思文把东西递给微微睁着眼睛的妈妈，她的身体直挺起来，两只干枯的手拉近照片，呼呼地喘着长气，睁大眼睛，细细地看，生怕错过一丝一毫，嗫嚅道："志杰……真的是你……几十年了……你一点都没有变……你还是那么帅气……你看……我都老了……成老太婆了……我都没有梳洗打扮……你可不许笑话你的丫头……你这个臭孩子……这么多年……你跑哪儿去了……你让我想得好苦好苦……这下好了……我终于找到你了……"她摩挲着照片，泪水纵横。最后，她强忍着钻心噬骨的剧痛，在照片的背后写下几行小字：

提笔，

只是初见。

落笔，

已是深念。

她眼里充满了光亮，越来越亮。她的声音忽然弱下去，把照片移到唇边，深情地吻着，吃力地，断断续续地说出了最后一句话："志杰……我的最爱……丫头来了……我们……再也不分……开……了……"

照片紧紧地攥在手心里，手重重垂下去……

5 电锯杀人只需要短短的十分之一秒

没有妈了，家里一下子就空荡荡的了。

没有妈的家，还叫家吗？

刘思文静静地站在院子里，感觉着妈妈用爱筑起的这个遮风挡雨的“小巢穴”——

虽然这个家是如此的清贫。

以前下了班，推开院落的大门，远远地就能闻到妈妈炒菜的葱油香；以前下了班，好有奔头，家里有个妈，想飞回去，快点进门喊声妈；以前下了班，知道家里有个妈在等她，知道有个温暖的怀抱可以钻；有妈在，快三十的人了，也还是个长不大的小丫头，可以耍小性子，可以撒娇，可以有人宠着……

可是，人生无常，转瞬已经物是人非。随风飞舞的花瓣飘零在这个寂寞的深秋。没人知道，她的心有多痛，痛得无法呼吸……

以前总觉着，人是慢慢长大的，现在才知道，人是一下子长大的。刘思友擦干了泪水，像真正的男子汉一样挺起胸膛。在陪伴妈妈最后的日子里，虽然妈妈没有说过一句让他重回课堂的话，可是他感觉得到，妈妈是多么希望她的儿子能有出息，希望能从这个砖贴脸的板夹泥房子里走出一个重振门楣、让人高看一眼的高才生。

“要坚强，不能哭，人生的路很长，妈妈只能陪你们走一程。”他记住了妈妈的话。妈妈那么不舍,却不愿在他们面前多流泪,他懂,那是妈妈给他们的人生上的最后一堂课,他领会了！他发誓:要揣着妈妈给的自信和坚强走好人生的每一步！

他闭上眼睛,流下两行清泪,在心里默念:“妈,儿子知道怎么做了！”

给妈妈看病集的钱还剩下很多,周山将这笔钱全部送给了刘思友。刘思友捧着那些钱如同捧着亲人们火热的心,他懂这份爱有多久长。他不想收,但又恐辜负了这份深恩,他只能收下。他把这些钱存起来,把存折递给刘思文:“姐,这个你收着吧,这是干姥爷的养老钱,咱不能动!”

她轻抚着弟弟黑黑的头发:“弟弟,你长大了。以前姐埋怨你长不大,不懂事,其实姐姐真的希望你不懂事、你长不大,姐还想照顾你。”

刘思友目光坚定,深情地说:“姐,弟弟长大了,已经是男子汉了。姐,以后凡事你别怕,你还有我,弟弟保护你!”

刘思文鼻腔一酸,忍住泪,说:“弟,姐姐只希望你好好的。你好好的,姐就最开心了。”

刘思友低下头,不由得淌下泪来。“姐,看来这个家你还得先扛着。你再养弟一年,弟吃不多,一顿二两米饭就够。等弟考上大学了,弟弟勤工俭学,就能自己养活自己了。”

刘思文将弟弟揽在怀中,嘴角勾起一抹苦涩的笑:“你想得倒美,想把欠姐的情还完啊！姐要把你养得肥肥的,姐让你记得姐的好,以后你成了家,找了媳妇,没事就上你家蹭饭去。”她笑了,想想那个场景就好幸福。刘思友搂着姐姐纤细的腰,呜咽地点着头,“姐,我都听你的。”

以后的日子里,刘思友横下一条心发奋学习……

学习本身就是一件很辛苦的事情,除了学习,家里的活儿刘思文不想让弟弟伸一根手指。可是她根本做不到,一来她的工作也很忙,早起晚归,加班也是常事;二来弟弟有活儿从来不攀她,见有家务活就干了。常常是她加班下班回来,进门就吃上了热乎饭。有时候,刚到院子就闻到了饭菜的香味,她还想着妈妈在劳作的身影,多少次错将弟弟的身影看成妈妈。她努力控制自己的感情,努力做坚强的姐姐,让弟弟心无旁骛地备战高考。回到家，她就跟妈妈在的时候一样，嘴角勾起一抹甜甜的笑脸，吃饭的时候跟弟弟讲开心的事、讲笑话，总之没有一句不开心的话题。她老“埋怨”弟弟“越界干活儿”这件事，不想让弟弟分心。但是刘思友也不是好对付的，他笑着哄姐：“姐，我要劳逸结合，娇惯的孩子不好养，你可不能把我惯坏了。”刘思文无奈地摇着头。

“姐，如果明年我考不好，你拿我的脑袋当球踢。”

“傻孩子，姐才舍不得呢。”

“姐，啥时候把我姐夫领家里来，让我和爸也认识认识啊。”

刘思文一愣，一口饭差点没呛着，忙咳了两声，“臭孩子，姐哪有对象啊，还姐夫？”

“姐，我听你的话现在好好读书，可你也得兑现你的诺言，你都快三十了……”

“你个臭孩子，你咋比妈还……”

说到了妈，姐弟俩突然不再言语，眼里噙着泪，强忍回去。刘思文笑笑，“姐知道你的心，姐会给你找个好姐夫的，可是这事急不得。”

“姐，你就别瞒我了，我啥都知道。”

“臭孩子，你瞎说啥！”

刘思友神神秘秘一笑，“嘘，这么大声爸爸就听见了。”

刘思文压低声音，脸热热的，“臭孩子，我瞒你啥了。”

刘思友忍不住笑，“我姐害羞的样子真好看，这得迷倒多少白马王子啊，哈哈——”

“臭孩子，有你这样的吗，拿你姐开涮，看姐不收拾你。”刘思文满屋子撵着弟弟追打，小屋里传出久违的嬉闹声。想想，小的时候就没心没肺地和弟弟打闹，为了一点好吃的争得哭叽尿嚎的，姐弟俩虽然年龄悬殊，但是也绕不过“不打不亲”的怪圈。现在想想，那些事情都成为甜蜜的回忆，刘思文多想妈妈抡笤帚疙瘩打自己，说自己越大越不懂事，说你弟小你不会让着点儿啊！这些话多么地亲切，似乎就在耳边，似乎就在昨天。追着追着，刘思友发现姐姐在小声地啜泣，慌了神，连忙停下来。“姐，你咋了？

你别哭啊，弟弟错了，再不拿姐开玩笑了。你打我吧，狠狠地打我吧。”

刘思文捧着弟弟充满稚气的小脸，抹着泪花笑了。“臭孩子，姐打你干吗，姐追不到你，气得嘛。”

刘思友信以为真，一脸内疚地说：“姐，以后我再也不跑了，等着姐打，姐想咋打就咋打。”

刘思文咯咯地笑，用手团住他的小脸。“等着姐打，咋这么傻啊，傻孩子，谁打你也不能等着挨打呀，三十六计白学了，嗯？”

看到姐弟俩又有了笑脸，刘强的心里好受了一些，他还没有从丧妻之痛中走出来，身体每况愈下，拄拐走路已经很费力气了。在孩子们的眼中，他的爸爸也曾是年富力强的“铁人”！从工队回来，不管多累，姐弟俩都要骑在他的腰上“骑大马”，“大马”就在那间小屋子的地板上驮着孩子一圈一圈地转，不知疲倦……骑够了，再跨上爸爸的脖子上“骑梗梗”①。

喜欢爸爸和他的老哥们唾沫横飞地喝酒划拳，小小的屋子里人声鼎沸，热闹得像菜市场。老哥几个就着花生米和几个咸鸡蛋，就能喝出人生的滋味！大声说话，大声唱歌，大口喝酒，扯个嗓子划拳。而这时，妈妈必在后厨忙碌着，端茶送菜，进进出出。忙完了，也坐在炕沿上哄着孩子们，笑意盈盈地看着男人们喝酒喧闹。在刘思文的记忆里，妈妈从来没有坐过酒桌，女人是不能坐席的。

那些和蔼可亲的叔叔们每每都喝得五迷三道的。酒是必须要喝尽兴的，必须喝到赤红着脸，醉意渐浓。这个时候，划拳是必不可少的下酒令和提神汤，于是大呼小叫，太阳穴上的青筋都鼓起来，输不输先不说，必须喊出威武之风，必须喊出夺人之势。

“哥俩好啊，三星照啊，五魁首啊……”

“哥俩好啊，六六顺啊，四喜财啊……”

“哥俩好啊，七个巧啊，全来了啊……”

划拳声此起彼伏，高潮不断，笑骂声一片。

---

① 东北方言：小孩坐在大人肩膀上。

酒过不知几个三巡，但是那几个有肉的荤菜依然大半剩在盘子里，剩给眼巴巴一直偷瞄着菜盘子的两个小馋猫。对于大人们来说，哥几个聚在一起说说笑笑，灌一肚子大散白，卷上几支比小手指还要粗的旱烟卷，便是人生的一大快事。

伴着酒香、菜香、烟草香，杂糅出一种父辈的记忆，一种父辈的亲切，一种儿时的味道。以至于多少年后，这种味道不但不会从记忆中被抹去，反而更加鲜活明亮，刀刻斧凿般地浸入了血液中。

妈妈走了以后，刘思文接了妈妈的班。即便工作再辛苦，每晚她也必须给爸爸按摩一小时，雷打不动！爸爸从未在她的面前唉声叹气，但一夜之间她看到的是一个苍老的爸爸，一个孤独的爸爸，一个没有了心爱女人的爸爸。心里的病，不是从身体上能医得了的。她尽力开导爸爸，但是收效甚微。

没有妈的日子，难啊……

秋风凉。

刘思文的工作春夏秋冬没有变化，上班开锯，下班回家，脑子里全是圆锯的嗡嗡声响。据老师傅们讲，连续开过三年大锯的人就会患上耳鸣。刘思文开了十年圆锯，她很庆幸自己的耳鸣还不是很严重，困得厉害时，耳鸣的声音反倒成了催眠曲，竟能和大脑“相看两不厌”，耳朵你鸣你的，大脑我睡我的，各不相干。

在这个极其高危和枯燥无味的工作岗位上，刘思文干得挺起劲，她懂一个道理，只要力出到了，就有钱挣。真金白银的钞票，真是个好东西。有了钱，就可以让弟弟安心复读，就可以让弟弟无后顾之忧地上大学。弟弟复读给她的生命燃起希望的光，她有了盼头和奔头。不管多累，她尽其所能，也要给弟弟做可口的饭菜，吃的穿的用的尽可能地向同龄人看齐，日子再苦，她也不想苦了弟弟。

失母之痛，犹如万箭穿心，可是生活还得继续下去。她回到了厂里，面对工友的劝慰，她报以微微一笑，生活和工作很快回到了之前的轨道。出事那天和往常的任何一天没有什么两样。一切都是老样子，工作已经驾轻就熟，换好工作装，戴好帽子、口罩，系好防尘防静电的皮革围裙，合电闸开锯破料……

从事高危行业有一条不成文的规定：就是绝不能带着情绪去工作！纵然一丁点的分心就可能酿成无法弥补的惨祸！和刘思文开锯的是她的老搭档，彼此间一个手势甚至一个眼神就能心领神会，所以配合上绝对默契。那天搭档干的是上锯，捧料往锯口里推料，推料的时候用双手将大料扶正，用肚腹的位置顶着大料往前走，等料从锯口钻出，约莫可以够到的时候，下锯手刘思文再去伸手够破开的方料，带着往后退，直到大料整体分开，这一趟锯活儿也就算走完了。可谁承想，大料也分开了，锯口被憋得嗡嗡怪叫完了的时候，上锯手突然一个趔趄向锯口趴过来。事发突然，变故就在电光石火之间发生了。开工之前，刘思文并没有察觉出老搭档哪里不对，只是一向叽叽喳喳的她变得沉默了一些，刘思文也没有多想，人哪有天天都开心的，就说自己吧，和工友们打招呼的笑容都是生硬的，失母之痛还是无法平复。

当时的情形，跑到工友的身后去拉人一把，最安全也最有效，只可惜没有那样的时间！还没等跑过去，人已经趴到锯口上了。马上合闸断电，这个施救方法就更不可行了，即使立刻断电，在惯性的作用下，电锯还会以每秒100转的速度继续飞转，待到一点点停转，还得需要一分多钟的时间，而电锯杀人只需要短短的十分之一秒。当时是容不得多想的，本能地，面对趴向圆锯的工友，在工友对面的刘思文下意识的动作就是伸手去推人，只有将人向后推去，才不至于酿成“圆锯分尸”的惨剧。但是她迎面推人是万分危险的，去推人，就意味着自己无限接近飞转的锯口，纵有千万分之一的闪失也难料后果！

人在万分紧急的情况下是有一股神力的，是能迸发出排山倒海的气力的，刘思文果断地出手相救，她不能眼睁睁看着工友姐妹丧命于眼前，她救人的一刻，真的没有时间顾及自己的安危……

那一刻所迸发出的力量是巨大的，刘思文扑上锯台，双手推向了倾倒过来的姐妹……工友姐妹被重重地推了出去。

那个姐妹得救了，虽然人重重地仰面摔倒，可是工作平台毕竟是木板地面，基本没有受伤。刘思文的脸上还挂着救人后的微笑，尔后感觉右手的手指凉凉的，手举到眼前时，一股股红色的液体喷涌出来。旁边的工友这时已经聚了过来，惊呆了，尔后才大声喊人，刘思文这才发现自己右手的食指已经不见了，血如泉涌……

工人们叫喊着，把人送进了医院，刘思文的意识渐渐模糊……等醒过来的时候，她发现自己已经在病房里了，四面刺目的白，手指上绑着厚厚的纱布，鲜红的血液还是一层一层渗过来。她听见很多人的嘈杂声：

"醒了醒了……"

"这真是不幸中的万幸了，她那哪是救人啊，那是一命换一命……"

"文文，你可醒了，吓死我们了……"

刘思文锯断了一根手指，最紧张的莫过于施振雄，这个堂堂的副厂长跑前跑后忙得满头大汗，不知道内情的工友啧啧称赞施厂长"爱民如子"！在医生办公室里，施厂长苦苦哀求："医生同志，求求你们，无论如何，一定要将刘思文的手指接上，她还没有成家，怎么能少根手指！医生同志，钱不是问题，请一定想想办法！"

医生们的头比他摇得还厉害，"施厂长，您的心情我们都理解，可是您看看工人捡回来的那个断指，都打碎了，就是一堆碎肉，不可能接上了……"

当着那么多医生的面，施振雄的泪水漫过眼眶。去见刘思文的时候，他把泪擦得干干净净的，还逗她笑，鼓励她要坚强。住院的日子里，他换着花样给她买好吃的，一有时间就跑到医院来陪护她。刘思文失去了手指，但她的心知道，她收获了爱情。

刘思文还没有出院，厂里已经决定让她当量尺员了。量尺员的工作比起锯手不知轻松了多少倍，她很感激厂里的安排，当然更感激那个一直站在她身后的男人。她知道，这一切都有他的功劳。工伤鉴定的事也是他催促落实的，定为十级伤残。

刘思文传承了妈妈李山杏吃苦耐劳的品性，但凡工作上的事从不找领导诉苦,从不找领导讲条件,领导安排啥工作就干啥。其实,她早就想好了,如果厂子里不给她变换工种,她也能接着干锯手的工作,谁说缺了一根手指头的人就不能当锯手了?她还真就不信这个邪!三个月以后,她重新回到了工作岗位,从锯手到量尺员,她真的挺不习惯,看着锯手们干得热火朝天,她的心里直痒痒。有时哪道锯上有缺人的时候,她就顺其自然地顶了上去,帮着去干一阵,因为这事班组长批评了她不知几回,她和工友们相视一笑,也没有当回事。班组长们怕啊,这要是让副厂长知道了那还了得?她和副厂长的关系早已经大白天下了。

一晃挺多天没有单独和施振雄在一起了,刘思文去他的办公室,以前去的时候都是战战兢兢、偷偷摸摸,像贼似的,现在不用了,既然厂子里的人都知道了,那就成了光明正大的事。

施振雄的办公室人来人往,确实挺忙,看见刘思文来了,本来想再进去汇报工作的也知趣地绕道了。一抬眼,施振雄看见了她,有些意外的样子,马上说:"文文,你来了。"

"好些天没看见你了,你也不上我们车间里去,我就过来看看。"刘思文小声地回话,小到只有自己才能听得到,不知为啥,她不太敢直视施振雄的眼睛,难道是因为男友加领导的双重关系?她也说不好,反正她看见他就有一种畏惧和惊慌的感觉。她坐在沙发的一个小角,倒了杯水端在手掌上,手不停地摩挲着杯子。

"啊,这阵我忙。"他扫了她的手一眼,断指处的残缺触目惊心,他的心痛苦地痉挛,瞬间闭眼再睁开:"找我有事?"

她站起身,放下水杯,"啊,没事没事,就来看看你,我该回车间了。"

"文文。"

"有事吗?"她回过头,用亮晶晶的眸子看着他。

"啊,没啥,检尺员的工作干得顺手吗?"

"嗯嗯。"她用力地点头,"挺好的。"

他笑了笑,唇有些抖,"满意就好,啊,你去忙吧。"

"振雄——"她欲言又止,她从他的眼睛里看到了灰色的光,她本来是揣着好多话来的，她想说我爸和我弟催了我好多回了，他们想请你到我家去做客，他们想正式地见见你。

在住院的日子里，她的家人看到了知冷知热、跑上跑下、完全没有厂长架子的“好男友”施振雄。他们在难过之余为刘思文高兴，患难见真情，没有想到有这样的一位好男人在她的身边。刘思友更是打趣她：“姐，你真行啊，隐藏得挺深啊，都那样了，我们都不知道，你的保密工作做得也太好了，哈哈——”刘思文又追着打弟弟，“臭孩子，我们是哪样了。”总之，她的家人认定了这个还未登门的“女婿”，催促着要见人。她的爸爸刘强暗自抹泪，心想如果杏儿能看到闺女结婚成家的那一刻该有多好！

刘思文走出了办公室，恍恍惚惚地走在回家的路上，感觉身子一点儿力气也没有，心里莫名地难受。回到家里，看到爸爸和弟弟期盼的眼睛，她的心像掉进了一个黑洞里，心里一点儿底都没有。家里人越追问，她的心就越疼越烦，晚饭的时候莫名其妙地跟弟弟吵了一架，弄得家里人各回各屋，不欢而散。

又有两天没有见到施振雄，有一次施振雄已经转到锯房，但是不知为啥突然折回去了，她看得很清楚，他应该也看见了她。他为啥半路折返？临时有事吗？他也没有约她，下班的路上，她悄悄等他出现，可是他坐在小车里，甚至没有停下跟她打招呼，也可能是司机和他根本没有注意到她。她觉得很不好，脑子乱乱的，她的脚步已经不由自主地来到了他的办公室。门关着，但是隐约可以听到里面的说话声。她想敲门，可是她听到了女人的声音。她想走掉，这样站在门外很不礼貌，可是她的脚并没有挪动。门里的对话她听清了一些。

“振雄，我不知道以后文文知道了，咋面对她。”

“我们是真心相爱，文文会理解的，不过现在还是不告诉她为好。”

“我感觉我像个贼一样偷了她的东西。”

他很生气，“你咋能这么想？我又不是个东西，被你俩偷来偷去的，呸呸，被你气死了。”

“咯咯咯咯，对对，你不是个东西。”那个女人“扑哧”一声笑了。

"好啊,你骂我,看我不亲烂你的小嘴。"男人呼哧带喘地抱住女人亲。

"别这样,来人了,咯咯。"

"我才不管呢,我巴不得让全世界都知道我有多爱你。"

刘思文缩在了地上,腿没有了半点力气,手捂着脸,无声地哭泣着,委屈、愤恨、悲痛,泪水从指缝里不住地涌了出来。她不敢相信这话是屋里两个人说出来的,一个是她想托付终身的人,一个是她曾舍命相救的工友姐妹。

刘思文必须坚强。上次她和弟弟无故吵了一架,心里自责了好几天,她发誓,绝不能再伤亲人的心了。进了家门,她换成了一如往昔的笑脸,她要将笑声盛满那个并不大的叫"家"的小屋。晚饭很愉悦,弟弟给她看了模考成绩,相当优秀。看着卷子,刘思文不争气的泪水又来了。刘思友紧张地问她:"姐,你咋哭了?"

"傻弟弟,姐是高兴的,我弟弟是最棒的,姐的心里甭提有多美了。"

刘思友挠挠头,嘿嘿笑了。过后,刘思友来到了姐姐的房间,起初她并没有发现弟弟的到来,她还在无声地抹泪,委屈地抽噎着,弟弟就静静地站在那儿,一声不响。等她发现了弟弟,慌忙擦泪掩饰。

"姐,你咋了?你别怕,谁欺负你了,你告诉我!我已经长大了,我是个男子汉了,我能保护你!姐姐,你告诉我!"

"真没有,弟弟,你想哪儿去了,谁敢欺负你姐,真是的,借他仨胆儿。"刘思文故作镇定,但慌乱的眼神已经瞒不过弟弟了。

"姐,是施振雄欺负你了吧?"

刘思文抬头看着弟弟稚气未脱的脸,弟弟确实已经长大了,那个曾经抱在怀里哄着的弟弟,如今已经长大了。她仰头看着他清秀的脸,轻轻地靠在了弟弟的胸膛前,泪水再也不用掩饰,呜咽着:"抱抱我,弟弟。"

刘思友颤抖地将姐姐抱在怀里,这个如妈妈一般善良可爱的姐姐,这个失去了妈妈护佑的女孩。他将牙咬得嘎嘣响,在心里暗暗发誓!之后,他悄悄地跟踪施振雄,日夜琢磨他,终于等到了机会,在一处僻静的小路上他猛地冲出来,不由分说一阵拳头,打得施振雄蒙头转向。

他抄起一根木棍指着倒在地上的施振雄大叫："人渣，我姐对你那么好，你怎么忍心伤害她，你的心被狗吃了，欺骗我姐，我让你不得好死！"

施振雄这时才缓过神来，刘思友他认识，在刘思文住院的日子里他们轮换着伺候。那时，刘思友打心眼里敬重喜欢施振雄这个有情有义的男人。他在心里为姐姐高兴，在心里曾不止一次地叫那个男人"姐夫"。这才几天啊，这个人就露出了狼尾巴！

"人渣，今天我让你死得明明白白，敢欺负我姐，我就弄死你！"

"弟弟不要打了，你可能是误会了，我啥时候也没有欺负你姐姐啊，不信你把你姐姐叫来，咱们当面问问她！"施振雄抱着头、护着脸，身体蜷成一团，嘴里鼻子里都往外冒着血。

"少跟我来这套，当我是三岁孩子，还不老实，是吧！"刘思友红了眼，抡起棍子"噗"地就闷上一棍，打得施振雄鬼哭狼嚎。

刘思友红了眼，根本不听他的解释，他本是个不会打架的孩子，但是一想到姐姐被人欺负，身体就跟着了魔一样，下手是那样狠，一心就想打死这个对姐姐不好的人。也该着施振雄命大，这时候胡同里来人了，叫嚷着打人了，刘思友才折路跑掉。待跑远了，他才解恨似的露出笑脸，背着书包去上学了。

对此，刘思文一无所知。第二天上班的路上，远远就看见了一辆车，那个尾数"20"的吉普车她太熟了，是厂子给施振雄配的专车。到了跟前，她几乎不敢认，施振雄的脸青红紫白的，她惊恐地说不出话来。她上了他的车，车子开到一处无人的河边。施振雄向她咆哮："刘思文，你给我说清楚，我到底哪儿对不起你了，你想整死我，整死我对你有啥好处！"

"振雄，你在说啥？你的脸怎么了？怎么会这样？"她心疼地泪流满面。

"装，接着装！"施振雄脸拧着劲地向她大喊大叫，"刘思文，你妈病了，我给你拿钱！你受伤了，我没日没夜地伺候你，帮你申报工伤！你重活干不了，我给你调换工种！你说，我哪一点对不起你了，你要对我下死手！"

"振雄，你在说啥？我怎么会？"她忽然想到了弟弟，她的心一惊，"你的伤?”

“承认了吧,都是你弟弟干的好事! 要不是我命大,昨晚他就打死我了,现在我身上没一处好地方,这样的人渣,我不给他送进大牢还有天理吗!”

刘思文恍然大悟,捶胸顿足,苦苦哀求:“我求求你了,振雄,放过我弟弟吧,他还是个孩子,他不懂事,他还是个孩子。”

“孩子,他他妈下手比土匪还狠! 我也是堂堂的国家干部,说打就打,说骂就骂,还有一点王法吗!”

“振雄,我求求你,放了我弟弟吧,看在我们相识一场的份上。我替我弟弟受过,要打要罚我没有二话,呜呜呜呜……”刘思文已泣不成声。

“少整那些没用的,你弟弟就是人渣,就你弟弟那素质,还考大学,他要是有出息了,母猪都得上树,我呸! 哎哟,疼死我了。”他的嘴张得过大,嘴角的伤口又裂开了,疼得龇牙咧嘴。

“振雄——”

他甩开她的手:“少跟我扯近乎,说啥都没用! 我就得法办那个人渣!”

“施厂长,我求你了,千错万错都是我的错,要打要罚你冲我来,你不能报警,不能抓我弟弟啊,我弟弟要是被抓了,我就死给你看!”她哭叫着,深深地跪下去,跪倒在施振雄的脚下。

好久,施振雄长叹了口气:“刘思文,以后让你弟弟那个人渣离我远点,见着我滚得远远的! 以后你走你的阳关道,我走我的独木桥,我们彻底结束了,我不想跟你有一丝扯不清的关系!”

6 鸡窝里飞出来的金凤凰

每年的9月中旬至10月上旬是采集落叶松种子的忙季。每年的这个时候,李建萍和她的苗圃工友们就一道手持采集钩或长杆打落挂在高高枝头上的球果。球果似密集的冰雹一样砸下来,散落一地。在育苗员眼中,这些包裹着种子的球果就像一颗颗价值连城的金蛋,有了它,就有了万木葱茏的绿色希望!

人站在地上用采集钩打果,这采集钩就是一个弯月形的铁钩,用一根长长的竹竿绑着,很好用。矮一点的树采集钩都能够得到,高的树就不行了,需要踩着扶梯上去,站在梯子上用木杆敲打树杈、用采集钩钩。这样的活儿,男同志胜任,女同志也不落后,她们轮流着扶梯,登高打果。她们每年采集的种子球果都在10万斤以上。从早到晚,抻着脖子、瞪着眼睛打球果,一天下来,腰酸背痛,浑身上下像散了架。劳作的过程是辛苦的也是快乐的,工友们三五成伙,几个对脾气的人在一起干活有默契,在嬉笑声中就有条不紊地完成了工作。工友们还调侃地将这种工作方法称为"快乐工作法"。

充实的日子一天天过去,眼见一袋袋装满球果的麻袋堆积如山,采集球果的工作渐近尾声。在这个采果队伍中,有一个右手缺了食指的姑娘非常抢眼,虽然缺了一根手指,但丝毫没有影响她干活儿的速度。她干活儿从不叫苦说累,动作利落干净,干活儿有窍门,啥活儿一看就会,一点就通。她干得最快最多最好,深得大家的喜欢,大家都抢着和她一组。

营林处中心苗圃有 300 平方米的锅炉供暖“种子调制室”,收集来的球果便要在这里进入下一道“作业程序”。

李建萍是苗圃的技术员,标准的“万能手”,算是个“老苗圃”,在选种育苗这一块儿可以说是行家。行家是要带徒弟的,她就带着新来的缺食指的姑娘。

李建萍和工友们一道自行设计了落叶松种子调制生产线。生产线由“球果烘干”和“种子调制”两部分组成。工作原理是由“焊合式热风发生炉”产生无烟尘热风,通过半自动控温,使潮湿的球果烘裂。生产线通过多套机器,采用震、弹、磕的方法取代过去手工锤、砸、抽打的方式,将烘干好的种子从球果剥离出来。

烘干剥离好的种子还不能直接下地,必须再进行严格的检验筛分。种子筛分检验工作是运用天平、发芽器、恒温光照发芽箱等进行检验,主要检验种子的纯度、千粒重、发芽率和发芽热,然后分出种子等级,分别装袋贮存,填好检验单,贴上标签,以供随时调拨。

头些年,在育苗过程中,李建萍和工友们按照要求将种子催芽处理温度控制在 0~5℃,结果由于气候极寒,温度不好控制,有时催芽不到位,有时还没到播种期,先锋种子就已经发芽近 3 公分,致使长出的树苗参差不齐,给后期育苗、成苗及田间管理带来了极大的困难。李建萍急得嘴起了泡,和技术攻关小组多次实验,后来又请了东北林业大学的专家来指导,根据当地气候条件,因地制宜,研究出一套适合本地的成熟育苗技术。用这样的方法进行苗木培育,苗木果然出土整齐,抗病力强、成活率高,而且种植成本也比以前低。

近几年植树造林任务逐年上升,林业局在原苗圃基础上建设了微机自控玻璃钢温室育苗工厂,全部实现了容器育苗。建成后的苗圃占地 240 亩,年产 500 万株兴安落叶松和樟子松树苗。

一粒种子从播种、起苗、窖藏、换床、再窖藏、移植上山、栽种,这个过程精细而漫长,需要 2~3 年的时间。从种子破土到长成幼苗直至长成成熟的树苗,育苗的过程对育苗人而言就像在孕育自己的孩子,心里热切地盼着、念着。种子种进土里,担心不出苗,出了苗,又担心长势不好,怕草欺,怕虫咬,怕枯黄生病,成天惦记着,哪一环都得精心照料,哪一环照顾不到,所有的努力也许就都将化为泡影!

刘思文从制材厂调到苗圃已经有几个月了。之前,她的梦中时常出现绿色的苗圃和一望无际的茫茫林海,甚至有一天,她的脚步不由自主地走进了那片生机盎然的育苗大地。她喜爱这个新工作,这份生机无限的工作让她的呼吸顺畅,原来那个厂子她是一分钟也待不下去了。

在那里,她的心无处安放。

刘思文办理完调转手续,走出制材厂办公大楼的那一刻,深深地吐了一口气。她看见施振雄在他的办公室门口闪现了一下,他看见了她,但没有跟她说话,而是退了回去。她拿着调转手续路过他的办公室时也没有一丝犹豫,甚至加快了脚步,她是奔跑着离开的大楼。让她没有想到的是,与她一个"战壕"里战斗多年的工友们早已自发地组成了长队在厂子的大门口列队欢送她了。那一刻,她泪流满面,挨个和工友们相拥告别。但走到一个人的面前,她站住了,这个人就是陈春红,工作上的好搭档,生活上的好闺蜜,也是她不顾生死舍命相救的那个人。陈春红低着头,不敢正视,只喃喃地说:"文文,对不起,我真的……"

刘思文微微一笑,伸出双臂,做出拥抱的姿势。陈春红没有想到,她激动地颤抖起来,一把抱住刘思文号啕大哭。"文文,我的好姐妹,谢谢你,我还以为你再也不会理我了,呜呜呜呜——"

离开厂子,刘思文的脚步越来越轻松,她想大声地叫喊,她的眼角噙着泪花,但并没有那份所谓的悲伤,她觉得自己和施振雄原本可能就不是爱情,至少,那并不是她的爱情。是的,阳光这么灿烂,一切才刚刚开始,奔跑着上路吧!她就真的奔跑了起来,像一个疯丫头,在绚烂的阳光下,尽情地奔跑!

刘思文工作业绩突出,虽然刚来几个月,但在年底推荐劳模大会上,却高票上榜林业局劳模候选人。毕竟是新到一个单位,她开始反思,难道自己太能表现了？太能拔尖了？她看到了有些同事异样的目光。她打心眼里只是想任劳任怨地干好活儿，打心眼里也只是想给表妹长长脸，她不想让别人说李建萍介绍来的十级伤残干活儿啥也不是，还得大伙儿背着她干！她想的就这么简单，劳模啊、优秀党员之类的，她想都没有想过。于是她找到苗圃领导，千方百计想要推掉这个劳模候选人的名额，可是并不像她想象得这般简单。候选人是不计名投票选上去的，也就是民众的意见，俗话说“民意不可违”！哪个领导会傻到擅自更改民意？不是领导太傻，而是她太天真。所以这个候选人的“帽子”她是戴定了，非但戴定了候选人的帽子，待到林业局劳模大红榜公示时，她的名字赫然在榜！之前她已经连续四年获得林业局劳模殊荣，这一光环再度加身，让苗圃表彰大会上的掌声达到前所未有、雷鸣般地响亮。听着近乎聒噪的掌声，她有些神情恍惚，险些晕了过去。不知为啥，她想扭身看看离自己座位不远的表妹李建萍，她能顺利调到苗圃，能在最短的时间内熟悉工作，成为一名业务骨干，这完全是“师傅”带得好。李建萍手把手地教自己，毫无保留，细致耐心，这是同事加亲情的情分。她甚至上台致答谢词的时候想说：“非常感谢我的师傅李建萍同志，是她让我在短时间内成长为苗圃生产一线的骨干技术员。”

刘思文用余光扫着那个座位，她走上台的时候，那个座位仍然空着。她上了台，向人群中张望，那个座位却不空了。她睁大了眼睛，确定是表妹回来了，没有出现幻觉，她有些激动，眼睛一眨不眨地望着表妹坐着的方向，她希望表妹与她一同分享喜悦。但不知为何，台下的表妹一直低着头，她捕捉不到表妹祝福的目光，失落重新占满了内心，她的脑子又变得空空的，想了一些可能根本不存在的怪想法。因为这些莫名的失落，她前言不搭后语地在台上到底说了些啥，过后一句也记不起来了……

充实的工作很快填塞了无用的失落，台上那闪耀的一瞬终究要被最最实在的工作所取代，她和工友们打成了一片，欢声笑语充溢着工作的空间。从秋到冬，刘思文和她的工友们日复一日地辛勤劳作着，她们培育的大量树苗将在满怀希望的春天给大地带去无限绿色。

漫长的冬天即将过去,冰雪消融,大兴安岭开始显现出勃勃生机。一株株小草的种子在土壤里蓄积力量,在春风的吹拂下,它们心满意足地喝着积雪融化的水,没有几天的工夫就冒出草芽来。这个时候,还需要一场贵如油的春雨浇灌,春雨纷纷扬扬地下着,草儿们便伸腰蹬腿地长大,从嫩绿色变成翠绿色。春雨过后,山林被洗绿了,原野也被洗绿了,一切都在萌发着生机,一切生命都在春的召唤下势不可挡地生长着。

这个时节,也快到了种树的黄金期。

这是1991年的春天。苗圃大地上忽然多了一些人,他们指指点点,问这问那,了解树苗的长势和规模。刘思文并不在意这些人,她仍干着手里的活儿。来苗圃的人并不鲜见,比方林业局的领导和上级领导,比如购买树苗的各地商客。

“你们这是在做苗木换床吧?”刘思文的耳边响起陌生的声音,声音很轻很和蔼。

“对啊。”刘思文用余光扫了那人一眼,穿着很朴素,宽额慈眉却自带威严,很有派头。

“我看你这手法很娴熟啊,不愧是劳模啊!”

刘思文被惊到了,从小板凳上站起身,问道:“您怎么知道我是劳模?您认识我?”

来人哈哈大笑道:“唉,这个这个,鼎鼎大名的五连冠劳模谁人不知啊,现在还有人不知道刘思文大名的那可真叫老土了,哈哈——”

刘思文有些不好意思,脸颊红红的,报以微微一笑。

“我看你这边的人手和那边几个组一样多,怎么你这个组干得却比别的组快许多呢?你们是不是干糊弄活儿了?”来人半开玩笑地对刘思文说。

刘思文挺来气,也不掩饰自己的情绪。“你这个人说话怎么这样啊?我们干活儿快并不是我们会糊弄,是因为我们有我们的方法。他们那几个组是将换床的株苗承包到个人手里,每个人连装带摆,面前弄了一大堆,活儿碎,不好干,还都想抢近的床苗,省着多跑趟。我和几个姐妹商量了一下,我们几个人不拆伙,分工协作,有装的,有运的,有摆的,费工夫的工序就多放一个人,这样一来就形成了流水线作业,一点儿不窝工也不压活儿,大伙齐着心干活儿,有说有笑还不累……”不觉间,她一连串地说了一大堆,方觉跟一个陌生人用那么啰唆嘛,就又埋头干活儿了。

“你这个方法这么好,咋不推广一下?”来人却一副很不识趣的样子,也不管她爱不爱搭理他,继续和她搭讪。

她笑了一下,说:“你这个人好有趣,咱也不是领导,还推广个啥?再说了,别的组都承包到人,先干完先待着,也有他们的道理,我们组能干好自己的活儿就不错了,用得着操那份闲心吗?”

“可是你们的工作方法又快又好,分工合理,各司其职,忙而有序,确实值得推广。”

刘思文不再言语,笑着摇摇头,觉着眼前的这个人怪怪的。

“我呢,想跟你这个大劳模探讨一个问题。你看,不论是从国家的角度还是林业局的角度都非常重视植树造林。以前呢,虽说也是边采边植,但说实话,采的力度一直大于植的力度。其实,应该做到采和植的力度相平衡,采多少就植多少,甚至要植大于采,就是将所有的荒山秃岭全部绿化成林,这是一项浩大的工程,是一项造福子孙后代的工程,也是一项非常急迫的工程,如果现在还认识不到这点,那是要遭后人骂的!从国际上看呢,森林生态安全也被提到经济可持续发展的战略高度……咱们说得有点远了,还是说眼下的事儿,林业局想把富余的女职工组织起来,组成一支专业的女子造林队,你觉得咋样?”

刘思文觉着眼前这个“干部”挺面善的,随和得就像自己的邻家叔叔,所以想都没想就说:“那敢情好啊,我们女职工肯出力,只要有钱赚,我们不比男的差!”

“好!我要的就是你这句话!不愧是五连冠劳模,说出的话就是底气足。俗话讲,千军易得,一将难求,我看你做事情有方式方法,敢不敢‘挂帅出征’,当这个女子造林队的第一任队长!”

“啥,让我当女子造林队队长?您别开我玩笑了,这怎么可能!”刘思文的脸已经烫得可以摊煎饼了。

“可不可能你不用管,你就说你有没有这个胆量敢挑这副担子?”

刘思文咽了口唾沫,看样子来人并不像是在开玩笑。这时她才发现,他的身后突然多了苗圃的领导甚至营林处的领导,他们都用温暖和鼓励的目光注视着她,他们的嘴角一直都绽放着微笑。这一刻,她成了焦点,她意识到眼前的人“官不小”。

“我又不懂造林,怎么当这个队长?”她急忙搪塞,心里像揣着个小兔子一样上蹿下跳,不知如何推脱才好。

“你不是也不懂育苗吗,现在不也成行家了吗?只要肯学,没有不行的!现在林业局缺的不是劳动力,缺的是有担当的实干家和能服众的领头雁。一句话,缺的就是将帅之才。你是林业局的五连冠劳模,你就非常够条件!”那人目光笃定地注视着她,她感觉周身的血液在沸腾,不知为何,她突然想大声地喊出来:“报告领导,保证完成任务!”她身体里的那一股冲天干劲在一瞬间被激活了,她似乎就缺这么一个燃点,那一刻她惊讶自己有这样的想法,原来自己也有对事业拼搏的熊熊烈火和孜孜追求。她从未想过出风头,但骨子里却从不甘愿平庸!她低头不语,在沉默中积蓄着力量,她不想轻率答应也不想让人看出轻狂,她将嘴唇咬得没有了血色,仍旧淡淡地谦逊回道:“我,我真的不行。”

“你行!就冲你是李山杏的女儿,我看你就行!”那人掷地有声地抛出了这样一句话。

她抬起头,眼睛里充盈着亮晶晶的泪珠,听到妈妈的名字她觉得好幸福,幸福得像长了翅膀的天使。“您,您认识我妈妈?”

“我不但知道你的妈妈,我更敬重你的妈妈,她是林业局的巾帼英雄!思文,你应该向你的妈妈学习,巾帼不让须眉,将你的才华和能力展现出来,为林业事业贡献全部力量!”

这时,身后有领导插话:“思文,这位是咱林业局的顾局长,他对你和你的家庭情况比较了解。现在林业局正是用人之际,顾局长想到了你,你应该珍惜这次机会,表决心,好好干!”

刘思文的胸口剧烈地起伏着，慢慢抬起头，眼神里充满感激和坚毅。“顾局长您好，我之前不认识您，刚才说话多有冒犯……”

“哎，思文，咱俩一直谈得很好，你直言坦荡，你这个性格很好，我很欣赏。思文，你考虑一下，我给你三天的时间！”

“顾局长，我——”刘思文抿着嘴唇，像下了很大决心，“我想好了，我想试一试。”

“好，哈哈，我等的就是你这句话，那咱现在就算立下军令状了。从明天，不，从今天开始，你就是女子造林队队长，试用期三个月。干得好，给你正式任命；干得不好，还回苗圃大地拔草去！”

“哈哈哈哈——”众人都爽声笑了。

刘思文越发腼腆，并不敢大方地直视局长的眼睛，羞涩地回复道：“请顾局长放心，我有决心有信心把这支新生的队伍带好。干不好，不用您撵，我自动请辞。”她这句话，引来掌声一片。

军令如山。刘思文真是做梦也没想到，从天上掉下一顶“乌纱帽”竟会扣在自己的头上。她明白这顶“帽子”的分量，辗转反侧，一夜未眠。第二天，刘思文被任命为女子造林队队长的消息传遍了苗圃大地，惊呆了与她朝夕相处的工友们，当然也包括李建萍。李建萍的内心并不平静，她握着表姐的手，想说的话一大堆，可是却翕动着嘴唇，只说了一句话：“姐姐好好干！”泪水就再也忍不住……组建女子造林队的过程并不顺利，原因有二：一是造林队的工作非常辛苦，虽然说挣的可能会多一些，但吃不了那个辛苦的也就望而却步了；二是愿意来的，基本上是各单位的“刺头”，在原单位“混”不下去了，所以希望到一个新的单位重打鼓另开张。试想一下，有谁会在原单位干得好好的“跳槽”到别的单位？所以新成立的女子造林队，实际上是各单位“东拼西凑”起来的“残兵败将”和“散兵游勇”。刘思文在心里暗暗叫了声苦，她想，摆弄好这些“刺头”可能事半功倍，若摆弄不好，有可能“腥了一锅汤”。可事到如今，已无路可退，她只能硬着头皮往前闯。事在人为，她给自己打着气，料想万事开头难，但希望过后皆坦途。

多日后，组建起来的这支女子造林队的队员们在林业局大会议室进行了正式岗前培训，大家坐在同一个大会议室里，但很多人并不相识……

刘思文听着课，脑海里还在翻江倒海，觉得自己不会是在做梦吧？她掐了下自己的大腿，“咦，好疼——看来这并不是梦，如果是梦，这梦做的时间也忒长了，如果是梦，求求你快点醒吧！”

造林培训学习进行了三天，之后，这些“新学员”在营林处正式列队报到。营林处的领导宣读了成立女子造林队的正式文件和队长任命书。刘思文生平第一次手持“帅印”端坐在主席台的位置，面对底下的“千军万马”，内心岂止是百感交集所能形容的。她的内心是诚惶诚恐的，她得极力坐稳，她不知道该说啥，虽然事先已经通知她这个队长必须有“重要的讲话”，可真到她发言的时候，声音却很小很细，像被人掐了脖子。面对着那么多注视的目光，她感觉天旋地转，紧张得要命，嗓子发紧，她不得不喝了点水。杯子的水是满的，早已有勤杂员倒好的，喝得有些急，咳了两声，声音挺大，大厅里立即鸦雀无声。她在心里笑了笑，心想：“太夸张了吧，领导的威力有这么大吗？”她忍住笑意，开始讲话。讲啥呢？事先写好的稿子铺在桌子上，她得照着念。“这个这个——”她用了领导惯用的开场白，底下有人没忍住笑出了声。她瞄了台下一眼，心想：“有啥错吗？领导讲话之前不都是先说句“这个这个”作为开场白吗？”她的周身开始滚烫，觉得自己像个蒸汽机，一会儿头顶准能冒白烟，还是快点说吧，说完找地方凉快去。她看了看台下几个发笑的人，那几个人端正了身板，变得严肃起来，一脸忠诚地注视着她这个“首长”，一副誓死效忠的表情，她又忍不住想笑了。

刘思文开始讲话，她闪亮的贝齿很好看，一说话自带笑模样，所以念着自己也纳闷的讲话稿，台下却一次次掌声雷动，比刚才前几位大领导的讲话还受欢迎。她有了些底气，也更迫切地想和自己的队伍融为一体。最后的环节是向单位领导表决心，刚成立的队伍嘛，不表决心肯定是不行的。她的最后一句确实是向营林处领导表态的：“各位领导，我们女子造林队全体人员激情饱满，热情高涨，我们已经做好准备，整装待发，请给女子造林队部署任务，我们坚决保质保量完成！”

过后刘思文才知道，任务有的是，而且是海量的任务，要不然也不会额外成立专门的女子造林队。第二天，她们就奔赴造林“战场”了。

刘思文的女子造林队一共五十六人，是一支规模不小的队伍，毕竟有的小单位所有人加起来还不够五十人。刘思文拿花名册逐一清点人数，逐个认识。处里①将任务确定以后，活儿怎么干，几点干，这些就全是队长的事了。刘思文问了邻近一个队的队员，得到的回答是他们的出发时间一般是早上六点。这么早，刘思文确实感到有些意外。

除了新成立的女子造林队，营林处原有的造林队伍有三支，分别称作营林处第一造林队、第二造林队和第三造林队，她们这支新成立的女子造林队自然而然地被编为第四造林队。原有的三支队伍每支人数都在百人以上，而且绝大多数都是男同志。这支女子造林队的成立引来无数目光的关注，有的报以怀疑，有的不解，有的更是直言不讳：“这支队伍用不了俩月肯定土豆搬家——滚球子！”他们并不是怀疑女人的能力，他们怀疑的是一支完全由女人组成的队伍。俗话说，三个女人一台戏，几十个女人凑在一起何止是一台戏？他们不看好这支队伍，更加质疑这个“鸡窝里飞出来的金凤凰”队长刘思文，一来她本不是造林战线上的行家，二来她之前就是“布衣”一个，到底有没有本事领导这么大的一支新生队伍？一切都是个谜，一个不被看好的谜。

要求早上六点出工，有的快六点半了才到，好不容易把人聚齐了，坐上解放牌大篷车，大家伙哈欠连天，如霜打的茄子一般，东倒西歪倒成一片。车子颠颠簸簸地开进山里，蜿蜒的山路似乎没了尽头。五月的兴安岭，还是春寒料峭，早上的寒风能轻易打透人的衣服，连最困的队员最后也冻精神了。

车子一路颠簸，一开始大家还埋怨司机的车技不行，怨声不断。后来才明白，其实是山里的路况太差，百转千回的，有些甚至连简易路都算不

---

① “营林处”的简称。

上，而是荒废的集材道。冬天，汽车走在这样的路面上，问题是不大的，有厚厚的积雪积冰冻着，自然形成了较平整的路面。但开春后，冰雪化光了，问题就出来了。路上灌木棵子的枝枝杈杈和断根都暴露了出来，就像一个个仰面朝天的大木钉，车胎从这顶上压过去，不是将断枝压歪了，就是被断枝给刺爆胎了，反正得有个输赢。后来大伙儿才知道，爆胎的事儿是家常便饭，有时候刚换了备用胎，没走几步，又被刺穿了，车子就中途撂了挑子，前不着村后不着店的，姐妹们只有徒步往山里走。路近一些倒好说，要是走个十里八里的山林路，这一天也不用干别的了！所以后来姐妹们的愿望就是车子别爆胎，屁股蹾成几瓣都成！

除了路难走把人颠得难受以外，队员难带也让刘思文挺挠头。这不，车还没开呢，就出了个小插曲。

驾驶室的副驾驶位置可以坐两个人，一般都是领导的“专座”，对女子造林队而言，那就应该是刘思文的专座，但是刘思文并没有坐在驾驶室里，她将两个年龄最长的老大姐请进了驾驶室。车子还没开，又有个人红眼凄凄地找到刘思文，说她晕车晕得厉害，要是坐在大篷车里再闻着尾气味，非得晕死不可。刘思文只得和坐副驾驶座的一个老大姐商量，将人进行了替换。那个大姐刚赌气狼烟地出了驾驶室，就又有人撵了过来，跟刘思文说：“队长，我得坐在驾驶室里，我没准怀孕了。”刘思文挺来气，“你怀孕了不在家好好待着，来造林队添什么乱？”那个人嘿嘿一笑，“队长，我跟您说实话，我结婚好几年了，一直没怀上，这次也不知道到底怀没怀上，反正‘好事’过了十来天了还没来。队长，我万一要是怀上了，那坐在后面的大板上这么一颠一颠的，可是能颠掉的！往小了说是断了我婆婆家的香火，说重一点，这是谋杀人命啊，您说是不是，队长？”

刘思文简直是无语了，忍着气对她说：“得得得，我说大小姐，那你确定好了再来上班好不好，你要是真怀上了，干这么重的活儿也不是闹着玩的！咱们又不是去旅游，你万一有个啥闪失，那我这个队长不成了杀人犯了吗？”

那个人还挺能对付，半笑不笑地说：“队长，我不是跟您说了吗，我结婚好几年了，也不能天天在家待着，那我得喝西北风啊？咱东北人有那么娇气的吗？我妈生我之前还抬大木头呢，就在咱们林业局尖刀连的女子抬杠组，不信您可以打听打听！这点我挺随我妈，我有的是力气，干活儿没问题，嘿嘿，就是怕汽车太颠簸，动了胎气。”

刘思文“扑哧”笑了，吹牛也不打草稿，说话还一套一套的，她无奈地吐了口长气，看了看副驾驶座上的大姐。那个大姐倒是知趣，扬扬手，意思跟这号人可掰扯不起，她也不让队长为难，自个儿下车了。那人笑嘻嘻地上了副驾驶座，说了声：“谢谢了，队长，回头有了孩子认你当干妈。”刘思文哭笑不得，心想：“你可拉倒吧，你让我省省心吧。”

说实话，当这个造林队队长，刘思文毫无心理准备，完全是意料之外的事情，但这个队长她打心里是愿意干的！哪个人的心里没有点理想抱负呢？她的学业在高考前止步，成了永久的遗憾。没学历没门路，要想在人生的道路上闯出一番名堂是何其艰难？十几年了，她工作勤勤恳恳却也一成不变，眼前终于闪现出一个机会，她想抓住它，机会可不是时时出现的，出现了也可能就那么一瞬，抓住也就抓住了，抓不住也许就是一辈子的错过。她更知道，如果想把工作干得顺利，必须有家人的理解和支持。当她很自责地把当队长这个事跟爸爸和弟弟讲了后，爸爸和弟弟是一百个高兴和支持的，但是她的心里始终有丝丝的隐痛。当这个队长，就意味着要将更多的时间和精力花费在工作上，就意味着要为手下几十号姐妹操更多的心，家里就很难再照顾周全。可时下已经到了弟弟高考的冲刺期，眼看着还有一个多月大考就要到了，如果在这个节骨眼上因为照顾不周而耽搁了弟弟的大好前程，那可是后悔一辈子的事，更对不起九泉之下的妈妈。妈妈在天有灵，也一定在眼巴巴地等着弟弟金榜题名！

刘思友看出了姐姐的心思和后顾之忧，姐姐每晚回来都给他买好吃的，不停地给他塞钱，还满心自责。刘思友就拉着姐姐的手和她交心：“姐，这一年，我们姐弟俩相互鼓励，和爸爸相依为命，共同支撑起这个家。姐，这个家之所以能在风雨飘摇中不倒，都是你一直在用力撑着！为了这个家，你放弃过学业，已经错过了一次，咱不功利也不市侩，但你应该有自已的人生和事业,应该拼一下！不拼一下的人生终究是遗憾的。姐,我以妈妈的名义向你保证,我一定会尽全力,你就安心干好你的事业！如果姐姐总是因为我而放弃太多的东西,你让我这一生多不安呀！其实比起事业来……”他停顿了一下,用力捏了一下她的手,“姐,眼下,我更想要个姐夫,弟弟不在身边的日子,希望有个人能照顾我的姐姐。姐,别怪弟弟婆婆妈妈,你也不小了,该给我找个姐夫了,找一个对的人过一辈子,幸福地过一辈子。姐姐幸福了,弟弟才会幸福……”这一番话,说得刘思文潸然泪下,眼前的弟弟不再是那个跟在自己身后抹鼻涕的小屁孩了,真的已经长大了、懂事了。她用力地点点头,露齿一笑,热泪顺腮滚滚而落。“姐答应你,有合适的就抓紧处一个。”

本来是要向弟弟道歉的,没想到被弟弟反上了一课,还向弟弟立了指定要带回一个姐夫的军令状。过后她想想:这有学问的臭孩子是不好对付了。不过弟弟这么一说,也坚定了她要将工作干好的决心。但不管工作再累再晚,每晚帮爸爸按摩的差事她还是一次不落地坚持着。

孤雁难鸣,失去伴侣的刘强日渐衰老,本来也不善言辞的他,有时一天连一句话都不说……

工作忙起来,刘思文去看干姥爷周山的机会就更少了,但她还是会抽空买上一大堆好吃的给干姥爷送去。周山每次一看见这个丫头来了,就乐得胡子翘起来,拉着这个外孙女的小手唠也唠不够。

这些日子,周山有些感冒了,不愿意吃饭,总发脾气,连碗都摔了两回,家里人从老到少谁说跟谁急,没人说得了这个老爷子。可是见到刘思文就不一样了,他就像孙悟空见了如来佛祖,一下子变成了温顺的小猫,让吃就吃,让喝就喝,吃啥都香,为了让丫头开心,还直嚷嚷着“不够不够再给咱来一碗饭”。让所有在场的家人瞠目结舌,这世上的事真就是卤水点豆腐——一物降一物啊!

见到了刘思文,话还没有说,周山的眼眶已经湿润了。“这人呢,岁数大了,眼窝子就浅了。干姥爷去你家几次,也见不着你,见不着你,干姥爷心里就没底。文文啊,见着了你,干姥爷就像见到了你的妈妈杏儿一样,咱这心里啊，一下子就能亮堂起来。干姥爷想你了……”

刘思文的眼圈也变得红红的，扑在周山的怀里呢喃：“干姥爷，对不起，都是外孙女不孝，没能常来看您，您打我骂我都成，就是求您别生气了，好不好。”

“傻丫头，干姥爷稀罕我外孙女还稀罕不够呢，别说打骂，谁敢动我外孙女一根手指头，干姥爷非把他打得满地找牙！”

“嘿嘿，我干姥爷最疼我了。干姥爷，以后外孙女常来看您啊。”

周山捋了捋她额前的秀发，声音有些发颤：“好孩子，干姥爷没有埋怨你。你们年轻，正是干事业的时候，正是为国家出力的时候，干姥爷能让你们年轻人绑着身子天天围着一个糟老头子转吗？咱如果连这点觉悟都没有，那还算是穿过军装的人吗？孩子，听干姥爷的话，把工作干好，干姥爷这腰杆子才能挺得直，干姥爷的心才踏实！干姥爷就是爱磨叽两句，这心里就痛快了。呵呵，你可不知道你妈妈才厉害呢。干姥爷这辈子天不怕地不怕，就怕两个人，一个是毛主席，另一个就是咱的干闺女杏儿。”

刘思文忽闪着眼睛，笑眯眯地听他讲。

“你去问问，整个连队里，哪有人敢怼咱，但是杏儿敢，杏儿可是得理不饶人啊，你干姥爷被你妈妈治得是服服帖帖。哈哈，这个丫头太厉害了，但是人家可是讲理的人，绝不是无理取闹。这个丫头好啊，咱稀罕咱的丫头啊，可咋就……”她伏在干姥爷的胸前，脸上感觉一热，是一颗滚烫的泪珠。她努力忍着不哭，连忙打岔：“嘿嘿，我干姥爷最好了！干姥爷，我馋您炖的小笨鸡了，今天您也没给我炖啊，馋死了。”

“是啊，瞅咱这老糊涂——”周山快速拭去泪痕，一脸歉疚，“咱咋把这茬儿给忘了，真是不中用了，下次一定！丫头，来前先打个电话，干姥爷先把小笨鸡炖好了，专给我大外孙女吃，别人想都别想，哈哈！”

“干姥爷您真好，这就叫外孙女进门——小鸡没魂，嘿嘿。”

虽然缺失了母爱，但有干姥爷无微不至的疼爱，刘思文感觉好幸福，有一种久违的母爱回归的感觉，但在心里，她已泪流成河。

说着话,周山也提到了“另外”这个词。这个“另外”她不听都知道是啥,刘思文只得把跟弟弟保证的话又跟干姥爷郑重其事地保证了一遍:“干姥爷,外孙女保证尽快找到乘龙快婿,保证完成任务!保证尽快给您生个大胖重外孙子!”“哈哈哈哈——”爷俩开心地相视大笑。

7 明儿个你不用来了，在家好好养胎吧

大兴安岭的山，山连着山，山依着山，山延续着山，山承载着山，山各独立，然一脉相承，彰显大气，奔腾不息。大兴安岭的山多呈“馒头形”，或高或低，或大或小，山与山的呼应，山与山的亲密，形成了山的峰浪，树的波涛。五月，大兴安岭的春天才姗姗来到，她像是一个闺中待嫁的姑娘，总是羞羞答答，半走半停，半语半休，所以大兴安岭的春天总是让人等待，叫人着急。终于，一抹粉红崭露头角的时候，她真的来了。那是一枝含苞欲放的杜鹃花，可不要小看她的迎风招展，她的身后扯出的可是兴安的一片春色。杜鹃花是报春使者，有诗为证：春花闻杜鹃，秋月看归燕。白居易也诗云：最惜杜鹃花烂漫，春风吹尽不同攀。相传，古代有一位帝王，很爱他的百姓。死后，他的灵魂变为一只杜鹃鸟。每年春季，杜鹃鸟飞来提醒老百姓：“快快布谷！快快布谷！”声声呼唤，嘴巴啼得流出了血，滴滴鲜血洒在地上，染红了漫山的杜鹃花。这样的传说令人心口作痛，同时也让人多了一份对杜鹃的崇敬之情，毕竟，它的红艳是用心血染成的。

进山的日子里，能让女兵们为之一振的恐怕只有这漫山遍野的杜鹃花海了，以后每天到了造林地免不了要忙里抽闲在这杜鹃花海里闲闹一阵，扫一扫身上的疲惫。

此次造林任务，第一造林队和女子造林队的作业点连着，两个队共同负责一座荒山的任务，基本上是从山尖向山下切齐，一个队一半的任务量。

就这个山头的任务量讲，女子造林队是处于弱势的，女子造林队全员五十六人，而第一造林队是一百多人。女子造林队基本上都是新兵蛋子，没有造林经验，而第一造林队是男子造林队，基本上都是“老兵”。至于性别造成的体力上的差距就更加显而易见了。

为啥要做这样一番比较？因为送树苗的车辆只有一辆，送完一趟，再回去拉，两个队用一车的苗，简单点说就是苗木运输跟不上趟，容易造成抢苗矛盾。干与不干都是出来遭一天的罪，谁不想早一天干完？早干完，就意味着可以早挪到下一个造林地，干得越多，挣得越多嘛。种树不是挣计时工资，挣的是计件工资，这个账不用算，就摆在那里。

果不其然，造林的第一天，两个工队就闹了个“半红脸”。第一造林队有两辆运兵车，女子造林队有一辆，加上运苗木的车辆，一共是四辆车，几乎是一起到达目的地的。到了地儿，女子造林队的人还没缓过神来，第一造林队的人就已经扛着箱苗（带土的苗木全部整齐地摆放在木质的箱子里，类似于方形的木花盆）上山了。

“连声招呼也不打，也不说等等我们这些女兵，啥人啊这都是。”

“就是啊，也不说让着点我们女兵，一点风度都没有，一个个都钻钱眼里去了！”

女子造林队的人你一声我一句没好气地损第一造林队。损归损，可人家第一队的人耳朵跟塞了棉球一样，干得欢着呢，没工夫搭理这帮叽叽喳喳的女新兵蛋子。等女子造林队的人扛着箱苗呼哧带喘地爬到半山腰的时候，第一造林队的人已经折回来背第二趟了。第二车的苗木也是这样干光的，类似于镜头回放了一遍。装苗木的车子一天只能跑两趟，所以一天干下来，女子造林队的造林株数平均到人头上比第一队的少了一半，也就是人家一天挣二十块钱，她们才挣十块。坐在大篷车里回返时，女兵们灰头土脸，一个个耷拉着脑袋垂头丧气，一副霜打茄子的样子。

一天活儿干下来，女兵们终于明白了，坐车累，那是没跟背苗比，如果跟背苗的累比起来，那可真是万里长征走完了第一步！这里山势虽然不陡，可这馒头形的大山真是太大了，干走也不到头啊，何况还有几十斤的东西压在身上。远路无轻担，一会儿的工夫裤兜子里就可以抓蛤蟆了，汗水将衣裤全部打湿浸透，背壶里的水没到半山腰就全喝空了。

刘思文扛着一箱苗走在女子造林队的最前方，她像一面旗帜、一个标杆，给她的兵们一个方向。这么大的山，一鼓作气爬到山顶是不可能的，中途要停下几次在原地歇歇脚。刘思文大口地喘着气，心跳加速，两只腿也跟筛子一样抖动着，却还不忘回头给姐妹们打气："姐妹们加把劲，马上就要到山顶了！"这时第一队的男兵从身边走过，嬉笑着说："可别扭着小姐们的腰啊，累了就歇会儿吧，累坏了对象可心疼啊，哈哈哈！"

这些调侃的话就像压垮人的最后一根稻草，很多女兵龇牙咧嘴地放下箱苗，横七竖八地瘫在草地上直喊"哎哟"。

"我的老腰啊都散架子了，这可真是要命啊！歇歇吧，我是干不动了。"

"是啊，爱谁背谁背，姑奶奶是背不动了。"

"老天啊，这是我们女人干的活儿？"

刘思文用袖子擦拭着脸上的汗水，又向大家喊话："姐妹们，往上走啦，咱不能让第一队的男兵小瞧了咱，都打起精神往上冲啊！"

虽然不情不愿，但女兵们也一个个爬起来，扛起箱苗继续往山顶爬。负重上山每个人的感觉都一样，那就是脸红、出汗、心跳、腿抖、喘不上气，感觉肺子要炸掉！所以想要完成任务，需要的不仅仅是力气，更是毅力。若干年后，刘思文回首进山的这段长长的背苗之路，与之后经历的坎坷之路相比，那段路程简直不值一提，但是那毕竟是她第一次"挂帅出征"，第一次的经历如同初恋永远让人难以忘怀，虽然她的初恋伤痕累累不堪回首。

她调出制材厂以后，也曾路遇施振雄几次。有一次，施振雄甚至还跟她打了招呼，但是她不想停留，也不想说什么，匆匆地闪身而过。施振雄站在原地，一直望着她走出好远，她能感觉得到。走着走着，她的脸上也挂满了泪珠，毕竟相识相知一场，如果说一点感情也没有那肯定是假的，她忘不了他给予过的温存和帮助，她甚至觉得只要他哪一天肯"真诚地回头”,她还是可以原谅他的。她的心很乱,感情的路上她很迷茫、痛苦……

总算是挨到了山顶,刘思文也有一种就要坚持不住的感觉,但她是一队之长,她不能表现出丝毫的懦弱,她要让她的兵看到她们的队长是钢筋铁骨!

榜样的力量是无穷的,人没有真正地怕谁,只有真正地服谁。说得再响,如果身为队长的刘思文是背着手走上山的,没有谁会服。虽然刘思文从来没有做过官,但她从干姥爷周山的身上学习到了很重要的东西——做“官”先做人,做好人才能做好“官”!

她不急于求成,心急吃不了热豆腐,她的管理目标是让她的兵做到令行禁止;她的工作目标是尽其所能,努力完成工作任务;她的工作思想是快乐工作,也就是整个队伍要像一家人一样融合在一起,互帮互助,在愉悦的氛围下完成工作任务!

刘思文扛着箱苗第一个冲顶,回身又去接应她的兵,接到最后,她的眉毛拧成了疙瘩,最后的两个兵竟然是抬着一箱苗上来了。

很多人的脸上都露出不服的神色,“凭啥啊,我们每个人都扛一箱上来的,她俩只抬一箱!”

“你俩啥情况?”刘思文质问她俩。

“队长,我不跟您说了吗,我可能怀着孕呢,能抬一箱上来,我已经是在拼命了,您看我这汗淌的,就差淌血了。”说话的人理直气壮,坐在地上还直喘粗气。

“那你呢,郝艳,你也怀着孕呢?”刘思文对这个人记忆深刻,郝艳简直就是个假小子,说话、走路、举手投足,除了高高鼓起的胸部证明她是个女人,别的还真看不出来。

郝艳不慌不忙地回话:“队长,我可没怀,她说背不动,非要让我跟她抬一箱上山,您说说都是姐妹加革命同志,我能不搭把手吗?”

刘思文无声地咽了口唾沫,说了句:“行,你倒是挺讲义气。”她又把目光移向坐在地上的那个人,“怀孕的,你叫啥来着?点过名,忘了。”

“嘿嘿,队长,我叫尹招弟。”

"招弟,名字还不错,招来了吧?"

"啊? 啥?"

"弟弟招来了吧?"

"哦,招来了。嘿嘿,我在家排行老五,我下面就是个弟弟,别人都称呼我们姐儿五个是五朵金花。"

刘思文拧开背壶,咕咚咕咚喝了一气水。女兵们的眼睛都睁大了望着她们的队长,这也太不可思议了吧,大家背壶里的水没爬到一半呢就全光了,她的竟然还"粮草充足",不得不让人佩服,领导就是领导,既有"战斗力"还有"后手"。

喝完了水,她不慌不忙地拧紧壶盖,听声音,壶里还有"余粮",真是让人艳羡。她表面波澜不惊地对尹招弟说:"行,尹招弟同志,今天你怎么着我都不跟你计较,明儿个你不用来了,在家好好养胎吧!"

"队长您可别价,您的好意我心领了,虽说我怀孕了吧,可我啥都能干,背苗我是少拿了些,可一会儿种树的时候,我多种一些不就完了。"尹招弟小嘴叭叭地,别人说一句她能对付五句,竟然说得刘思文有些词穷。

大伙儿也看出来了,这个尹招弟就是个滚刀肉啊,很多人为队长捏了把汗,不把这个滚刀肉给收拾了,那领导的威信也立不起来呀。如果真让这样的人给熊住了,那她这个队长可不好当,毕竟是几十号人的队伍,各自为政,想当然地干活儿,那不全乱套了,所以大伙儿眼巴巴地围观着这场好戏,看队长如何"突围"、如何收场。

"尹招弟,你干多干少咱先不说,你是个孕妇,你要是有个啥闪失,我这个当队长的可真担不起,反正你看着办吧,我今天把话撂这儿,明天要么你来,要么我来,如果你硬要来呢,那就麻烦你把队伍带一下。"这话说得软硬适当,在情在理,既站在当事人的立场,又在维护大家的权益,几乎是无懈可击。话说到这份上如果再要泼皮无赖,那就要激起民愤了。她这招以退为进的招式果然压住了尹招弟的嚣张气焰,整个人蔫了下去。刘思文说完话就再没有要理会尹招弟的意思,手一挥,说:"姐妹们,咱们歇息得差不多了吧,再下去背苗去,不把苗弄上山,咱种空气它也不长树啊！”

“哈哈哈——”大伙一阵笑。这时候的笑声已经不单单是笑声，这是对队长的认可和支持。这个外表清秀，甚至乍看起来有些柔弱的姑娘干活有劲，走路带风，说话单刀直入又风趣，已经初步得到了大伙儿的信任和喜欢。

下山的路刘思文走得更快，几乎是在小跑，尹招弟屁颠屁颠跟在刘思文的后面，跟得上气不接下气。“队长，您走得也太快了，一看您就有大将之风啊，不是有句话叫啥来着，‘大风起兮云飞扬，威加海内兮归故乡，安得猛士兮守四方！’队长我看您这气势比关公还威武呢！”

刘思文一个趔趄差点摔倒，这说的是哪儿跟哪儿啊？回头又给她补了一课，“那是汉高祖刘邦的《大风歌》，乱扣啥帽子啊。”她白了尹招弟一眼，直摇头。

尹招弟伸了下舌头，直蒙圈，心说：“是吗？记错了？”这个马屁算拍马腿上了，队长瞅她那个“没文化真可怕的眼神”让她不寒而栗。她就不敢再乱转文了，跟在屁股后面一口一个“队长”叫着。刘思文就放慢了一些脚步，但绷着脸，不给她笑模样。尹招弟嘿嘿地堆起笑脸，“队长，您别生我气啊，我这个人就这样有口无心的，爱瞎嘞嘞，队长，其实我……”

“我啥？”刘思文停下脚步，盯着她看，意思我给你机会，有啥话说啊？

“我——”尹招弟支支吾吾地又说不上来。

“队长——”郝艳突然蹿上来插话，“你不就是嫌尹招弟不能背苗吗？你也不用难为她了，她那箱苗我给扛了。”

时间凝固了一般，眼神与眼神的对峙，眼神与眼神的较量。

“你给她干了，啥意思？你自己扛两箱？”

“没错！把两箱都给我搭肩上来！我要是扛不上去，今天的工你就别给我算！”

说完，她大步流星地向山下冲去，直接冲到拉苗车下，搭肩扛箱。

尹招弟冲郝艳喊：“你这是干吗，你想让队长恨死我吗？”

“少啰唆，给我搭上来！”

这时候大伙儿才发现，第二车上的箱苗也已经所剩无几了，剩下的箱苗别说一人扛一箱，就是两个人抬一箱都不够。她们面面相觑，傻眼了。

"队长，这一队也太不像话了，他们就是狼啊，吃肉连骨头都不剩啊！"

"本来就是两个队用一车苗，不说让着咱女兵吧，好歹也得商量着来吧，他们这叫啥，这是明抢啊！"

"队长，一队也太不仗义了，欺负我们是女流之辈啊……"女兵们嗡嗡了一大堆，才发现队长一声不语，她略低着头，眉头紧锁，眉宇上扬，全场安静下来，将目光聚集在队长的身上。

"是我们自己不努力，怪不得别人。"这么轻飘飘的一句话，让很多人脸红得耷拉下了头。

"我们是一个集体，只有听从指挥，令行禁止，握指成拳才有力量，一个人想逞啥大英雄，只会搞坏了一锅粥！"

这话谁都听得出来，是冲着郝艳去的。郝艳气呼呼的，涨红着脸，嘀咕了句："苗被别人抢了，拿我撒啥气！"

刘思文没有理会郝艳的话，命令大伙："在小桥那儿把背壶里的水全灌满，两人抬一箱苗上山，植树铲、铁锹人手一把，工具全拿着。"

全体默不作声，有序地行动，这一次，一个挨着一个紧紧跟在刘思文的身后。

一天劳作下来，头昏脑胀的。回程的时候，尹招弟没再进驾驶室，鸟悄地上了大篷车。有人打趣她："孕妇同志，你坐错地方了，驾驶室的专用座位给你留着呢。"她打断那人的话，"别嚷嚷，我长那屁股了吗，那座是那么好坐的吗？真是的，你还嫌队长训得我轻啊？"大伙儿只呵呵几声，憋住了没有大笑出声。让大伙儿没想到的是，刘思文后脚也跟着上了大篷车，驾驶室让给了另外的人。她与姐妹们同甘共苦的做法让人在心里竖了大拇指！尹招弟见队长上来了，连忙窝在旮旯里，可是刘思文偏偏奔她而来，和她挤在一处。车子晃晃悠悠地启动了，尹招弟也不敢抬头，装睡着了。刘思文伏在她的耳朵上跟她说话："尹招弟，是你自己说还是我说？"

她一激灵，"队长，让我说啥？"怯怯的样子，没有底气。她很怕别人听见她和队长的对话，特意压低了声音，但是好在车子行驶的噪声非常大。

“你不是说你怀孕了吗？”

“啊。”尹招弟的声音比蚊子还小。

“我今天也算是长见识了，头一回听说怀孕了还能来大姨妈！”

尹招弟惊愕，说话也结巴了：“您，您知道了，队长，我，我错了，您咋知道的？”

“我不知道，就是猜的！”

“队长，你耍我？”她很震惊，张着的嘴巴合不上。

“没错，就是不知道耍得对不对？”刘思文单刀直入，没有比这更直白的回答了。

“队长——”她挠挠头，“您，您也太厉害了，我真是怕了您了，以后我再也不敢刺毛了。队长，求求您给我留点面子，不要在队员面前拆穿我，要不然我可咋在四队待下去啊？”

“我不说，你自己说吧。”

“别介啊队长，我求您了，其实我就是来大姨妈了，那个，就是怕抻着，所以才编个瞎话。”她的话音带着颤颤的哭音。

“你想哪儿去了，我今天之所以撵你，不就是因为你说你怀孕了吗？明天你再来的时候就说你来大姨妈了，没有怀孕，我也就不能撵你了，你也就能放开手脚正常干活了，你说是不是这个理儿？”

尹招弟明白队长的良苦用心了，不但不罚她，还帮她“掩盖罪行”，她用力地点头：“嗯嗯，队长，你太好了，我爱死你了。队长，谢谢你大人有大量，哪天上我家去，我让我家‘大头’好好做几个菜请你啊！”刘思文没有作声，心想：“你饶了我吧，只要你别给我起刺，我就烧高香了”。

顶着星星出工，顶着星星收工，两头都不见亮。回到家躺在床上，刘思文就一动也不想动了，身体上的累还可以忍受，主要是心累，她终于明白领导并不是那么好当的。这世上最容易管的是人，最难管的也是人。本来打算想想对策，咋捋顺这群刺毛的新兵蛋子，可脑袋一挨枕头就睡着了，连衣服都没来得及脱，睡得那个香！

工作虽然很累,但有一点刘思文是很欣慰的,原以为头天劳动量这么大,今天的"战斗减员"会很多,至少也得有五个八个,哪曾想,一个不缺。她的心里着实温暖了一下,一股暖流涌向心窝……

一上大篷车,尹招弟就向全队人嚷嚷:"跟同志们说个事啊,我那个老朋友昨晚又来了,虚惊一场,实在是虚惊一场。本人郑重宣布,没能怀上,今天谁也别拦着我,我得玩命地干,把昨天少干的活儿全给补回来!"

大伙儿就"扑哧"都笑了,笑得她莫名其妙。"咋的了,还不信我啊,我有的是力气。昨天,昨天那不是以为怀孕了吗,怕动了胎气,真是的……"

有人说:"我们哪是笑你这个事儿。"

"那笑我啥?"尹招弟一脸茫然。

"我说尹招弟,这女人想怀孩子,这老爷们不卖力可不成啊,你家老爷们是不是不舍得卖力啊。"

"这说的啥话啊。"尹招弟羞得成了关公脸。

"哈哈哈哈——"车子里笑得炸了锅。

刘思文听得脸红,埋下头,咬着唇,窃笑,任凭这群"疯女人"乱成一团,笑骂了一道。说来也奇怪,今天再坐这车就觉得路程并没有那么遥远,也没有那么颠簸。她也真切地感觉到"快乐工作法"的重要性,快乐确实是战胜困难的一大法宝!

下了车,尹招弟第一个扛起箱苗就往山上冲,刘思文却把她拦住了,当着大家伙的面宣布了一条规定:"姐妹们,咱既得把活儿干好,也得爱惜照顾好自己的身体。先贤孔子早说过,'身体发肤受之父母,不敢毁伤',意思就是说,我们的身体是父母给的,我们不可以随便伤害我们的身体。所以,我宣布,从今天起,凡是生理期的姐妹都不用往山上背苗,只管栽树就行了。"这一条赢得了大家热烈的掌声。

女兵们又提到了最现实、最棘手的"抢苗"的问题。

"队长,运苗车一天只能跑两趟,咱们女人肯定是没有男人有力气的,也没有一队的人多,咱们再怎么抢也抢不过一队,等咱们背完一趟下来,人家已经背第二趟了,基本上差半趟的时间。"

“队长,他们这是明着欺负我们女兵啊。”

“队长,这么个背法肯定不行,我们眼看着是吃亏,姐妹们摸爬滚打地出来一天,也只能挣人家一半的工资,这于情于理说不过去嘛!”

“队长,这事你得跟上面反映一下,这两车苗给我们多少棵给他们多少棵应该规定好的,不能靠抢吧?这活儿要是这么干下去可就没意思了!”

大伙七嘴八舌,刘思文始终没有吭声。郝艳急了,粗声大气地说:“队长,你倒是给个动静啊,你不发话这活儿没法干啊!”

“抢苗肯定不是个好办法,不过得容我想想?用不了多久,我肯定能把这个事儿解决好,但眼下——”刘思文停顿了一下,“眼下,如果想保证我们的钱袋子,只能发挥我们女人的特长了。”

“啥特长?”大家面面相觑。

刘思文勾唇一笑,给大家解释了一番,大家听后拍手称赞,“领导就是领导,不服都不行”!

运苗车到了,女兵们往车下卸苗,这次她们并不急于往山上背苗,而是将车里的三分之一箱苗先卸下车归好堆,由几个来生理期的女兵“看护着”,其他的人则一人一箱背苗上山。

这一招让造林一队的人做梦也没有想到,都傻眼了。他们以风的速度跑回来背第二趟的时候却发现已经没有“多余的肉”了。女兵们暗自窃笑。一队的人带着怒火找过来质问:“四队的,你们这是干啥?这玩意儿也带占堆的,也太不讲理了吧!”

护堆的人里有郝艳,她可是个暴脾气的主儿,正愁昨天的火没地撒呢。她站出来和一队的人针尖对麦芒地较劲:“哎哎,好好说话,别闪着舌头,你们倒说说哪不讲理?我们占的是我们应得的那三分之一,一根苗也没有多占,倒是你们仗势欺人,多吃多占,才不讲理!你们这倒打一耙的本事是跟哪个师娘学的,也太拙劣了吧!”

“哈哈哈哈——”女兵们故作夸张地大笑以助声势。

男兵也不甘示弱,嘴皮子溜的也站出来喊话:“全天下都知道,造林挣的是计件工资，也就是多干多得，少干少得，要不还算啥计件？苗运来了，谁能干多少拿多少，这公平合理，你们霸占上，这叫咋回事？这于情于理说不过去！”

“跟她们废啥话，咱们扛起就走，看谁拦得住！”一个精瘦的男兵跳出来，摆出一副天不怕地不怕的架势，说着话就要过来抢苗。

“咋地，你还想动手啊！”郝艳可不是吃素的，一步抢到那个男兵身前，两人前胸顶着前胸，郝艳的唾沫星子都喷到那人脸上了，“把你能的，脑袋还长犄角了，动老娘一根手指试试！”

精瘦的男人被郝艳的强势气场给镇住了，动了几下嘴皮子才吐出几个字：“哼，好男不跟女斗！”灰溜溜地退后边去了。

又有男兵说话了，口气挺冲：“谁动你了，动手打女人，那是我们一队干的事吗？我们这是在跟你们摆事实讲道理。算了，我们在家跟自己的老娘们也没掰扯明白过，跟别人家的老娘们就更别想了！”

“别一口一个老娘们，说话给我注意点！”郝艳丝毫不惧男兵，谁起刺就奔谁去。

人群忽然被拨开，走过来一个人，边走边说道：“对不起，我的兄弟不会说话，给姐妹们赔不是了。”

“到底出来个会说人话的。”郝艳余怒未消。

“你怎么骂人呢？”刚才那个男兵气哄哄地接话。

“是吗，我还以为骂的不是人呢！”郝艳的嘴皮子没有一丝退让，大有气不死人不罢休的架势。

“你！”男兵们怒火中烧。

“算了！都少说两句！”挤到最前面的男人大喊了一声，全场安静下来，他将眼镜往鼻梁上推了一推，四下张望着，看见疾步下山的刘思文，径直走过去，小声跟刘思文说：“你好，刘队长，我认识你，不知道你还记不记得我，在开任务分配会的时候，你我都在场，我叫白云飞，是一队的队长，我们能不能借一步说话。”

刘思文一看双方剑拔弩张的样子就猜中了八九分，她跟着白云飞到了一边。

“刘队长，相信你已经知道发生的事情了，我觉得这样的事本就不该发生的。”

“没错，本来大家各干各的，相安无事，没想到你们堂堂的大男人竟没有一点君子的谦和之风。不把姐妹们逼急了，相信她们也不会这样的。”

白云飞下意识地又扶了扶眼镜，重新审视了下眼前这个看起来有些纤弱的女队长。话中藏剑掷地有声啊，让人不得不刮目相看。

白云飞笑了笑，说话声音很轻：“刘队长，现在已经不是大锅饭的年代了，多劳多得，才能体现人的价值和存在。兄弟们出来奔波一天，图啥？不就是想多挣点，说句不中听的话你别生气，你这样袒护你的兵，可不应该。”

刘思文瞅都没瞅他就顶了回去，“白队长，你知道你们兄弟出来奔波一天图啥，那我们姐妹们出来奔波一天图啥？一车苗，按人头分，我们只拿了属于我们的那三分之一，昨天你们多吃多占了那么多苗，我们一声都没吱，都没有人计较，今天你还想吃我们那一份，怎么好意思？怎么说得出口？”

白云飞远眺群山，似乎在欣赏祖国的大好风光，好在有厚厚的近视镜片挡着，没有显出理屈词穷的窘迫神色。他的兵们焦急地注视着他，刘思文的兵们也在关注着她，这两个“掌印”之人的博弈似乎决定着自己人马的“生死存亡”。他们僵持着，互不相让着，这是一场看得见摸得着的棋局，表面波澜不惊，暗底却已是波涛汹涌，谁也不想在这场博弈中被对方“斩于马下”，这不光是个人的颜面问题，更关乎全队人的切身利益，谁也不想败，似乎谁也败不起。不管内心有多么波涛汹涌，表面上还都尽量保持着平常的表情，白云飞将目光从远方的景致处收回来，似乎是欣赏够了，长长地吐出胸中的浊气，仍旧轻声细语地对刘思文说话：“刘队长，你知道每天运进来的这两车苗是谁装的车吗？”

这个还真把刘思文给问住了，但她有了些“不妙”的预感。她想起来了，到苗圃拉运苗木都是谁用谁拉，苗圃的人是没有义务装苗的，她在苗圃干了半年知道这里面的规矩。白云飞接着说："我把队里的人特意留了几个，他们每天早上五点就在苗圃装苗了，那几个人专门负责装苗——"他停顿了一下，用手扶扶眼镜，其实眼镜框并没有下移，他挺直的鼻梁稳稳卡着镜框，这似乎是一个掩饰调节自己情绪的步骤，他用余光瞥了略显焦灼的刘思文一眼，继续说，"本来我们是两个队，是各装各的苗，我知道你们女同志干工作更不容易，就顺手让兄弟们装了，这些我本不想说，也没想过跟你邀功，可是……"

刘思文确实没有想到这一层，他这一记"反手杀"真是杀了她个措手不及，她将唇咬得没有了血色，无法淡定了。

"刘队长……"白云飞喊了一声。

"啊……"她才缓过神来，以最快的速度平复心绪，然后单刀直入，"白队长，你这个情我记下了，从明天开始还恢复原样，就按你说的，能者多劳，谁也不占堆了，能干多少是多少。"她撂下话，头也不回地走了。

望着她的背影，白云飞心里突然生出一丝敬意，想到了一个古代人物——花木兰。

姐妹们眼巴巴地等着队长"凯旋"，不承想就等到了一句："从明天开始不能再占堆了，能者多劳吧。"这样的结果令姐妹们大失所望。

空气沉闷，刘思文感觉得到姐妹们的无声抗议。

她向姐妹们大声喊话："请给我一点时间，用不了多久，缺苗的问题就能解决，我保证咱两个队再也不用抢苗了……"

没有人应声。

郝艳突然吼了句："瞅啥啊瞅，没戏了，干活儿吧，再不干点，西北风都喝不着！"

这话听着好刺耳，刘思文不能也不想争辩，她不想做毫无意义的事，只能默默地承受，只能当啥事也没有发生，只能装作毫不在意的样子。她径自背起一箱苗向山顶攀登，任汗水迷失了双眼。

擦肩而过，她的手就碰到了一个人的手，是一只男人的手，她的手本能地缩回来，却发现手心里已被塞进一张小小的纸条……

8 这点小智慧简直就是我们队长身上的九牛一毛

刘思文回身望时,那人已大步流星地向前走了,并没有回头,很快消失在视线里,她甚至没有看清塞给她纸条的人是谁。她的心怦怦地跳得更快了起来。这时,后面背苗的人赶上来了,她将纸团紧紧地攥在手里,手心里的汗渐渐浸湿了纸团。她加快了步伐,到了山顶,做贼一样心虚地打开了纸团,字迹已经模模糊糊,但是还能看得出来,写的是:“进度和质量同等重要。”

这是啥意思?“我们的进度差吗?根本不差!质量很差吗?”她的心一紧,不声不响地去查看一队造的林。两个队的造林地基本上挨着,想看到一点也不难。这不看不要紧,一看“触目惊心”!自己队伍造的林,和一队的质量相比是有巨大差距的。单从外观上看,一队种的树苗横竖成线,高度基本平齐,像阅兵方阵里的列兵,整齐划一。再看她们种的树,七扭八歪横竖不成线,高度也上下飞跃,根本不像是同一批次的树苗。刘思文吓出了一脑门子冷汗,心里从没有过的冷静和清醒,她很揪心,光想着抓造林进度,竟然忽略了造林质量,这是自己的失职!

种树的计件工资是分三年给的,完成任务的头一年拨付总额的 40%,第二年验收合格再拨付 20%,缺损未活的还要进行补植补造,第三年验收成活率后再拨付40%。所以，并不是一种了之，责任跟经济直接挂钩。她下定决心，要好好抓一抓造林质量了。虽然只是短短的几天培训，但刘思文也学到了不少，知晓了种树的最基本学问，只是她没有真正地将培训学到的知识运用到实际工作。从源头上说，每年的九月十月要先去任务造林地整地扩穴，也就是先把树坑刨出来，为来年种植树苗做准备。来年的五月六月种树苗，任务量大的时候，七月八月也可以种。种树的工具并不复杂，基本就两样，即植树锹和造林镐。造林的方法也就三种，分别是明穴栽植法、窄缝栽植法和靠壁栽植法。

明穴栽植法是应用最广泛的一种造林方法，适合荒山荒地和迹地造林(火烧迹地、伐区迹地)，植苗深度根据树种特性和苗木根系等因子而定。简单地说，就是先把苗木放入穴的中心，扶正并使苗根舒展，防止窝根，填土时先用湿润的表土埋苗根，当填土到三分之二时，把苗木略向上提，以便苗根舒展，再用脚踩实，填土到穴满再踩实，最后在穴表面覆一层松土，草皮反扣，防止土壤水分蒸发，即"三埋二踩一提苗"的栽植方法。

窄缝栽植法，适用于水湿地造林和低产林改造筑高台场地造林。先把植树锹插入土中，达到深度后，先向前推，再往后拉，开出缝，在植树锹未提出前栽入树苗，随后抽出锹，让土自然塌陷，将苗木栽入缝中。

靠壁栽植法，又称"镐植苗法"，适用于慢性针叶二年生苗木。栽植时2人一组，1人持镐1人持苗，持镐人刨穴，穴的一侧必须垂直于穴面，栽植时苗根紧贴穴的垂直壁，栽植深度以超过根际1~2厘米为宜。从一侧覆土培植，根系要舒展，覆土时先覆熟土再覆新土，反扣草皮以防冲刷，起抗旱和保湿作用。

根据造林任务不同，这三种造林方法需要轮番使用，不论哪一种，在以后的造林作业中，刘思文全部严格要求。种树和种庄稼道理是一样的，人勤地不懒，你糊弄它，它就糊弄你。她要求队员必须按"规定动作"完成种树过程，种得不规范的一律返工，有屡教不改和偷奸耍滑的兵，一律划半个工，抓到两次不按规定动作种树的一天白干，不记工！在这样严苛的管理下，女子造林队的造林质量和速度有了惊人的提高，在短短数天内能有如此质的飞跃，让造林一队的人不得不刮目相看了，他们也不得不自嘲地唱出了"谁说女子不如男"的赞歌！

抢苗风波不知何时已经平定，虽然一队的人不再跟她们抢苗，他们会主动自觉地只背属于他们的三分之二苗木，但两车苗木不够用的实际矛盾却没有从根本上解决。这种故意让着、类似于施舍的"工作餐"让刘思文心里很不痛快，晚上睡不着觉她也在琢磨咋解决这个问题。其实她的脑子里早已有了解决的雏形，她在等待着合适的契机。

这一天发生了一件怪事，一向准点的运苗车忽然晚点了，晚了足足一个小时，大家做了各种猜测，最多的猜测是又半路爆胎了，这本也是常有的事。但是司机下车的一刻笑容满面，像捡了个大元宝似的，这有些不合常理。谁的车爆胎了还能笑得像朵花？司机走到白云飞的面前，挥了一脑门子的热汗，笑着问他："白队长，我要说我这一车拉来四万株苗你信吗？"

白云飞没有笑，等苗的兄弟们包括女子造林队的姐妹们不少人笑出了声，有的甚至说："这小子一大早就喝了，还没少喝，满嘴说胡话！"

司机瞪着眼睛喊："谁喝了，我好着呢！真的，白队长，不信你看！"

司机扯开遮苗的帐篷布，那一刻，所有人都惊呆了。一层一层的箱苗像中药房的药匣子一样整齐有序地排列开摆放着，让人大开眼界，人群中爆发出"哦"的一声惊叹！

"这是你研究的？"白云飞简直不敢相信自己的眼睛。

"哈哈，白队长，你也太看得起我了，我哪长那理科的脑袋了？这是按四队刘队长的吩咐加工订制的，这套装备的名字刘队长都起好了，叫'苗木运输集装架'。"

"你是说刘思文刘队长？"

司机用力地点点头："没错！"

人群中又一阵惊呼！

白云飞爬上车，用力晃了晃装箱苗的架子，稳似泰山。苗木运输集装架，说来也简单，就是像货架一样将苗木箱一层一层码起来，以前并不是没有人想到这个办法,但实施起来似乎并不可行。这样装车跑平整的公路可以,如果车子开进山里,这样高高的架子在路况颠簸的山间小路并不稳当,就容易形成侧倒和散架。一旦散架,一车苗木的经济损失那就太大了。刘思文迟迟没有公布她的研究成果也就在于此,要么不展示,展示出来就必须可行！她让加工厂的师傅将架子都做成了铁架,靠车厢板两侧的架子牢牢焊接在车厢板上,中间的铁架子一层一层用铁栓和两边的架子横向连接,形成稳固的支撑。这样一来,无论车子怎么颠簸,只要车子不翻沟里,架子就不会散,架子上的箱苗卡在固定的位置上,也绝不会散落。原来一车能拉四千株苗,现在一车可以拉四万株苗,一车顶十车。拉一车苗够两个队“蹦高高”用了,其实一天根本用不了,用不了的树苗假植起来,第二天就能接着用。①

这下,女兵们着实扬眉吐气了一把,啧啧称赞她们的队长。郝艳也伸出了大拇指:“咱头儿也太厉害了,藏得也太深了,咋从来没跟咱们说过啊!”

“谁能像你那么没有城府啊！上次队长说了马上解决,是谁脸不是脸鼻子不是鼻子给队长看来着?”有人马上给她泼了一头冷水。

“谁啊,哪儿有的事?”郝艳红着脸往人堆里扎。

白云飞四下撒望着什么,“你们队长呢?”

有女兵告诉他,“别找了,我们队长请假了,估计得几天才能上班。”

“她请假了? 有啥事吗?”

“这个我们就不知道了,领导也不用跟我们汇报工作。我们领导说了,她不在这几天由周副队长领导全队,有啥事跟我们周副队长说就行了。”

周副队长叫周芳,四十岁,是女子造林队的老大姐,老成持重。刘思文在队里时,周芳没有行使过副队长的职权,甚至多数人根本不知道队里

① “假植”为专业术语,即为防止苗木根系干枯,保护苗木的生命力,选择排水良好、背风、土壤湿润的地方,挖一条沟,沟深宽30~40厘米,一面壁做成45度斜壁,将苗木栽于沟中。

还有个副队长。周芳待人很和善，甚至有人曾抢她在驾驶室的座位她都能不声不响地让了，而且她当初坐在驾驶室里也不是自己的想法，而是刘思文看她的岁数大，从年龄的角度考虑的。

白云飞找到周芳，表达了他和他们全队的谢意。他长喘了口气，说没想到缺苗的难题被刘队长这么轻易地攻破了，这下两个队都可以抡起膀子干了，他还说他相信这个方法很快会在全林区推广，他很佩服刘队长的聪明才智！

郝艳又从人堆里冒出来，接过话去："这叫啥聪明才智，这点小智慧简直就是我们队长身上的九牛一毛，对我们头儿来说是小意思！我们头儿那几天看你们急赤白脸地抢苗，就说了，用不了几天，要让你们为苗多犯愁。"

这话说得白云飞和他的兵们脸色噌噌地挂"红彩"。白云飞无言以对，连推了几次眼镜，刚要走掉又被郝艳叫住了："白队长，树苗我们头儿可给你们备足了，四万株苗，估计咱蹦高高也干不完，干不完的苗得假植吧，这点活儿……"她拉着长音，等着白云飞接茬。白云飞用手扶了扶镜框，不假思索："这点活儿我们队就处理了！"

"白队长说话办事就是痛快，我们头儿说了，咱们两个队合作那就是取长补短锦上添花啊，她说的可真是没错！呵呵——"

"是吗？谢谢你们队长的夸奖。"白云飞这次笑得挺自然，露出一口健康白皙的牙齿，他的脸似乎又有些发烫发红。

过后，尹招弟屁颠屁颠地凑过来问郝艳："队长可真厉害，能掐会算啊，咱队长啥时候夸的白队长，我咋没听见？"

"这还用说吗，自古有言，男女搭配干活不累。"

"你啥意思啊，队长到底说没说过那些话？"尹招弟被她的话弄得云里雾里。

"棒槌，队长啥时候也没说过那些话！都是我编的，我要是不编，假植的活儿咱不也得有份？假植也不挣工钱，你愿意干啊？"

"哈哈——"尹招弟笑得后槽牙都能看到了，"郝艳，可真有你的，你可真是个‘大骗子’。那个白云飞被你蒙得晕头转向，他可是一百个信了你的话了。”

“哈哈哈哈——”郝艳也笑得肚子疼，“你这么一说，我也感觉到了，一提咱领导，他的两只小眼睛都能放光，那眼睛从眼镜片子后面‘嗤嗤’地冒火星子。”

尹招弟斜眼看她，“你可拉倒吧，说得咋这么吓人呢。你说的那是人吗？那不是电焊机吗？”

“那不就是个比喻吗，反正我觉得有戏。”郝艳一副故弄玄虚的模样。

“有啥戏啊？”

“一个未娶一个未嫁，你说有啥戏？”

“哈哈，我说郝艳，你可真行！你的脑袋里咋那么多歪点子啊？”

“一山不容二虎，除非一公一母！你没看出来这两个队长是不打不相识吗？再说了，他们要是真有戏，那对咱可是有百利而无一害呀！他俩要是成了，那一队就成咱婆家了，那咱用婆家的人干点活儿啥的也理所当然啊！”

“哈哈哈哈——”尹招弟又笑喷了，“郝艳啊郝艳，你可真行！人都说下棋应该走一步看三步，我看你这是走一步看一百步，你这是居心不良啊。”

郝艳鼻子一歪，“啥话啊，我这也是为同志们着想吗！”

“大兄弟，您的心有点儿操大了——”有人用不屑的语气横插进话来。说话的叫涂嘉嘉，刚刚二十出头，在女子造林队差不多是最年轻的了。“大兄弟”是女兵们给郝艳起的外号，她净给别人起外号了，大伙儿根据她假小子一样的外貌和性格就给她起了个“大兄弟”的别称，她居然美滋滋地欣然接受了。

“小屁孩，你懂个啥？大人在说话呢，说的都是少儿不宜的话，走远点，干你的活儿去！”郝艳笑着推涂嘉嘉。涂嘉嘉忙说：“别推我，我可得把话给你们说头前，要不然你们可犯原则性错误了。”郝艳和尹招弟一脸茫然。涂嘉嘉转着亮晶晶的眼珠说：“第一，人家白云飞白队长肯定早就是名花有主的人了，你们见他正眼瞅过哪个女人？你们在这乱搭啥鸳鸯谱？第二，那是枚大帅哥好不好，又是队长又有文凭，听说家势还挺‘显赫’，假如他没有女朋友，那门槛子早被踏破了，还专等着咱队长出现？想啥呢！这第三，亏你想得出来，把他俩往一块捏。记住，同行永远是冤家，别说夫妻，连朋友也做不成，只是表面上能过得去就不错了。两个造林队长，谁不想拔尖？你嫌他俩在单位还没掐够，回家接着斗！还有，你们没听说吗？马上就要评选优秀队长了，去年是三个队，三选一，今年又增加了咱们女子造林队，变成了四选一，可以说是血淋淋的淘汰赛。你俩说说看，这两个人怎么可能有交集？怎么可能来电？怎么可能在一个锅里吃饭，在一个被窝里睡觉？”

这下，轮到郝艳和尹招弟大眼瞪小眼了，两人感觉后背发麻，倒吸了一口凉气。郝艳说：“听你这么一说，好像他俩是没啥戏啊？”

“呵呵，何止没戏，简直就是没戏中的没戏！”

郝艳笑道：“行啊，小屁孩，小嘴叭叭地，人不大，竟说出科学家的道理来了。”

“切！人家那叫少年老成好不好！”涂嘉嘉迈着方步，趾高气扬地向她俩咧嘴笑，露出一颗调皮的小虎牙。几个人正唠得热火朝天，忽然有人喊了一声：“大家集合了，开会了。”

“开会？我耳朵没聋吧，队长也不在，谁给开，开哪门子的会啊？”唠叨归唠叨，几个人也只能起身向人群靠拢。

周芳副队长挥手示意，让大家都坐在草地上，她面向大家喊话：“开会了，全体肃静，这个这个——”说到这儿，人群中就有人笑出了声，是郝艳。她实在是忍不住了，心说：“人一旦当官都犯这个毛病吗，不用‘这个这个’打头就说不了话吗？芝麻绿豆大的官，至于吗？真让人受不了！”

紧接着，笑声像瘟疫一样传播开，大家开心地笑起来。这个平日里闷声不响的老大姐突然拿捏起官腔，让所有人都觉得很滑稽。

周芳猛咳了两下，用小刀一样的眼神剜了郝艳两眼，厉声来了一嗓子：“都消停点儿，这是在开会，严肃点！”

会场立时安静，让女兵们惊叹：党的干部进入角色后立马都能变成又红又专的螺丝钉啊！

要说周芳也是营林处的老人了，在没有组建女子造林队的时候她就在营林处三队，那时她是队里的技术员。处里领导考虑再三，为了让女子造林队更快地开展好工作，就给刘思文选配了这位副队长，这可是造林方面的老骨干。在造林方面，刘思文确实是个新兵，可她善于琢磨，还不耻下问，闲暇的时候没少向周芳请教，周芳也热心地回答她的疑问，知无不言。相处时间虽然不久，但在刘思文的心里已经将她当作知心老大姐了，对之十分敬重。刘思文也一再强调，技术上的事由周芳副队长负责，必须听从她的指挥。对此，周芳谦虚表态——一切听从队长的安排！

周芳副队长从默默无闻到以雷霆之势的“执掌帅印”惊爆了众人的眼球。她一脸威严，声音洪亮：“今天咱们开个现场会，再强调一下安全作业的事，虽然这是个老生常谈的话题，但我觉得，这个安全作业的事不管啥时候讲都不为过，安全重于泰山！安全作业呢，说来也再简单不过，讲的就是‘三不伤害’，不伤害自己，不伤害他人，不被他人伤害。今天我再加一句，那就是不被东西伤害，比如被树枝刮眼睛，被树坑崴了脚。总之，干活多长只眼睛，大伙一定要把我这个‘四不伤害’牢牢记在心里，都听清楚了没有？”

稀稀拉拉有几个应声的，周芳很恼火，“就你们这个态度，还想开工？不把态度整端正了，今天咱们啥也别干，钱都别挣了，就在这儿耗着！”

大家一脸茫然。郝艳接话道：“别价啊，周副队长，大家起早贪黑地出来一天不就是为了挣俩钱吗？干杵这儿哪行啊？”

“那就都给我大点声回答！要把声音从胸腔挤到喉咙，再从喉咙挤到口腔，让胸腔和口腔产生共鸣，这样吼出来的声音才声如洪钟，才能喊出气势！才能把安全生产记在心里！才能把我的话当回事！”

尹招弟嘴里嘀咕着：“平时蔫蔫巴巴连个声也不吱的人，扣顶官帽咋就像变了个人，还不害臊地说她发明的‘四不伤害’，明明是队长那天说的‘四不伤害’，只不过她那天说的第四个伤害是‘不被机器伤害’，到她这儿一加工,就成了她的专利了!”

“尹招弟,你嘀咕啥呢?是没听清,还是你想上前边来说?”

“嘿嘿,没说啥,我说周副队长您说得太好了,大家都好好练练,没事按您说的喊两嗓子,没准哪天都喊成歌唱家了。”

“哈哈哈哈……”大伙笑成了一团。

周芳瞪着眼睛喊:“笑啥笑,都散了干活儿去!尹招弟,你给我好好干,今天你要有一棵树苗种歪歪了就没工!”她的脸都气得变了形。趁周芳回头,尹招弟伸伸舌头,扮了个鬼脸。

树苗充足了,一队的人跟打了鸡血一样挥汗如雨,飞奔在山间的小路上,他们专门有一伙人不停地上山下山蚂蚁搬家一样将箱苗源源不断地扛到山顶上来,而另一伙人专门在山顶栽苗,分工合作,干得热火朝天。

女兵们的热情似乎还没有往日高,一个个灰头土脸,干得有气无力。周芳刚背上山一箱苗,将箱苗放下,甩了一脑门子的汗珠,就掐着腰大喊:“都快点,在那儿上花轿呢,磨磨蹭蹭,一个个小岁数还不如我这个四十岁的老太婆!”她正大声喊话的时候,一队扛箱苗的大队人马从她身边鱼贯而过,她的胸口剧烈起伏,气得呼呼直喘。

一队造林地段上的箱苗堆积如山了,女子造林队这一侧还是星星点点的几箱苗,背苗的根本供不上栽苗的。太阳大大地照在荒山上,女兵们被晒得冒油又冒火。女兵们清一色戴了遮阳帽,有的脸上还围着纱巾,除了抵御风沙更是抵御毒日头。男兵们可不怕晒,戴帽子的少之又少,一个个晒得紫黑发亮,一笑起来个个显得牙那么白。上山背苗的小道就这么一条,上上下下的,男兵和女兵们免不了互相调侃,人熟为饱,满是快乐的空气。

有个体格壮硕的一队队员,长得滚圆,总爱跟女兵们开玩笑。郝艳笑他倒了都不知道该扶哪头,张嘴就给起了个外号——球子。球子挠挠头,嘿嘿地憨笑,感觉还挺美。从此,“球子”替代了这个人原有的姓名。球子很胖,但干活儿并不笨,扛起箱苗走山路也不输别人。

郝艳对球子说:“你那么有劲,帮我背一趟呗,我们都包产到户了,完不成任务周扒皮连饭都不让吃。”

“周扒皮”是郝艳给周芳副队起的外号，没想到一呼百应，女兵们背后都用“周扒皮”替代了周芳，有时候说顺嘴了，守着周芳也冒出一句“周扒皮可是真够黑的”这样的话。周芳觉出这个外号可能有问题，但翻了翻白眼仁也没辙，毕竟没有指名道姓。

球子倒挺实在，郝艳也就开玩笑的一句话，没想到他真的替她背了一箱苗。郝艳拍拍他被汗水塌透的肩膀，“谢谢了球子，你可真够哥们！改天请你喝酒！”球子嘿嘿地憨笑，憨憨地说：“小意思，我有的是力气！”

女兵们吃中午饭的时候，男兵们扛箱苗的大队人马又上来了，男兵们这么能干等于是给女兵们“上眼药”。周芳一看手底下懒洋洋的兵就气不打一处来，正要发火，男兵们整齐划一地将一箱箱苗摆放在了女兵们的身旁。

女兵们包括周芳吃惊地看着男兵们，“你们这是？”

“周副队长，我们白队长说了，让我们给你们背一趟箱苗，感谢刘队长和你们女子造林队对我们队一直以来的照顾和包容。”说话的是一队的副队长陈昊，年龄不大，发前有一撮“刘海”，显得挺时尚新潮，一说话爱笑，与那些长相成熟的大叔们相比，他就像一个邻家大男孩，以至于刚接触的时候郝艳叫过人家“小尕豆子”。后来一打听才知道，这个小尕豆子是造林队的“二把手”，郝艳挺尴尬，再碰到时就装低着头看不见地错过去了。陈昊的眼睛毒着呢，还是老样子叫上一声“郝艳姐”，弄得郝艳脸上心里都热滚滚的，感冒发烧一样。

周芳的嘴角咧了一下，似乎那就是笑，然后挺严肃地说：“你们队长也太客气了，跟你们队长说，谢谢他的美意了，但仅此一次，你们的任务量也不少，我们不能像寄生虫一样指着喝你们的血活着。”

这话听着咋这么不顺耳呢？人家毕竟是上门答谢的，又不是催债的债主？陈昊他们似乎成了“丈二和尚”，女兵们也集体撇嘴，没好眼神地瞥周芳。

“周副队长，刘队长发明的苗木运输集装架解决了苗木紧缺问题，大大降低了运输成本，现在兄弟们甩开膀子干，干一天挣的钱等于过去的好几天，所以兄弟们是真心的高兴啊。就是我们队长不说，其实兄弟们也有此意，兄弟们干不了别的，出点力流点汗表达一下心意还是应该的。”

这话说得有水平啊，女兵们“刷”地将眼神全投在了陈昊的身上，花痴一样地笑逐颜开。周芳白了她们一眼，“我刚才说过了，我再重复一遍，心意领了，我们自己能干。”这话等同于下逐客令了。女兵们唏嘘声一片，都埋怨地盯着这个“不食人间烟火”的周芳。周芳更来气了，一队的人前脚刚走，她也不管女兵们吃没吃完饭，就气嘟嘟地立马宣布开会。她很生气，说话就像炒钢豆子，嘎巴脆。“看来咱们得约法三章了，不然这个活儿可没法干了！一，从明天开始，有一个算一个，别懒驴上磨屎尿多，有屎尿的，干活儿之前就给我解决干净了！二，以后干活儿一个盯着一个，你前后的人都盯住了，要是跑没了一个，一起扣半个工！三，从明天起，我说啥时候开饭啥时候吃，别没干屁大的工夫就嚷嚷饿。能干就干，不能干就回家待着去！回家躺着没人管你。”大伙儿长吐了一口气，就差喊救命了。周芳咕咚喝了一口背壶里的水，接着说：“还有，有些人自己没手没脚吗？还指名道姓地让别人帮你背苗，不觉着脸红吗？谁不是在养家糊口？让人家给你挣钱好意思吗？那些男人是你们家老爷们吗？用着咋就那么仗义呢？你是太后老佛爷吗？”这一连串打脸似的诘问像重磅炸弹一样，炸得郝艳体无完肤。郝艳的肺子快气炸了，她受不了了，也鼻尖碰鼻尖地跟周芳大喊大叫了起来：“周副队长，你让所有人往山上背苗，可我在生理期呢，队长明令说生理期的不用背苗，为了完成你的指示，我找个人帮我咋了？那是我哥们儿，我朋友，他愿意，这犯着哪条王法了！”

“啥意思，拿队长压我？我做得对不对，队长说了算；你们现在怎么做，那是我说了算！今天我不跟你计较，从明天开始，找别人帮忙的工分一律清零，不算数！”

“周芳，你欺人太甚啊！”郝艳气得就要心梗了，她紧攥着拳头，似乎要打人，有人赶紧过来拉住。周芳也跟受了天大的委屈似的，号叫着往郝艳身上扑，“把你能耐的，来啊，打我啊，打我啊！”

上来拉架的尹招弟吐了口长气。人说三个女人一台戏，这五十多个女人天天在一起，天啊，这戏得唱成啥奶奶样？想想都后背发凉。这么不愉快的一天，男兵们距离她们并不远，理所当然地听到这边乱成了一锅粥，可是没一个人过来劝，女人的家长里短，男人们根本介入不了，只能听不着一样该干啥干啥。

其实，郝艳根本没有想动手打人的意思，她只是气得快要疯掉了，这些人冲上来一拉架，倒是助长了周芳的气焰，真像要打架一样。周芳虚张声势地朝郝艳的怀里乱撞，弄得郝艳疲惫不堪。郝艳的处事原则和大多数东北爷们儿合拍，那就是能动手的尽量别吵吵！上学的时候，她就“打遍天下无敌手”，连一些男同学都怕他，但她不是欺软怕硬的人，她是遇强则强、遇弱则弱，很不屑对弱小的“黛玉型”女生动手，更不屑对“大妈级别”的周芳动手。

这个回合双方“打成平手”，但一个小兵竟敢造自己的反？周芳的气没消。周芳说到做到，第二天下了车她就开始赌气狠烟地点名，点完名就在进山的小道旁“扎下根”来，特意带了个小马扎，稳稳地坐好，把记工卡翻过去，用背面给女兵们计数，谁背上山一箱，就画一道。

郝艳懒得瞅她，嘟囔了一句：“周扒皮，我算你狠！”

周芳铁腕“治军”的方法果然奏效，这一天成效显著，造林平均数直逼男兵。这一天也是少有的宁静，大家几乎没有言语上的交流，除了干活就是干活，空气沉闷，压抑得让人喘不上气来。

战绩骄人，中午吃饭的时候周芳的眉宇就舒展开了。她笑着对女兵们说：“这人呢，就得逼一逼，不逼一下，都不知道自己有多大能耐，咱们女人的光辉榜样花木兰她老人家早说过‘谁说女子不如男’，这话说得有志气，给咱女人长门面，以后，咱们就得照她老人家说的干。话说回来呢，你们现在有的人可能不理解，甚至有的人在恨我，但我相信到开工资的时候，你们数钱数到手软就得感谢我了。”她的潜意识里觉得“此处应该有掌声”，但环视了大家一圈，女兵们都在闷头吃饭，似乎什么也没听见。她的心火又有些“嗤嗤”地蹿火星子了。

驾驶室里除了有个司机外,完全成了周芳的“专机”。周芳特意招呼了一圈,“有没有身体不舒服的?可以坐驾驶室。”没人应声。脱离了周芳的管束,女兵们在大篷车里开各种玩笑,又嘻嘻哈哈乐成了一团。吃风、透灰都不再是问题,头一次觉得坐大篷车竟是如此的享受。

走着走着,就变成了漆黑的夜。

有女兵对“周扒皮”进行了声讨:“你瞅瞅那个人,真是坐着说话不腰疼,坐在那儿比比画画一整天,连根苗都没碰过,还说啥赚多少多少钱?赚多少钱跟她有屁关系啊?她那谱摆的,那哪是副队长啊,简直就是副处长啊!”

涂嘉嘉“哎哟”两声,说:“咱这君子好逑的窈窕小腰啊,都被压断了,这要是让咱未来的老公知道了,不得心疼死啊,咯咯咯咯——”说完,自己都乐得前仰后合。“哈哈哈哈——”大伙也跟着笑。有人说:“小美女,赶紧找个婆家嫁了吧,找个有钱的养着你,省得遭这份洋罪!”

“是这么个道理,但在找婆家这件大事上,本小姐可不能含糊,得好好挑挑,万一找个陈世美,也变态成了‘周扒皮’可咋整,哈哈——”

“对了,‘周扒皮’的老公是干啥的,咋没听她说过?”有人挺好奇地问。

涂嘉嘉回道:“干啥的真不知道,就听说她老公跟一个女的跑了,挺多年了,她带着俩孩子就一直单着。”

“她的命也不咋地呀,她男人跑多少年了,就一直没找?”

“一直没找。”

“看来她也是个有故事的女人啊。”有人发出感叹。

“怪不得这么变态,这是拿我们当撒气的靶子了!”郝艳想啥说啥,嘴上根本没把门的。

“要不说找男人可不能急,可得好好挑挑。穷过富过其实没啥,关键是得人好。啥叫好日子?就是不管在哪儿,你一心就想着往家奔!”少言寡语的老大姐曹少芬忽然说道。涂嘉嘉接过她的话,也说了一句很有哲理的话,让女兵们刮目相看,“跟喜欢的人在一起,过一辈子也觉得时间很短,和不喜欢的人在一起,一秒钟也是一种煎熬!”

女兵们没有想到的是第二天一早见到了归队的刘思文，前一天太过疲劳，个个哈欠连天，见到了刘思文都为之一振，她们简直要喜极而泣了，几乎是轮流着与她拥抱。有一个人似乎变得很扭捏，又想上前又心事重重。刘思文不动声色地走过去和她拥抱了一下，像流水流过去一样自然。郝艳的顾虑打消了，她没有看出队长对她与对别人有任何的与众不同，她很感激队长的胸襟和气度，又和大家一起开心地说笑起来。让女兵们第二个没想到的是，刘思文带来了一袋喜糖。她的喜悦之情自内而外地从嘴角洋溢出来，她勾唇一笑的样子，真的很美。

啥情况啊？女兵们一脸疑惑地望着刘思文。

“队长，你要结婚了？”尹招弟的眼睛瞪得比汽车大灯还大还亮，她这一声燃爆了黎明前的黑夜……

9 他无意碰到了她“敏感的地方”

刘思文狡黠一笑：“是，我要结婚了，吃糖也堵不上你的嘴。”

“队长，您太有正事了！您给姐妹们的惊喜也太大了吧，这才分别几天啊，就把姐夫整到手了。快说说，我姐夫哪儿的啊，帅不帅……”尹招弟一阵让人肉麻的叽喳，人群彻底炸了，“哦哦”地开始起哄。

唠归唠，但动作迅速，刘思文照例和她的兵们爬上了大篷车。车子飞驰，车子里充满了欢声笑语。刘思文不想让她的兵们乱猜了，揭开了喜糖的谜底。

原来，她消失的这几天是参加表妹周楠的婚礼去了，一直在忙前忙后。周楠比刘思文小五六岁，打小刘思文就特别喜欢这个长相甜美、性格文静的小表妹。喜欢到啥程度？有好吃的给周楠的比给弟弟刘思友的总要多一点，气得幼小的刘思友总是在妈妈面前哭鼻子“告御状”。她俩的成长环境截然不同，周楠没有吃过什么苦，一路顺风顺水地长大，自然而然找了个如意郎君，像早就设定好的程序，该到哪步，该经历何种幸福都是早敲定好的，毫无悬念。新郎不在林业系统工作，是银行的，年纪轻轻的，已经是部门经理了。周楠身为林业警花，工作干得也是有声有色，深得领导的信赖和器重，前程不可限量。两个人又情投意合，让人好生羡慕。这样的婚礼，这样的郎君，这样的场景，又何尝不是刘思文梦寐以求的生活！蓦然间，一种失落感袭遍全身。

一对新人特意过来给刘思文敬酒,周楠穿着一袭洁白的婚纱,美得像从画中走下来的仙女。刘思文平时是不饮酒的,但周楠的喜酒她一定要喝,而且连喝了三杯。她注视着一对新人,怎么也看不够。她先将目光落在表妹的花容上,动情地说:“我的好妹妹,今天是你大喜的日子,姐姐打心眼里替你高兴,姐高兴得不知道怎么说才好,姐先干此杯。”满饮此杯,她又提第二杯。她的目光落在表妹夫的面容上,高兴地说:“我的表妹夫,今天的你是全世界最帅、最幸福的男人,你知道你有多幸福吗?你娶了一个最好的女人为妻,余生你只有和幸福为伴了!一定一定要对我妹妹好,不能欺负她,姐干了此杯!”饮完此杯,她面颊粉红,醉眼蒙眬,不胜酒力的她已有些醉意,但她的心没有醉。她再次提酒,目光在一对新人的笑容上幸福地游荡着,“这第三杯酒,祝一对新人百年好合,早生贵子!”

周楠用力地点头,俯在她的肩头轻轻地说:“我的好姐姐,赶紧给我找个姐夫吧。姐,你一定要幸福,比我还幸福!”话落泪珠滚滚,姐俩紧紧地拥抱在一起。

女兵们的招呼声让沉浸在表妹幸福婚礼余韵里的刘思文回到了现实,女兵们迫不及待地在颠簸的大篷车里开始数落周芳的“罪状”。周芳根本听不见,她依旧稳稳地独自坐在属于她的驾驶室里。队长回来就把“专座”让出去,那等于自己出卖了自己,她就是要让队长看到她做事的表里如一。周芳坐驾驶室里,其实女兵们从心里没啥意见,一来是因为她是副队长,有这个资格;二来是因为她的岁数大。上车的时候,刘思文发现驾驶室里还空着一个位置,就把有些体弱和年龄偏大的往驾驶室里请,可是大家的头晃得像拨浪鼓似的,没有人上去坐。郝艳更是直言不讳:“队长,我们愿意坐在大篷车里,这里挺好的,空气新鲜又能透过气来!”谁都听得出她那是含沙射影的话,刘思文的目光掠过众人的脸庞,没有再说啥。

按说,驾驶室里的两个座位就是队长和副队长的专座,但是刘思文也没有去坐,她并不是刻意不去坐,而是她从一开始就没有去坐过那个座,她也在用行动证明她的始终如一。

“队长，你可回来了！你可不知道，你不在的这几天，我们一点主心骨也没有，这活儿干得那个别扭！”“队长，我们想死你了，你再不回来，我们死的心都有了！”说啥的都有，乱哄哄的。

“别瞎说，有周副队长带着你们，我很放心。”刘思文打断了女兵们的话。

有人便快嘴利舌地将一队的人为感谢队长发明的苗木运输集装架替她们扛苗的事学了一遍，还把周芳对一队的人很不友好的过程有模有样地还原出来。

原本觉着队长听完会雷霆震怒，至少也得有些怒火吧，哪料她面无表情，轻描淡写地说了一句：“这点小事本来就没有啥显摆的。”

人群炸响。

大家闹不明白，队长这是“宰相肚里能行船”，还是在心里面闷声生大气？

郝艳嗓门很大：“队长，她来气，她是冲着一队的人感谢你来气，如果是她发明的，她得把尾巴翘上天去！”

“好了，这事到此为止，以后不许再提了！”刘思文叫停了一切喧闹声，“周副队长说得没错，咱们是不能指望别人，靠人不如靠己。”

“队长，我们压根也没指望别人，那不是人家一队的一点心意吗？她就小题大做，简直把我们当苦大仇深的敌人！”

“你们想过没有，周副队长不怕得罪全队的人，这说明了啥？”

无声。没有人能答上来。

车子跑了很久，太阳刚刚露头，大篷车里的光线不好，忽明忽暗的。刘思文环视着那么多张亲切的面孔，语重心长地说：“周副队长傻吗？我告诉你们，这只能说明一点，周副队长的心里装的全是工作。正所谓无私则无畏，周副队长没有私心，所以她心里无愧，她不怕得罪人！”

“队长说得没错，我证明周副队长是好样的！她没有私心，她只是想鼓舞激发队员们的士气。天上不会掉馅饼，周副队长是想让我们丢掉幻想，自力更生。她很称职，是一个好队长！”说话的人是曹少芬。她的语速快而急切，显然这句话憋在心里很久了，不吐不快。这个极其稳重的人，一句话似有千斤重，砸下来平息了各种叽叽喳喳……

往山上背苗箱的时候，周芳与刘思文并行，一人扛了一箱苗冲在队伍的最前面。她也有一肚子的话要跟刘思文讲。她把这几天前前后后的事描述了一遍，还说破坏了队长规定的生理期不扛苗的规矩，说没有把队伍带好，请求队长处分。刘思文好言宽慰，让她放宽心工作，说相信在她俩的带领下女子造林队一定会走向正轨和成熟，又说凡事不能操之过急，要让女兵们有个适应过程，慢慢成长起来。周芳越说越委屈，说她也是气得没办法了，队长不在这几天队伍就像一群散兵游勇，一个个原形毕露了，根本不拿她这个副队长当回事，她是看着造林亩数越拉越大才对女兵们小有惩戒的。刘思文并没有过多的表态，只是强调有信心和周芳一道将这支队伍带好！

中午吃饭的时候开了个小会，当然并不正式，就像唠家常一样是边吃边说，刘思文对姐妹们这几日的工作非常满意，着重夸奖了一番，也对周芳副队长的指挥做了褒奖，特别强调了周副队长的指挥权，说不论以后自己在与不在，这个队都归她和周副队长共同管理。周芳昂着头、抖着腿扫视着女兵们。快吃完饭的时候，刘思文轻描淡写地补充了一句："差点忘了，生理期的姐妹不用背苗，这是队里的规定，以后要坚持下来。"声音不大，但掷地有声。女兵们纷纷侧目注视周芳，周芳面无表情，胸口却在剧烈地起起伏伏……

刘思文发现了一个问题，一到吃中午饭的时候，"小不点"就躲到了一边，看起来她挺不合群。"小不点"叫苏丽，已经快三十岁的人了，但长得小胳膊小腿小脑袋小手，总之哪儿都小，就像一个发育不良的豆芽，所以郝艳就给她起了个"小不点"的外号。

大家都是用保温饭盒带午饭的，吃中午饭的时候就三五一伙地聚在一起，你吃我的，我尝你的，唯有小不点是个例外，所以自然也就成了大伙的话题。"准是偷吃好吃的呢，谁稀罕啊，抠样！"

"干活儿也不行，扛箱苗栽栽愣愣的，哪次都是最后一个到山顶，再偷懒看我不踹她!”

这天吃中午饭,刘思文故意凑到小不点的身边。她先打开自己的保温饭盒,保温饭盒分上下两层,上面的盒子里装菜,她带的是肉炒尖椒干豆腐,底下的盒子里装的是三个馒头,还有剥了皮的熟鸡蛋,额外还有一个小瓶子,里面装的是自己家炸的鸡蛋酱。然后,她就瞅着小不点说:“带啥好吃的了,打开啊,今天咱俩一起吃。”半晌,小不点也没动静,捂着保温饭盒,生怕被人抢了一样。她说:“队长,我还是上一边吃去吧,我不大喜欢和别人一起吃饭。”

“咋地,看着我吃不下饭?”刘思文佯怒。

“不不,队长,我——”

“把饭盒打开!”她命令小不点。

小不点将饭盒往身子后边藏。刘思文的火上来了,一把抢过保温饭盒,把饭盒打开的一刻,她还是惊呆了,上层的菜盒里是几条卜留克咸菜,下边的饭盒里装的是两个窝窝头。

“小不点,你就吃这个?你咋一点荤腥也不带呢?咱们干这么重的活儿,时间长了身体哪能顶得住?”刘思文的语气挺重,她生气,毕竟种树是一个挺挣钱的工作,就是家里条件不好也不至于节俭到这种程度。现在是啥年月,还是大挨饿的年代吗?自己这么虐待自己,难道是谁的长工不成?

“队长,我能顶得住!”小不点可怜巴巴地望着她,将她的饭盒拿了回来,就着咸菜条吃起窝窝头来。

“你顶不住!咱们干的是啥活?是跟男人一样的重体力活儿!男人们都累得有剪羊驴的(工队里的话:就是活干不好被减员)。再这么糊弄自己,我可把你撵回家了!”她原本是要吓唬小不点一下,谁知道小不点的眼泪一下就在眼眶里打起了转,她带着哭腔说:“队长,求求你,别撵我走,我保证能干好活!绝不给队里拖后腿,我保证!”

很多人向她们这边望过来,还有人想凑过来,刘思文挥挥手将人挡住了,她回转身放低了声音问小不点:“说说吧,到底咋回事?”

“队长……我爸妈死得早，我拉扯着一个弟弟一个妹妹，他俩现在都在上学，一个上高中，一个上初中，我吃好吃歹没啥，但不能亏着弟弟妹妹啊！到处都是用钱的地方，我挣的钱供不上花。我能吃饱饭就行，我现在就是想着能把弟弟妹妹供出来，以后就好了……”小不点的一双被山风吹皴吹黑的手不停地颤动着。

刘思文沉默了，她掀开小不点的裤脚，用手指去按她那纤细的小腿，一按一个坑，浮肿，严重的营养不良。

“队长，我没事。”小不点快速地将裤脚放下去。这会儿她已经吃完了那两个窝窝头，咕咚咕咚将保温饭盒里的温水喝下去一大半才笑着说：“放心吧，队长，你别看我瘦，我健康着呢。”被山风吹皴的干裂的嘴唇渗出血来。

刘思文把目光移向她的兵，温暖的目光在每一张天使般的脸上停留片刻。从五月初到六月初，这一个多月并不算长，但这一个月对于女兵来说是披星戴月的一个月，是实实在在拼搏的一个月！哪个女人不爱美？可是现在再看看这群女兵的脸，虽然有的戴了帽子围了纱巾，但脸还是晒得灰扑扑的。山里的风硬，春风似刀，很多人的脸起了皮，一层一层地像蛇蜕皮一样。不觉间，刘思文的眼睛湿湿的，在她的心里，这是一群“不爱红装爱武装”的英雄女兵，让人无比敬佩的同时又令人无比心疼。

了解了小不点的实情，刘思文心里五味杂陈。“知道了，没事了。”她没有抬头，大口咀嚼着馒头，脸颊瘦瘦的，馒头在嘴里一鼓一落看得清晰。可能她自己并没有察觉这一个月她也消瘦了不少……

第二天吃中午饭的时候，小不点的眼前闪过一个保温饭盒，是刘思文递过来的。她没缓过神来，低声地问：“队长，这是？”

“接着，给你带的。”刘思文勾唇一笑，脸上便闪现出一个美美的小酒窝。

“不！队长，我咋能吃你的饭？我带饭了。”小不点把自己的饭盒捧在胸前。

“咋不能吃，我的饭有毒啊？听话，接着！”

“队长，我不是那个意思，队长——”她用乞求的目光可怜巴巴地望着刘思文。

“拿着！听着，小不点，以后也不用带饭了，我家里条件好，也不差你那一碗饭菜，以后我吃啥，你吃啥！”

“队长——”小不点从草地上“噌”地站起来，“这咋行？我咋能总吃你的饭？”她的眼里全是惶恐和不安，刘思文的话确实吓到她了。

“咋不行！咱女子造林队的兵不能这么婆婆妈妈的，打开饭盒，快吃，别凉了！”

“队长——”她的声音颤抖着，“您对我的恩情，我没法报答您啊，我还得养活我的弟弟妹妹呢，队长我——”

“傻妹妹，多大点的事儿啊，我用你报答个啥？快吃吧！”

“队长——”小不点抽抽搭搭的，就要哭出来了。

刘思文收起笑脸，秀眉一扬，“我命令你，马上吃饭，十分钟消灭这一盒饭菜，差一点你今天没工啊！”

小不点不得不执行队长的命令，颤巍巍地捧着饭盒，颤巍巍地打开饭盒，手抖得厉害，用力地抓紧饭盒。喷香的米饭，肉条炒土豆丝，她往嘴里扒着饭，生怕掉了一粒米，大颗大颗的泪珠滚烫地掉进饭盒里……

周四处里开会，要求队段级干部全部参加。虽然生产任务急得冒烟，但军令如山，刘思文也得硬着头皮来开会。在会议室门口，刘思文碰到了一队队长白云飞，两个人因为谁先进门还谦让了一会儿，结果互相“相着”了，她退他也退，她进门他也进门，硬是碰在了一块儿。六月的兴安岭已是骄阳似火，来开会的人都穿得十分清爽，白云飞穿了一件白白的衬衣，刘思文穿了一件白白的半截袖，这件小衫是她进女子造林队以后犒劳自己的，挑白色的是要将以前的爱恋清零，一切重新开始。两人碰在了一起，确切地说是白云飞的肩膀碰到了刘思文的胸部。她第一次这样近距离地清清楚楚地看到了白云飞的面容，和她一样，人很清瘦，脸却并没有因为一个月的骄阳而变得很黑，他应该是属于很抗晒的那样一种人。他的五官很清秀，眉毛粗细均匀，鼻子挺直，眼睛闪亮有神，虽然戴着眼镜，但并不妨碍那道光穿过镜片落在她的眸子上,他的嘴唇微微后翘,带着一丝谦逊和友好的笑。他穿着一件白色的衬衣,用胳膊夹着一个笔记本。不知为何,白云飞让她联想到了一个高中同学,那个男生相貌堂堂却又是文科一霸,让她们当时花痴一样的小女生又恨又爱。她和白云飞这么相向而行进入会场,仿佛回到了高中的课堂。他无意间碰到了她"敏感的地方"也很慌乱,像一只惊慌失措的小鹿,想退不是,想扶她一下也不敢。她的身体瞬间像被电流击中一样,一股说不上来的感觉袭向身体每一根血管、每一处神经,让她整个身体为之战栗。虽然只是短短的0.1秒的接触,但那种感觉却让她的心狂乱了一个上午,坐在会场里她的汗不时从额角涔出来。处长中途停下念稿,关心地问她:"刘队长,你很热吗?"随后吩咐秘书,"给刘队长倒杯水。"

刘思文受宠若惊又显得有些尴尬,连忙解释:"啊,处长,不是的,我第一次参加这样的会议有点紧张。"

处长呵呵笑了一下,说"没事的",让她放松,告诉她开会就跟唠家常一样,不必太过拘束。

刘思文使劲点头,笑着回应。她下意识地扫了一眼坐在对面的白云飞,心想都是他害的,哪想他闪亮的目光透过镜片又与自己的眸子重叠在一起。她触电一样收回了目光,摆出了一副一心一意听领导讲话的姿态。

会议继续,处长又讲话,那照本宣科的样子让刘思文感到好笑。那一刻,她想到了高中教他们历史的"老徐头",那是个满腹经纶的老学究,也爱照本宣科,不过他对着的经常是一页没有字的白纸,他可以绝不絮叨地跟你讲任何一个历史人物的传奇一生,上下五千年,滔滔黄河水,开篇惊天人,语落泣鬼神,让同学们听得如痴如醉,余音绕梁三月而不知肉香。刘思文也很纳闷,为啥今天的脑子里总是想着重回课堂?难道是因为对面那个恍然高中学霸的男生打开了她尘封心底的潘多拉盒子?她很为自己还有这种幼稚的想法感到紧张,都三十岁的人了,为啥还这么不成熟?她在怪自己,心底却涌动着一股幸福的激流。她不知道是啥打乱了自己的心绪,钢强如我,今天的自己看着自己都很陌生。奇了怪了,这是一种什么心结？更可怕的是，她竟然时不时有想瞭上对面那个男生一眼的冲动。“天啊，我这是怎么了？快点下课吧！”

“下课。我竟然又想到了‘下课’这个词！”她感觉自己就要疯掉了，今天算是跟学生时代搅在了一起，彻底乱了！

处长的报告还在进行——

“班子成员要坚持民主集中原则，坚持重大经营决策和重要人事安排集体讨论的原则；坚持集体领导和个人分工相结合的制度；坚持开展批评和自我批评；坚持个人服从组织，下级服从上级，少数服从多数，使决策科学化、民主化。决策形成后，要带头执行，分工负责，抓好落实督办，反对有令不行，有禁不止。领导干部尤其是班子成员要带头反对形式主义，求真务实，增强责任感，树立热爱企业、服务企业、忠于企业、献身企业的敬业精神。要两手抓，一手抓经济建设，一手抓精神文明，两手抓，两手都要硬……”会议开得挺热烈，处长说得激情澎湃，杯子里的水都顾不上喝一口。说到动情处，处长又引申出几个小章节，将复杂的问题深入浅出地跟同志们讲透彻后再接着往下读稿。刘思文的手里攥着一支笔，似乎在聚精会神聆听报告，随时记下重点的部分，但实际上她并没有听进去多少，她的脑子不知何时步入了正轨，脑子里想的都是她的女兵和造林任务，她的心从会场飞回了造林地……

这样的会议在以后的日子里经常出现，以至于她一听到开会脑子就有些发怵，她很感慨领导们为啥可以屁股一动不动地坐在那里念上一个钟头，而她没有几分钟就想动一下，屁股下面就像有钉子一样。她喜欢山里面的空气，喜欢铆足了劲干活儿，喜欢和姐妹们无拘无束地说笑，喜欢向空旷的大山拼了命地嚎上一嗓子……后来处里再开会，只要没有加上队段级干部必须参加，刘思文是坚决不去的。

散了会，刘思文匆匆走出了会场，白云飞紧随其后，在后面边追边喊：“刘队长，咱俩在一个山头干活，虽然天天见，但各忙各的，连句话都说不上，今天正好有时间，我想请你吃顿饭。”

刘思文挺意外，那眼神似乎在问：“没弄错吗，请我吃饭？”嘴上说的却是："对不起啊，白队长，今天难得有空，我想陪陪我弟弟。"她很庆幸又把他瞅回了造林一队的队长，而不是那个高中时的学霸男生。

"陪你弟弟？哦，这没问题啊，把你弟弟叫出来，咱们一起吃个饭。"说完这话，他的脸有些红。刘思文忍不住笑了，想说："凭啥呀，就凭我们是同事，就得让我陪你吃饭，还得拉着我弟弟一起陪你？真是的。"她本来想这么说，怼怼他，让他知难而退，但脑子里忽然冒出一个点子来。她不动声色地说："我爸还在家里呢，我俩都出去了，没人给他做饭啊。要不也叫上我爸，咱一起坐坐，我们这一家子人就齐了。"她看见他不停地在推鼻梁上的眼镜了，她给他出了道"附加题"，要想把附加题答满分可不是那么容易的事。她很惊诧她又想到了"附加题"这几个字，今天这是怎么了，跟学生时代算是纠缠不清了，怎么也绕不过去！

看他"解题"困难，她都忍不住要笑出声了。他憋了半天，脸红红的，忽然冒了一句："那也挺好的，那就叫上叔叔吧。"

多年后刘思文才明白，一个人没羞没臊地爱上一个人的事恐怕一辈子只能有一次吧。

他的这个"神来一笔"的"答案"让刘思文大脑空白了片刻，刘思文感觉手没地方放了，白云飞至少还能推推鼻梁上的眼镜，她的手实在没东西摆弄。她的脸也不自觉地变得滚烫，感觉自己的脸要烤着了一般。她觉得不能再跟他这么耗下去了，得赶紧逃离，于是生硬地回了句："白队长，你的好意我心领了，咱们都是同事，不用这么客气。走了啊，我真得回去陪我弟弟去了。"

那一刻，白云飞很失落，那难过的劲似乎能哭出来，她的心莫名地疼了一下。

"那有时间再请你怎么样？"他也不知道为啥那么有勇气追着撵着又说了这么一句没皮没脸的话。

刘思文只得再回复一句："不用了，谢谢了。"她回头朝他笑了一下，觉得这是最起码的礼貌，并不代表什么。这时候，旁边一个办公室出来个女人，是处里的会计，与刘思文擦肩而过。她们本没有交集，但是她还是擦着刘思文的肩膀生硬地“撞”过去，睨了刘思文一眼，转身春风一笑地对白云飞说话：“云飞在这儿呢，等你半天了，这是我给你织的围巾，春风大，戴着点，看看合适不合适？”

刘思文听得真真切切的，她的脚步迟疑了一下，随后低着头匆匆地走出了办公大楼……

10 她自己都惊异为何需要这种“遇见”

女子造林队成立以来第一次开工资，一叠厚厚的钞票到手，女兵们兴奋不已。开工资现场，女兵们就叽叽喳喳起来。有的说：“我要买一大堆好吃的，好好犒劳自己一下。”有的说：“我先买两件好看的裙子，可得美美了。”有人咯咯地笑着回应：“晒得黑不溜秋的穿啥也没用！”有人回应：“切，你们不爱看，我家老王可爱看，还看不够呢。”“哈哈哈哈——”人群一片嬉笑之声。

刘思文挺自豪，她的女兵们这一个月里除了生病和红白事之外，没有因为劳累扛不住而退缩的。相比而言，其他三个工队都存在自然减员的情况。女兵们的战斗意志确实不可小觑，刘思文又想到“巾帼”和“谁说女子不如男”之类的励志词条，心里竟有些小窃喜。

俗话讲，火车跑得快全靠车头带。有女兵站出来说话：“咱能挣这么多，应该感谢咱们英明神武的刘队长！”有呼者必有应者，姐妹们喜笑颜开。

但同时也有另一种阴阳怪气的语调在队里蔓延。有人说：“大伙有没有注意到，队长请了整整五天假，工资一分没少不说，还比咱们多开了一百多！”

人群发出唏嘘声。

有人附和着：“看见没，啥年代当官的都有特权！吃亏的啥时候都是咱们这些小沫沫渣。”

这些牢骚抱怨的话在几天的时间里根本没有间断过，成了有些队员们茶余饭后的谈资。这样的话半遮半掩，声音不大不小但能恰到好处地传到刘思文的耳朵里，让她听得见，还让她听得并不那么清晰，但在她听来，这种声音就像一记响锤，敲得她的耳膜快要破了……这些话似漫天的蝗虫，似一股暴动的饥民，天雷滚滚地向她奔袭而来！舌头底下真的能砸死人，让人心寒似冰，好像有一根针顺着毛孔、顺着血管直插进她的心里，外表看似完好无损，其实心已经碎得拿不成个儿，泪水从捂住脸的指缝间溢出。她不想争辩，自始至终，她没有说一句话……

有一天，刘思文去处里开会，这个话题又悄然兴起，女兵们不用再遮遮掩掩，各自发表着观点。尹招弟受不了了，回怼那些人：“我看你们是不是吃饱了撑的？你们就干好你们的活儿，挣好你们的钱！队长挣多少关你们屁事！”

现场消停了三十秒，有人开始反击：“怎么不关咱们的事？大伙可别忘了，咱们挣的是计件工资，她请假不上班是咱们背着呢，背着也就背着了，但凭啥挣得比咱们还多？这让人心里就不痛快！”

“就是，队长平时待咱们是不错，但我觉得一码归一码！咱们拼死拼活干这么累的活图啥？不就图挣俩钱吗？”

“啥一码归一码，我看你们就是忘恩负义、见钱眼开！”尹招弟也是当仁不让，以一当十舌战“群儒”。

一直默不作声的郝艳忽然来了一句：“你也别总在那儿唱高调，姐妹们说的也不是没道理。”

郝艳的话在队里就像一支风向标，基本她指哪儿姐妹们就奔哪儿去，她的这句话引来一批高亢的附和声。

尹招弟的脸涨得紫红，有一种被群狼攻击的无助感，她想找到声援她的“同类”，便将目光投向涂嘉嘉——平时她只要咳嗽一声马上就会冲锋的小姐妹，可是，涂嘉嘉也立场鲜明地扭过了头。她又把目光投向小不点，小不点一直低着头，没有看她。她只好又把目光投向别处……

成人的世界,不回应便是拒绝。

尹招弟一屁股坐在了草地上,噘着嘴,无处撒气,折着地上的小草愤愤地丢来丢去。她不会想到在这么窘迫的时刻周芳会站出来说了一句“技压群雄”的话,虽然那话听起来也并不那么顺耳。周芳黑着脸说:“你们一个个眼气啥呀?有本事那你们来当这个队长啊!要我看,你们要是当了队长,一个月多挣三百都觉得少!净在这儿瞎扯啥闲篇!”

这话如一发重磅炸弹,全体失声。

周芳心绪难平,既然话匣子打开了,那就多说两句吧:“看来我得给你们普及一下基本常识了,啥也不懂,说出话去让人笑掉大牙。第一,队长挣的是股段级干部岗位工资,是处里规定的脱产干部工资,干不干一个月都挣那些钱。当然了,挣岗位工资的也包括我,这些并不重要,咱们接着说队长的事。你们也看到了,队长这个人没啥架子,她天天跟我们一样干活儿,那么问题就来了,队长干的那些活儿、挣的那些钱跑哪儿去了?啊——你们谁能解释解释啊?”她环视了一周,寂若无人,全都大眼瞪小眼。“你们不说话,那好,让我告诉你们,队长干的活儿和挣的钱都加在你们头上了,队长在一直给你们撑口袋!平心而论,以前的年代里,这样的队长很多,这叫率先垂范,这叫身先士卒!现在是啥年月了?已经九十年代了,你们四下看看,这样的队长还有吗?有,是吧?有也已经凤毛麟角了!”

这一席话让尹招弟刮目相看,她在心里惊呼:“这是那个见不得队长好的周副队长吗?原来她是如此正义的人?可原来工作处事为啥那么不正常?”她想不明白,此时此刻她真想冲上去抱抱这个正义的化身。可尹招弟觉得必须趁热打铁,心里的话必须都得抖出来:“队长的规定想必哪个姐妹都清楚吧?她明确规定所有生理期的姐妹不准背树苗没错吧?但是你们拍着自己的心口窝说说,你们谁看见过队长有一次空着手上山吗?她哪天不是汗流浃背地在背苗,哪天不是背得最多的那一个人?你们说啊!”这话声嘶力竭地喊出喉咙,她的眼眶红红的,紧攥着双拳。

运苗车的司机师傅是一个老实巴交的老司机,平时闷声不语,不愿意说话，今天看周芳副队长都站出来了，索性也说了几句，道出了一个秘密：“你们干的是计件工资，所有发生的费用包括车费都是算在成本里的。刘队长发明的苗木运输集装架一车顶十车，给你们节约了多少运输成本啊，还有制作那些个铁架子，那都是你们刘队长自己掏的腰包。”

那么人微言轻的一个人说的一番话，在这一刻似乎发出了振聋发聩的声音。

周芳裹紧了外衣，忽然觉得很冷。

女兵们全部低下了头，无一例外。空气凝滞，喘息的声音都如此清晰，先是有细小的啜泣声，而后密集起来，再后来，有大颗的泪珠遗落风中……

日子很平静地流淌着，不觉到了六月中旬。六月的兴安岭百花绽放，万木葱茏。眼见着造林任务接近尾声，其实如果将全部人马用在这个山头，一队的任务早就干完了，但是谁也摸不清白云飞的打法，他将一支人马劈成两处，一半用在此处，一半用在另一个造林地。女子造林队的任务即将完成，但奇怪的是处里迟迟没有给她们下派其他任务，刘思文去处里找过两次，但都被处长委婉地打发回来了。处长笑呵呵地说："你们先干完了再说，没准啊派你们去打一场硬仗！"刘思文觉得这就是官话和套话，她嘴上不说，其实心里面挺急的，闹不懂领导葫芦里卖的什么药？

这些日子，女兵们都闷声干活儿，再没有调皮捣蛋的，整个女子造林队像夜幕下的星星，虽然那么多却个个乖巧安静。她不下令，没有主动吃饭的；她不叫停，没有放下手中活儿的；她不用再横平竖直地要求质量，每一棵苗都种得精益求精。造林的质量和数量直逼一队，甚至就要追平。

这无声的力量其实是榜样的力量！

悄无声息的奇迹让一队惊叹不已。那些男兵们怎么也想不明白，他们的“战绩”怎么可能让一帮女兵赶超？

女兵们真正地成长起来了，这让刘思文的心里多少有些别扭和不适应，她知道她的兵们本不是那么“省油的灯”。这就像一个妈妈养育了一群孩子，妈妈希望孩子们尽快地长大懂事，可是孩子们天天闹啊疯啊，似乎永远也长不大,妈妈似乎永远有操不完的心。可是忽然有一天,这些孩子长大懂事了,凡事不必再让妈妈劳心劳力,突然闲下来的妈妈会有一种怅然若失的感觉……

她为队里的事操心,更为弟弟揪着一颗心,眼见着到了六月中旬,还有二十多天就要高考了,那真的是千军万马过独木桥呀。每年的七月七日到九日就是决定天下学子们一生前程的十字路口,能否"跃上龙门"在此一举。高考院校划分为五个等级:重点院校、一般院校、专科院校、本科自费生、专科自费生。刘思文看到了弟弟的努力,不只她的弟弟,几乎所有的学子都是一样,比如生病了或身体不舒服,只要不是病倒爬不起来,大家是不敢休息的,生怕把课程落下了。

其实刘思文的心里挺矛盾,一方面希望队里的任务赶紧下来,继续干活儿挣钱,这其实是全队姐妹们共同的心愿;另一方面希望任务晚一些下来,好让她在最后冲刺的时间里尽心尽力地照顾一下弟弟。而实际情况是,她非但照顾不了家,还让进入高考冲刺的弟弟照顾着家,照顾着伤病的爸爸,这让她心里总是无比的愧疚。她一面操心着队里的事,一面担心着家里的事,唯独没有时间想自己的终身大事。人生如梦,转瞬之间已经活过二十九个春秋了,女人的一生有几个二十九年啊?"莫等闲,白了少年头,空悲切……"不知为何,她忽然想到了岳飞《满江红》中的这几句词。夏风徐徐,几缕青丝飘在眼前,平添了几许哀怨。小憩片刻,目有所视,淡然一笑,她托腮冥思的样子像极了古风画上的仕女图,惹人疼怜。

察言观色是尹招弟的强项,她似乎摸到了"须子",神不知鬼不觉地凑到了刘思文的身边,人没到笑声先到了,"嘻嘻——"嘴咧得像朵花。

"队长,嘻嘻,忙着呢?"

"啥眼神啊?有这么忙的人吗?"刘思文从冥想中回过神来,勾唇一笑,装模作样地拍了她一下。

尹招弟的胆子大了起来,嘻嘻笑道:"队长,你看一队的白云飞白队长咋样?"

"啥咋样?"刘思文不解地看着她。

“就是你对这个人感觉咋样？比如，看他帅不帅，这个人好不好？”

“莫名其妙，我跟他又不熟，哪知道他帅不帅，他人品好不好。再说，他这些又跟我有啥关系？”

“嘿嘿，队长，好像是没啥关系，但其实还挺有关系的。俗话说，知己知彼，百战不殆嘛！”

刘思文用手指点了一下尹招弟的脑袋，嘟嘴一笑：“你这心眼子都长歪了，咱们两个队是同志关系，又不是敌对关系，三十六计都用上了，真有你的！”

尹招弟眼珠一转：“队长，你呢，就是太善良了！这俗话讲，同行是冤家，你可得好好关注一下白队长，把他研究透了。害人之心不可有，最起码，防人之心不可无嘛！”

刘思文捋了下眼前的一绺头发，天气炎热，汗水又将她的黑发牢牢地粘在额头上。不知为啥，一提到白云飞，她立马想到处里的女会计给他送围巾的场景。她摇头说：“跟你这么说吧，上次光顾着跟他吵了，根本没瞅他长啥样，现在他从人堆里走出来，你让我认，我也认不出来。”她撒了一善意的谎言。开会的那天，她仔细地端详了白云飞，仔细到差一点将那个人装进心里。

这确实太出乎尹招弟的意料了，她心想，这也太不拿白云飞当回事了，人家长得那么帅，简直是暴殄天物啊。她就很打抱不平地说了一句：“队长，您也太不走心了。”

“走心？你啥意思啊，你今天怎么说话怪怪的？”

“不不，队长，我的意思，你得重视咱们的敌人，嘿嘿……”

“行了，没你说得那么严重，好好干你的活儿吧！”

尹招弟卡巴半天眼珠子，说了半天等于白说，队长一点感觉都没有，但她还不死心，决定再出言“敲打”队长一下：“队长，其实白云飞那个人挺不错的，你知道吗，那天郝艳跟他提起你，他竟然还会脸红。队长，这年头会脸红的男人比大熊猫还珍贵呢。”

刘思文当然知道她说的是啥意思，可嘴上却说：“尹招弟，你没发烧吧，净说胡话！干活儿去吧，我看今天是没累着你，山下还有两箱苗全归你扛了。”

“啊，队长，不要啊，你就饶了‘奴婢’吧，‘奴婢’再也不敢了。”

刘思文“扑哧”笑出了声：“看你再敢满嘴跑火车。”

尹招弟嘻嘻一笑，撒丫子跑掉了。她就是个心里搁不住事的人，像传声筒一样，调腚又跑去跟郝艳嚼耳根子去了：“郝艳，我咋感觉咱队长就是一傻子呢。”

“你咋骂咱头儿呢？”郝艳冷眼盯着尹招弟。

“没有，你想哪儿去了？”尹招弟连忙辩白，“我就是觉得咱队长智商挺高，但情商太低，怪不得还是单身。跟你说实话吧，我找队长了，想套套她的话，听听她对白云飞啥感觉。毕竟一个尚未婚配，一个尚未娶妻，你联想一下，他俩如果成一对，那得有多般配！嘻嘻，想想就美死了。”

郝艳还是一脸冰霜，“你可真是够欠的，那天咱们仨不是分析了吗，他俩就是针尖对麦芒，压根就不可能，你咋还打这歪主意呢？我看你是不碰南墙不回头！”

“嘻嘻，碰了，刚才就碰了一鼻子灰。但是，为了队长的幸福大业，我也顾不了那么多了，我问队长对白云飞的看法，你猜怎么着？那么一枚大帅哥站在她面前，她竟然记不住人家的脸，她压根都没瞅人家，你说说气不气人？她这情商得有多不及格啊！”说到这儿，她将一只胳膊回弯向前，一只胳膊孔武有力地甩在身后，摆出红色娘子军里女兵冲锋陷阵的造型，绘声绘色地说：“一枚合格的大龄剩女，见了异性就要统统不放过，要不动声色地在眼里、心里过八遍筛子，遇到心动的男子要面带桃花，口吐芬芳，眼睛要含情脉脉，心里眼里要全是他，但身子要犹抱琵琶半遮面，要静若处子动若脱兔，要拿捏好讨巧的分寸，多一分太过妖艳，少一分就少了无限妩媚……啊，我这该死的情商，咋就他娘的这么高，哈哈哈哈……”

听尹招弟一本正经地胡扯，郝艳也笑得前仰后合。“尹招弟，我可真是服了你了，看不出你还是个有点小文化的花痴啊，你要不是已经结婚了，白云飞可难逃你的魔爪！”

“郝艳，那得看咱队长跟我抢不抢，如果她跟我抢，那我可没戏，这点自知之明我还是有的。队长长得多清秀啊，举手投足都带着大家闺秀的劲儿，骨子里透着股仙气儿，别说男人，连我一个女人见了都心动。但是你刚才说的一句话，我是特赞成，你说我有点小文化，这你可说得太对了，咱好歹也算是上过高中的人，虽然没考上大学，可毕竟读过几年诗书。话说回来，假如我这会儿真没结婚，那我还真想照量一下。我跟你说，两口子如果文化层次不在一个水平面上，那过日子真是能过出花来。就说我那口子吧，哪儿都好，知道心疼人，对我那是一百一的好，按理说也该知足了，可是吧，我总觉得有那么点不甘心。你知道吗，我那口子连中学都没毕业，我跟你这么说吧，两口子想亲热一下，虽说是老夫老妻的了，是不是得含情脉脉的，是不是得来点拥抱预预热，是不是得说点悄悄话啥的，是不是得整点有情调的这个那个啊。他呢，就六个字，多一个字都不会说，‘来呀，脱吧，造人！’”

“噗——哈哈哈哈——”郝艳笑喷了。

尹招弟越说越起劲，“我跟你说，郝艳，这就是有文化和没文化的区别。我再给你举个例子，我家那口子爱看足球，每次看见喜欢的球星射门进球都要发表一下感慨。他如果能说这球踢得气势凌人、威武霸气这样的话，那多好听多顺耳啊。他呢，就会说俩字：‘牛逼！’再多俩字，充其量是‘我操——牛逼！’”

“哈哈哈哈——”郝艳笑得捂着肚子在草地上打滚儿。

“你说这号玩意儿跟他能唠啥，我现在起早贪黑地干点活儿觉得挺好，回家都懒得跟他搭多余的话，要不就洗洗睡觉，要不就问问他‘造人不’，我也仨字，多一个字都不说。”

郝艳捂着肚子，笑得都快岔气了，“你小嘴叭叭地，道理一讲一大串，咋挑的啊？”

尹招弟酸不酸苦不苦地笑一笑，“人呢，都是事后诸葛亮。算了，别说我了，你说我咋就觉得咱队长和白云飞就是一对呢？哎，你细品品，这两人是不是挺有夫妻相？”

“你别说,我这么一想还真是,这两人也算是俊男靓女了。但话说回来,咱头儿照白云飞还是矮一截的。你想啊,人家是大学生分配回来的,家庭条件又特好,父母都是当官的,最主要的是咱头儿还少了根食指,这门不当户不对的就算了,结婚戴金戒指的时候,伸出一只只有四指的纤纤玉手……”

“行了行了,打住吧!”尹招弟烦心地打断了她的话,心里倒吸了口凉气,眼里的光黯淡了下去,“听你这么一说,好像真是没啥戏了。”

“何止没戏啊,你们还没听说吗?处里的会计跟白云飞好上了,听说都领家去了。”不知何时,涂嘉嘉和几个女兵也凑了过来,涂嘉嘉插了这么一句话后几个女兵纷纷点头附和。

“你个小屁孩咋哪儿都有你一股子呢,真的假的啊?”尹招弟迫不及待地瞪圆了眼珠问。

“那还有假?现在处里没几个不知道的。你想想,大庭广众之下,那会计就给白云飞送围巾了,是啥关系能这样?那不等于是皇上的圣旨已经昭告天下了嘛!那不等于说那个小白同志已经是我的菜了,各位观众就别乱伸筷子了吗?”涂嘉嘉说得有鼻子有眼,似乎亲眼所见一样,让人想不信都难。

“白云飞不是盛传早就有对象吗,这个会计是咋回事,生撬过来的?”有人发问。这是个耐人琢磨的难题,堪比“哥德巴赫猜想”。

“说不定那个吹了,人家是及时补缺呢。”涂嘉嘉分析及时,女兵们纷纷点头,“有道理”!

“男女之间的纯友谊也说不定!”尹招弟灵光一闪,随口说了一句。

“猪!”几个手指一起指向她,声音也那么齐,随后“哈哈”的笑声连成一片。

尹招弟气鼓鼓地,“切,我就不信咱队长还在他白云飞一棵树上吊死了?白云飞也是个有眼无珠的家伙。以前碰了面我还嘻嘻地跟他龇牙笑,以后想见本姑娘的八颗牙门都没有!这个有眼不识金镶玉的白眼狼,我诅咒他脚崴了三天下不了炕!”

说起来也是挺奇怪的，以前尹招弟没向刘思文提起白云飞的时候，总在一个山头干活儿似乎也没见过几次，再说都忙着干活儿呢，人来人往的，谁没事总注意他呢？有时礼节性地打声招呼，多数都是匆匆地一晃而过。而自从尹招弟提起过后，她恨不得一天能碰上八次，虽然碰上了也多是扫一眼就过去了，可是心里却觉着很舒服。要是碰不到，尤其是一天也碰不到一次，心里就像没有了底一样。这就好比家里有一套线装书，自己非常喜欢，当初是花高价买回来的，虽然买回来以后一次也没有看过，但知道它放在那里，没事瞭上两眼心里就会踏实、安稳。见白云飞的感觉也是这个样子，只要见了面，根本不用说话，甚至不用特意去看，只用余光扫到他的身影，捕捉到他的气息，心里就有了根。她自己都惊异为何需要这种"遇见"，她自己都不屑这种没头没脑的想法，她觉得那就是潜意识里无聊的思维在作怪，真是笑话，非遇到他干吗？他脸上有花？看他能当饭吃？她自己想想都觉得好笑，有时想着这样的事情都能笑出声来。她觉着那是闲着无事大脑里胡乱蹦出来的"怪胎"，就去山下扛箱苗，扛一趟身上就汗水淋漓，像刚从河里捞出的新鲜鱼。可是只要停下来，消了汗，那种奇怪的想法就会平白无故地冒出来：怎么没有看见白云飞？

"天啊？这是咋回事？"刘思文禁不住在心里喊起来。

有时候她总是满山地东张西望，女兵们就问："队长，你找啥呢？"刘思文极不自然地回复："还能找啥？看看你们这些淘气包子丢没丢，丢了我可赔不起。"

一连三天没有见到白云飞，刘思文终于忍不住了，问了一队的人。答道："哦，前天下山的时候白队长脚崴了，挺严重，在家休养呢。"

刘思文心下一惊，"咋这么不小心？"

"你说啥？"

刘思文方觉走嘴，"没，没啥，我说要通知他开个会。"顺口编了句连自己都不信的谎，脸红彤彤地走掉了。

第四天的时候，白云飞终于出现在了造林地，走路还有些踮脚，看来崴得是不轻，还没有完全恢复。他往山上走，走走停停，脑门子涔满了汗，说不上是热的还是疼的。他也是走一走望一望,似乎在找啥。他没有跟刘思文打招呼,应该是没有看见,这就是“灯下黑”,其实刘思文就跟在他的身后,扛了满满一箱的苗。他走走停停,刘思文也只能走走停停。这条道就如华山天险一样,仅此一条,如果想让另一个人过去,那么只有错开身子,否则就是一夫当关万夫莫开。天很热,他的汗出得不少,总是停下来用手绢擦一下。刘思文就站在后面等着,重负在身,汗水从每个毛孔急剧地钻出来汇成汗珠,汗珠又在身体里分成若干个支流滑下去,身体好似爬了无数只小蚂蚁在作怪。

他终于发现了身后一直默不作声的人,很不好意思地忙错开身。当他看清是刘思文时,一边伸手去接苗箱一边说:“刘队长,歇歇脚再走吧。”也没管她同没同意,苗箱已经被接过来放地上了。

如释重负,一种解脱的感觉。刘思文吐了口长气,突然静止后汗水如挣脱缰绳的野马更疯狂地涌出来……

她知道是他,可一直没敢看他的脸,本来心跳就够快的了,她怕心蹦出来。

“对不起,我不知道身后有人,压坏了吧?”他推着眼镜,满是自责地望着她。看见她红通通的小脸挂满了汗水,他赶忙掏出裤兜中的手绢,递给她说:“擦擦吧,这是条新的,我没用。”他的手里握着另一条手绢,用来证明他的话。她迟疑了片刻,新手绢就已经递到她的手心里了。其实她的心里在嘀咕:“咋备两块手绢?为啥一块手绢是条格男式的,而另一块绣着一句古诗‘青青子佩,悠悠我思。纵我不往,子宁不来’,像是女式的?”

女人的心要细起来,连自己都觉得不可思议。他的一切刘思文都很在乎,虽然一副若无其事的样子,可是她的心在看,而且明察秋毫。她知道这首诗,在高中时她已经将许多中国精美的古诗烂熟于心。有关文字上的东西,她只要用眼睛扫一下就能领会个八九不离十了,在古代这种造诣叫天赋,只有她知道,这是十年寒窗勤奋苦学来的。手绢上这句诗是《诗经·子衿》中的一句,翻译过来的意思就是:你那青青的佩玉,我悠悠思念在怀,即使我不去找你,怎么你就不肯来找我呢?

他的身上竟然带着这样一条极具隐喻的手绢,让人心生不快。不过这一切都是她的心理活动轨迹,面上看来没有一丝异样。她用那条手绢擦了满头的汗水,渴得厉害,拧开水壶要喝水。“等一下,这阵心跳得厉害,这样喝水容易激着,歇歇脚再喝吧。”他及时劝阻了她。她只得作罢,大口喘着长气。汗水擦完了还有,似乎无休无止,但是她把手绢递了回去,并说了声谢谢。

“我这儿还有,这块你就用着吧。”他没有接手绢。

“那怎么行?我怎么能要你的东西?”她坚持要还,但忽然也觉出不妥了,毕竟是用过的了,这么脏就还人家应该很不礼貌。她想想说:“那这样,我回家洗干净了再还给你。”

“真的不用了,这条是我新买的,你就留着吧,刚才——”他话锋一转,“我压你那么久,你为啥不吱声,这样压着得有多累呀?”话说出口,他也觉着这么别扭呢,怎么能对一个女孩子说“压你那么久”这样的话。他本是无心之说,却后悔得够呛,他看看她,期待她忽略他无心冒昧的措辞。她本来在为那句“这条是我新买的”暗暗欢喜,瞬间就被他的话带着跳跃到了下一个篇章,对文字的敏感超乎常人,她怎能无所察觉?她本想不动声色,但花容刹那间更加红通通的了……

11 组织上给她以信任,她就要还组织以忠诚

她用余光扫到了他,瘦瘦的俊朗的挂着汗珠的脸,她用心感知了他的窘态,努力做出轻描淡写的样子。“没事,我的肩早压出来了,如果你不帮我把苗箱接下来,我会一直跟在你的后面。”

这话像一股暖流,瞬间袭向他的心窝。“为啥?”他很惊诧。

“伤还没好利索吧,为啥要急着上班?”她却把话题引开。

这分明是关心,他的心热得要燃烧,他笑了,美美的那种。“我的脚没事了,离开队里时间长了心里没底,就想上来看看。”

她知道他没有撒谎,因为她也有过这种感觉。她请假参加表妹婚礼的五天,在家守着表妹,守着爸爸,守着弟弟,心里幸福而温暖,可是心里的另一种牵挂却始终未能放下。入夜,眼睛一闭,全是自己的造林队,全是她的兵,全是满山的苗。她不经意间早已经把工作融化成汗水、融化成泪水、融化成血液,融进了自己的生命里!这是一份沉甸甸的牵挂,更是一份沉甸甸的责任,她更觉得这是一份沉甸甸的使命!

“对了,那个纸条是你塞给我的吧?还偷偷摸摸地,有啥事不能光明正大地说,搞得像地下工作者。”她抿嘴一笑,脸上现出一个浅浅的酒窝。

他扶扶眼镜,也腼腆地笑了,左右撒望着。

“瞅啥呢？我在跟你说话呢。”

“那时不敢嘛，那时我们还不是很熟。”

她咯咯地笑出了声，“你啥意思啊？我们现在很熟了吗？”

他的肤色偏白，又属于抗晒型，怎么晒也晒不黑，所以脸红起来就特别明显，他竟然点点头，“我觉得我们已经很熟了，不但是同事而且成了朋友，很好的朋友。”

“你说啥？”刘思文咯咯地笑了一下又戛然而止，她扫了他一眼，看到他热切而炙热的眼神。她像受惊的小鸟，忽然很怕，她去靠近箱苗，想着她该背苗上山去了。

“刘队长，有个事我想跟你说清楚。”他忽然变得一脸严肃。

她也跟着他将笑脸收敛殆尽，她紧张地望着他的脸。不知为啥，这么细细端详他的脸时，他就成了高中的男学霸，那个男学霸就是一脸风霜的孤傲，再漂亮再可爱的女生从她身边飘过都熟视无睹，仿佛是不食人间烟火的天外来客，那个学霸就是高中时代女生们的梦。现在学霸似乎就在眼前，是眼神，是眉目，还是长相，还是那种神似的感觉，说不好，反正正视他的时候，心就“咚咚”地直打鼓，鼓点还是不规整的。她从他的眼神里也看到了一束光，一束比太阳还炙热的光，她有种想无限接近那束光的冲动……

“刘队长，从上次开会，不，确切地说从你发明了苗木运输集装架那时起，我就在一直关注你，你的人、你的人品和你的才华都是我关注的对象。”

她不知道应该作何种回应，她甚至不知道他为啥说这种话。“他这是在感激我，在赞美我，还是有事有求于我？”她的眼神在他棱角分明的面容上来回闪烁，不敢将眼神集中在某一处看，比如他的眼睛，在那束光的背后还有深邃的星空，她怕迷失在那里。她几乎没有了表情，只听他说着。

“刘队长，我想冒昧地问一句，你别生气。”

“说吧，这满山遍野都是人，我还怕你吃了我吗？”她故作轻松，她的汗水还在飘荡。

“能说说，你为啥还没结婚吗？”

“我？我没时间想这些，我得照顾我爸爸和我弟弟。”她自己都不明白为啥就那么由着他的性子问话，自己还认认真真地回答着。

“这不是理由，总得嫁人吧。”

“这个，随缘吧。”她的眉宇紧了一下，似乎有些不悦。

“如果我——”他停下来，将目光停驻在她的花容上，她觉得就快被“烤化了”。他说了半截话，没有了下文。

“你什么？”她问。

他就在等她的这一句，“如果我说，我喜欢你，可以吗？”

“你？”刘思文怒瞪了他一眼，气得两腮鼓起来，她好怕他不管不顾的样子。她在心里喊：这是公园吗？这是静寂的小树林吗？这是无人的小河边吗？幸亏现在周围没有人，可是不远处有人啊，整座山里到处都是人啊，他怎么可以这样！她羞涩，她嗔怪，他怎么可以这样啊？她不知道说啥来回击他，她觉得不能再待下去了。得走，马上走，快快地离开他。这会儿有人从他俩的身边走过，刘思文故意大着嗓门说：“这天真是太热了，不停一气，还真是背不上去。”

白云飞笑了笑。刘思文在心里瞪了他一眼，竟然还笑得出来？她俯下身子去扛箱苗，风轻轻地撩起她的衣裳，她光洁如玉的腰肢露出一角，好美好白的雪肌，像尘土上长出的百合，美得一尘不染。他咽了口唾沫，不舍得将眼神移开。他看着她的背影，渐渐远去的背影，将声音拉得长长的，揭谜一样地将话说完：“就让我来照顾你吧！”

她蹙起了眉头，她的脚步停了下来，将唇咬得没有了血色，她没有回答他，稍作迟疑，迈开步伐，用力地向山顶攀去。走着走着，忽然间泪流满面，好在烈日下泪水和汗水容易混为一谈，不那么容易让人识别。

她不知道此时此刻的内心是怎样的心情，不知道为什么会流泪水，止也止不住，还流得这样委屈，流得这样幸福……

第二天“出征”前，刘思文刻意打扮了一下自己，镜子中的自己一头乌拉拉的黑发，只有用皮套扎束起来，才可以将黑色的瀑布管束住。她的脸瘦小有形，五官精致。忘了有多少天没有照镜子了，不照不知道，这一照吓了一跳，这是自己吗？镜子中出现了一个又瘦又黑的小脸，不要说远点的学生时代，就是参加工作以后的这些年也是咋晒也不黑啊！最多就是脸晒得红红的，火烧火燎的，但是只要休息一晚红潮就会褪去，就像潮汐一样有规律。现在这一刻她才体会到山风的威力有多大，山上的日头有多毒辣！“这是多么可怕的一张脸，像煤球。”她自言自语，又咯咯地笑出了声。之前弟弟说她晒黑了，她还瞪着眼睛犟，说弟弟那是羡慕嫉妒恨。弟弟摇头一笑，说了句“我的老姐最美丽”！她才美滋滋地“踏上征程”。

“现在想想，老弟竟然说的都是实话，我一直还在掩耳盗铃。天啊，这张老脸如果不捯饬一下也太对不起观众了！”她自言自语道。随后，翻出来也不知多久没用的化妆品开始“整理门面”。翻箱倒柜后才发现竟然只有一个“紫罗兰”牌子的雪花膏，还剩小半瓶，还有一点点香味。她这是“现上轿现扎耳朵眼”，没有办法对付着用吧，脸上、手上仔仔细细地全部抹到，就连脖颈上也抹到。她知道只要往山上背一趟苗，这些化妆成果都会与汗水付之东流，但还是得抹上，抹上还不够，最后竟鬼使神差地将那盒雪花膏装在了衣兜里。“随时补妆吗？你这是咋了，刘思文？”镜子中的她害羞得捂住脸颊。她忽然看见了镜子中残缺的右手，这原是一只多么美丽的纤纤玉手，这只手曾握着笔驰骋在知识的海洋里……后来参加了工作，十年的劳作，让这双手布满了老茧，但她并不后悔，这双手创造了价值、支撑了家庭、赢得了荣光，她以此为荣，如果让她的人生再来一次，她相信她同样会做出这样的抉择！

一夜竟然这样漫长，她怀着小鹿乱撞的心爬上了大篷车，她的心里有一种隐隐的、既想马上见到那个人又怕见到那个人的纠结心情。下车了竟然没有看到，一路背苗也没有看到，下山再去背苗仍然没有看到，她的心一下子空荡荡的。到了中午吃饭的时候，她才被女兵的话点醒，一队已经完成任务收兵转战了。

犹如嚼蜡的一顿午饭。有女兵发现了问题，呵呵笑着说：“大家发现没，队长今天咋这么香呢。”满队的女兵狗鼻子一样嗅过来，啧啧称赞。刘思文脸烫得能烙饼了,“骂”那个多事的女兵:“我原来臭吗,吃饭也堵不住你的嘴。”

“哈哈哈哈——”女兵们哄堂大笑。

刘思文开始和女兵们开着各种玩笑,期望冲淡她的“雪花膏”味,回家的时候竟然觉着脸奇痒难耐,以为受了“贼风”。掏出雪花膏来看看日期,天啊,已经过期三年了。她在心里对白云飞的“恨”一下翻了不知多少倍,自语道:“都怪那个破白云飞,要不是因为你,人家也不会变成这个样子。”

经过几天的“拼杀”,女子造林队也完成了四六三造林地的造林任务并顺利通过处里初步验收。在收兵的当晚,郝艳给全体女兵开了个“会”。她清清嗓子,确定发音洪亮,才向大伙喊话:“嗯嗯,同志们,咱们分析来分析去,既然某队队长不是咱头儿的那盘菜,那咱就得策划件大事了!让咱头儿这样的好女人剩在家里,这没天理啊!简直是天理不容啊!咱头儿不着急,咱可得替她急,这回咱就皇帝不急太监急他一次也未尝不可!”

“啪啪啪啪……”全体鼓掌,掌声雷动。

郝艳很开心女兵们能跟她产生共鸣,估计巴掌都拍疼了,笑着示意掌声暂停。她接着喊话:“同志们,家里有兄弟的,尤其是帅哥型、能干型、事业型,总之就是特别优秀的那种,统统给我报上来,咱们得海选一下头儿的驸马爷了!”

郝艳的这个提议深得人心,女兵们纷纷伸出大拇指,大家的眼神似乎在说:“怎么我们就没想到呢,人才呀!”

一石激起千层浪,全体沸腾,喊着口号:“必须办,马上办!”这事折腾了几天,经过层层筛选,层层选拔,最后确定了“十大候选人”。

万事俱备的这一天,见刘思文进了办公室,郝艳一挥手,十大候选人依次进入,排开……

刘思文眼见一群衣着得体的男人含情脉脉地鱼一样游荡进她的办公室,她的脸有些抽搐,“你们这是?”

“报告队长,我们是来报到的,你选谁,我们都没有二话!”排在最前面的一个男人首先发了言。

“报到？选啥？我这有点蒙啊，你们别站着，挺吓人的，坐下说话。”刘思文有些眼花缭乱，不知道瞅着谁说话才好，她的脑细胞全部调动起来。“这群人来干吗？上级检查组？处里分配新任务了？不对啊，我这刚请示完，处长说让女兵们再歇几天，马上公布重大任务！那这些男人是来我的队报到的？也不对啊，我们是女子造林队啊？”她的头一圈一圈地大起来，“请问各位是——”

“您还不知道？”十大候选人面面相觑。

“知道啥？”

“这，这咋说呢？”有个男人欲言又止，挺难为情的。

郝艳鬼头鬼脑地蹿出来，没进门就先嘻嘻笑上了。“队长，还是我说吧！我可就打开天窗说亮话了，您一天到晚光顾着忙工作，这终身大事也没时间考虑啊，也没时间处男朋友啊，姐妹们就精挑细选，帮你物色了‘十佳候选人’。你看看，你觉得哪位合适就直说，他们对你早已钦佩有加，只要你点头就成！”

刘思文听明白了，整整发呆十秒，直勾勾地剜着郝艳。郝艳这才意识到自己犯了“多么大的错误”，大叫：“哎呀，我的妈呀，我错了，队长！”说完便“哧溜”跑掉了。刘思文真是被这帮“活宝贝”给气坏了，想发一顿雷霆大火，不想一张嘴竟笑出声来，这可真是被气笑了，哭笑不得的笑。她已经不敢抬头了，真想找个地板缝钻地洞里去。她稳了稳神才说：“同志们，今天的事实在是不好意思啊，我手下这些女兵真是不懂事，真是不好意思了，打扰各位了，如果没啥事各位请回吧。”

男同胞们没有走的意思，他们很诧异刘思文的表现，好像在说：“我们长得不够帅吗？我们配不上你吗？你怎么连瞅都不瞅一下我们呢？”

面对十双二十只火辣辣的眼睛，刘思文真的抵挡不住了，她的脸烧得像刚出锅的烧饼，也“哧溜”一下泥鳅一样钻没影了。

可想而知，事后刘思文是怎么训郝艳的。郝艳规规矩矩地杵在墙角，像个被罚站的小学生，一脸委屈地垂死挣扎，“对不起啊，头儿，本想着给你个惊喜的，真是我们精挑细选的……”

“拜托了活祖宗,你们把我当啥了,我是武则天吗?整一堆男宠让我挑?我当了五年劳模也没这么出名,谢谢你们,这一炮让我臭不可闻得臭名远扬了!”

果然,这以后,甭管见了谁,三句话寒暄之后保证是:“那啥,道北老井房子后面老刘家那个大小子不错,现在在森调队上班,你看要不要见见面?呵呵——”

原本刘思文是一朵被人遗忘的无名小花,忽然间花香四溢了,引得群蝶乱舞,扰得她的生活彻底开锅。

她的队伍在休整,在做大战前的最后准备。她也得到了一点小道消息,这次的任务十分艰巨,路远,任务量大,她的心里捏了一把汗。回到处里上班,她只见过白云飞一次,还是在他向处里领导汇报工作后,匆匆见了一面,匆匆打了招呼。他忙得不可开交,他的人马从四六三造林地撤出来后直接扎向另一处造林队,与先前的人马合兵一处。

她脸上因为过期雪花膏起的小红疙瘩才平复下去,这天刚进办公室坐下,就听见外面有一个熟悉的声音在和谁问话:“刘队长在办公室吧?”

她的“恨”平地而生,自语道:“哼,才来看人家,人家的脸为你遭了多么大的罪你知道吗?一天到晚就你最忙,就连看人家一眼的时间都没有吗?没良心的家伙,看我搭理你才怪。”

有人敲门,她说了声“进来”后,头也不抬,不搭不理,就是要晾一晾白云飞,对他小有惩戒!

“刘队长你好!”来人说了句话,离她很近,就在办公桌前,她感觉得到他急促的呼吸声,从呼吸声上就可以判断出他急迫想要见到她的心情。她不想自乱阵脚,她得“稳坐钓鱼台”!

“刘队长,有句话我憋在心里很久,以为这辈子也不会有机会说出来了,可是老天爷还是很眷顾我的,终于给了我这个机会。”

刘思文憋住笑,心说:“你这个圈子绕得可够大的,你这个理科生把语句调理得这么有章有法的也真是难为你了。”她忽然觉察出了异样,虽然声音那么的相像,但却有一丝没有吻合。她抬起头,眼前站立的竟是一队的副队长陈昊。

这个玩笑可有点开大了。刘思文不好意思地赶紧请他落座，陈昊来找她一定是工作上的事，晾了人家半天，打心里过意不去。她又赶忙倒了杯茶递到他的手里，可是手却怎么也抽不回来，被一只强有力的大手紧紧握住。刘思文眨眨眼睛，没有缓过神来。

“刘队长，不，应该叫你思文……”陈昊的话忽然变得很腻。

“为啥？”刘思文还傻傻的样子。

“思文，其实……其实我喜欢你很久了，我很早就想跟你表白，可是，我竟然傻傻地以为你这样的‘名花’早该有主了。可就在几天前，因为那个事，我才知道你这枝名花还没有落地生根……”

眼前的陈昊是个很阳光很帅气的小伙子，看到他，刘思文就联想到了自己阳光帅气的弟弟。陈昊这一通没头没尾的表白让刘思文彻底蒙了，“等等，陈副队长，咱们先捋一捋，你来找我？”

“思文……”

“等等陈副队长，能不能叫我刘队长，或者刘思文也可以？”

“不能，请原谅我只能叫你思文。”

刘思文无奈地吐了口气，趁他不注意抽出了手，“好吧，随你便吧。”

“思文，我说得还不够明白吗？我是来应试的，是向你表白的，我听说来了十个优秀的候选人，你把我算在里面吧，多一个也不多……”

刘思文彻底明白了，她真是哭笑不得了。又想到那件事的始作俑者郝艳，不禁在心里恨恨地骂她：“该死的家伙，看看吧，都是你闹出来的好事，这一波一波的还没完没了了。”她尽量把语调放平缓，“陈副队长，你不介意我实话实说吧，你的坦诚确实令我很感动，可是，你对于我来说，就像我的亲弟弟一样，真的……”

“思文——”他急切地打断了她，“我知道你比我大五岁，可是这又有啥呢？如果是真爱，大五十岁又何妨？”

“停！弟弟——”刘思文觉得已经被他气糊涂了，竟然脱口而出“弟弟”这样的字眼，看来她真的是把他彻彻底底地当成了亲弟弟。她马上纠正,“对不起,我说走嘴了,陈副队长。我想你是误会了,怎么说呢,我……”她停顿了一下,这个“文科生”想出了一堆理由想拒绝他,但转念一想,还是用最管用的理由吧,“我已经有男朋友了!”

她看见他眼里一座熊熊燃烧的火山刹那间崩塌了,痛苦得要死。这招果然奏效了。她真是不忍心伤害他,可这也是没有办法的办法。后来想想,刘思文也想不明白为啥那么决绝地拒绝陈昊,一个未嫁一个未娶,区区几岁之差又确实不是大问题,那为啥就不能考虑他呢?要长相有长相,要工作有工作,究竟是为啥呢?难道就是因为中间隔着一个白云飞?白云飞也就是那么一说啊,再说她也没有答应他,有必要为他放弃一切选择的权利吗?难道在心里已经有了非白云飞莫嫁的“坚定理想”?天啊,刘思文心一惊,其实对白云飞的一切还一无所知,如果真是那样,那这个“理想”好可怕!

“那好,请你告诉我,他是谁?如果他足够优秀,那我祝福你们。”陈昊的这一记“反手杀”成功地将“皮球”又踢给了她,她竟无言以对十秒钟。她想说“这跟你有关系吗”,可是她不能那样伤他,伤他就像伤自己的弟弟一样于心不忍。“陈副队长,我之所以现在不能说,是因为我们也刚刚相处,请允许我有一些小小的个人空间……”

“好吧。”陈昊像下了很大的决定,用低沉的声音说道:“思文,你有你的选择,我尊重,可是我也有我追求幸福的权力。如果你觉得幸福,我祝福你,如果相反,我在原地随时等你!”他说完这句掷地有声的话便毅然离去,害得刘思文心里难受了半天也缓不过来。

七月初,扩编后的女子造林队领到了“援外造林”的工作任务。她们的目的地是大杨树林业局的一处荒山。这支队伍从初建时的五十六人扩编到了一百一十人。为了便于管理,刘思文将老队员编为一组,组长为郝艳,新队员编为二组,组长是个新人,叫于清清。队伍壮大了,刘思文身上的担子和责任也更加沉重了。这次援外造林困难重重,一是酷暑和雨季重叠,二是造林任务重,时间又特别紧,三是质量要求非常严苛,四是远离家乡,大家要承受思乡之苦和无暇兼顾家庭的实际困难。这些都是最现实的问题。刘思文早知道有艰巨的任务在等着她，但“援外造林”这项硬任务压到了她们这支新生队伍身上，确实超出了她的预想。组织上给她以信任，她就要还组织以忠诚，这是她人生的信条。“保证完成任务！”这是她临行时对组织说的最后一句话。

其实，刘思文的内心比谁都焦灼，弟弟高考进入倒计时，可关键时刻也只能舍小家顾大家了，自古忠孝难两全。怀着这样内疚的心情，她做了一个梦，梦见自己陪着弟弟刘思友高考，弟弟很争气，考上了复旦大学。她笑着醒了，眼角淌下两行泪水……

对于刘思友来讲，十年寒窗苦读，到了最后一搏的时刻。如果说上一年的高考他不得不有意考砸，那么这一年的高考他必须全力以赴。他心里发着不成功便成仁的狠誓！他不是一个人在作战，他同时背负着姐姐的梦想，是替自己更是替姐姐在出征！他要替姐姐圆大学梦。他更要让他的在天堂里的妈妈看着他意气风发地迈进高等学府！他的大学梦已不单单是他自己的事情，而是寄托了太多亲人的牵挂和夙愿！这一年，他虽说没有头悬梁锥刺股，但也达到了废寝忘食的地步。他的心里只有一个念想：一定要考上大学，一定要出人头地！一定要回报姐姐的深恩！他夜以继日地奋发图强，要让书籍化成智慧与高分。

出征的前一天，白云飞找到了刘思文。她在做出征前最后的准备，诸如整理各种报表，所以下班晚了点。好不容易忙完，她惬意地在椅子上伸了个懒腰，过瘾地伸腿伸胳膊，嘴张得大大地打了个哈欠，顿时精神饱满了，似乎可以随时投入战斗。一抬眼，眼前多了个人，吓得她差点蹦起来，以这种形象出现在一个男人面前她很是尴尬。白云飞咳了两声，似乎在忍住笑。她赌气似的瞥了他一眼，没有说话，一副视而不见的样子。

“就要出征了，过来送送你。”

“是吗，谢谢白队长关心。还有事吗？”她漫不经心地说。

“从今以后，我想换个称呼叫你。”

“啥，你说啥？”

“本来想叫思文的，或者叫文文，但还是觉得欠缺点啥，不如叫丫头吧，丫头更亲切一些。”

“你，你在说啥？”她的眼神很慌乱，但她努力想保持镇定。

“丫头，送给你的。”他变戏法一样递过来一盒精致的巧克力。

她没有接，却从椅子上的外衣兜里掏出一个手绢。“对了，我差点忘了，洗干净了，还给你。”

“青青子佩，悠悠我思。纵我不往，子宁不来。丫头，知道我为啥买这块手绢吗？因为诗经里的这句话代表了我的思念，又因为这句诗里有个‘思’字，和你的名字重叠，所以就把它买了下来。”他的话语不紧不慢，但字字能敲进人的心里，慢慢地，绵绵地，让你无力拒绝。

“天很晚了，我要回去了。”她将本来收拾好的报表又弄散乱了，她的心彻底被扰动了……

“如果我没有记错，诗经里还有这样几句诗：‘挑兮达兮，在城阙兮。一日不见，如三月兮！’丫头，你能说说这句诗的意思吗？”她从他身边惊慌地掠过，他伸出手，轻轻地一揽，她就在他的怀中了。

“你干啥？你放开啊，这是单位，你不放开我喊人了……”

他毫不理会她的话，紧紧拥抱着她，幸福瞬时击穿他的每一处神经。“丫头，人这辈子就是这样，有的人很幸运，早早地就碰到了对的人，有的人，好像是上天要考验他，迟迟让他碰不到对的那个人，可是如果碰到了，就再也不会放手。永不！”

“你在说啥？我听不懂。”她故作镇定，还在“负隅顽抗”。其实他这种早有预谋的等待让她的内心已经溃不成军，她像笼中的小鸟插翅难逃。

“我刚来的时候，就有人给我介绍对象，我实在是懒得应付，几次三番，我就想了个辙，说我定了娃娃亲，耳根果然就清静了许多。到后来，就一个说亲的都没有了。”

“为啥要跟我说这些？”她像一只被套子套住的小兔子，在努力挣扎，但好像越挣扎越紧，她就要喘不过气来。她可以清晰地嗅到一个男人身体所散发出的荷尔蒙的气息，感觉到他狂热不安的心。

“我听说了很多男人来排队相亲的事，丫头，我从未如此慌乱，我不能没有你。”

那么柔柔的话像浸了蜜的汁，能甜进心里，化在骨里。

在他的怀里，刘思文感觉到从没有过的温暖和安详，像冬雪覆盖的兴安大地，一下子安静下来，山川、大地、河流，一切都被幸福覆盖着。好想就这样一直在他的怀里。撒娇，睡觉，做梦，呢喃，就这样赖着他，把大把大把的时间都浪费在他的怀抱里。如果人间确有爱情，恐怕这就是爱情的模样。

她已经无力挣扎，但她还是要说，“那个会计很喜欢你，还给你织围巾，戴上不错吧，是不是很暖和？”

“她对我是挺好，而且她还是挺聪明的女人，她看出来我似乎不像有女朋友的样子。可是，我对她的感觉只是同事之间的感觉，请你相信我。而且那个围巾我根本就没要。”

“我也没说啥，你也不用急着和我说这些，这些都是你个人的事，跟我无关。”她已经像一只小猫咪一样舒适地赖在他的怀里，可是嘴上还是不依不饶，说着口是心非的话。

他笑了。

“你笑啥？”她仰头望着他，他的胸膛是那样的宽阔，他身上的味道那么好闻。

“丫头，你好美，好白。”

刘思文有些来气，“有这么夸人的吗？这像是一个文科高才生说出来的话吗？眼睛没问题吧？看来眼镜的度数还得往上加，我都黑成啥样了，黑得发亮了，竟然还说我白？”她嗔怪地回了一句，“色盲啊？黑白不分，咯咯——”还笑出小小的声音。

她抬起头，却发现他热辣地盯着自己的领口。从衣领看下去，就是她高耸的胸部，就能看见她美若凝脂的肌肤。她慌忙用手攥紧衣领，不让他再有机可乘。这时候她才明白他指的“白”是何意，她的花容羞得无处藏躲。“你太坏了，不许看，不许看。”

12 一个个成了“泥猴”

“丫头,让我爱你吧,不多不少,让我爱你一辈子吧!”

她在他的怀里喃喃地说:“我不漂亮,还缺根手指,一个女人缺了根手指,就像一朵花缺了一片花瓣,是无法弥补的缺憾。我这个人脾气还不好,是直肠子火药桶,一点就炸……还有很多很多,没有一点优点,我就不知道你喜欢我啥?”

“丫头,真正欣赏你的人,永远欣赏的是你骄傲的样子,不是你故作谦卑和故作讨喜的样子。”她被他的话和他的思想所震撼、所感动。

她仍要求证,“优秀的女孩子很多很多,为啥偏偏是我?”

“因为你除了爱笑,还不漂亮,脾气还不好,还和维纳斯一样不完美。”

她的眼里已经噙满了泪水,她用溢满泪水的眼睛仰望着这个给他以柔情以爱以力量以感动的男人。爱莫大于懂,懂胜于爱。她伸出双臂,紧紧地环住了他的腰。她感知到他的心,他的刺过镜片的爱的光芒。她喃喃地说:“你不要这么看着我,我好害怕,怕你吃了我。”

“你说对了丫头,我就是想吃了你。”

她笑了,笑着笑着就嘤嘤地抽泣起来:“你真是个傻子。”他将她拥在怀里,紧紧地,她喘不上气来,窒息了一般。在他的怀里,她才体会到了爱是什么……

夜里,她翻来覆去睡不着,连隔壁弟弟笔落纸上沙沙做题的声音都听得真真切切，她紧紧攥着被子的一角，辗转反侧，感觉脸烫烫的，白天的一幕幕像放电影一样从眼前掠过，羞得她用被子捂住了头。过了很久，还是睡不着，心热得不行，她发现弟弟屋里的灯还亮着，便穿着拖鞋走过去，轻轻地合上弟弟的书本。“该睡觉了，你这孩子咋不知道爱惜自己，你不心疼，姐可心疼，可不能由着你的性子来。”她嗔怪弟弟，但说出来的话却是甜腻腻的。看着弟弟因为熬夜劳累眼睛里红红的血丝，心碎得一片片的，不知道说啥才好，又疼又怜又爱。她把弟弟的头搂在怀里，摩挲着弟弟浓密的头发，弟弟竟然在她温暖的怀抱里睡着了……

第二天，女子造林队整装出发。汽车在平直的公路上跑了四个小时才到大杨树镇，从镇子里往山里开，又开了三个多小时。

车子停了下来，并不是因为到了造林地的山脚下，而是因为没有路了，眼前是一大片塔头甸子。造林最怕的就是碰到塔头甸子，半米高的塔头一个连着一个形成了天然的路障，除了坦克，别的车休想前进一步。车子无法驶过这片塔头甸子，就意味着扛箱苗上山的距离被拉长了。刘思文踏查了一下地形，算了下距离，这样来回走一趟至少得一个小时，她蹙起眉，看来这是块难啃的“硬骨头”，在这儿得打一场“长津湖”了，也许还得加一场“水门桥”！

进山的车一路颠簸，尘土飞扬地前进着。姑娘们成了活脱脱的“兵马俑”，身上只有两块白的地方：一张嘴看见的白牙和一睁眼露出的白眼仁。大家你笑我，我笑你，这种劳累和颠簸毕竟已经习以为常了，姑娘们并不觉得有多苦。这一路上吃的是自家带的干粮，下车时已近傍晚，得趁着仅有的亮将帐篷支起来，然后埋锅做饭。

女兵中有很多人没住过工棚，包括刘思文。虽然工棚对刘思文并不陌生，她的爸爸妈妈半生在工棚里度过，她小的时候也去过几次，还在工棚里吃过大白菜炖豆腐。工棚里做的饭菜吃着就是香，同样是妈妈做的，换到了工棚似乎就变成了另一种滋味。舀上满满的一大碗菜，像婴儿脑袋那么大个的馒头她一顿能造仨，她都不知道咋能吃下去那么多。工棚在她幼小的心里划过的痕迹是：到处油乎乎、脏兮兮，似乎让人坐没法坐，躺没法躺。工棚里的叔叔阿姨永远都是笑呵呵的一脸喜气,不论是出工还是收工回来,他们像不知疲倦的陀螺,精气神永远那么足,似乎随时都可以冲锋陷阵拿下敌人的碉堡。他们是一群大山都敬畏都害怕的人,他们能够征服大山,跨越大山,历经生死不计报酬地完成比天还要大的生产任务!

因为来之前培训过帐篷的支法,所以姐妹们十分有序地砍些小杆,支的支,用铁线绑的绑,也就半个小时的工夫,两个能容纳百十人的大帐篷就支了起来,红彤彤的铁皮炉子上也支上了做饭的大锅。劈柴的,洗菜淘米做饭的,搭铺的,收拾工具的……一切井然有序。

刘思文踏查了一遍林班号为“八九”的造林地,这片荒山和家里四六三造林地的情形比较相似,所不同的是这片造林荒山的面积更大,几乎是四六三的两倍。姐妹们干劲十足,吃过晚饭,还嘻嘻哈哈地喧闹不止,唯独刘思文心里紧绷的弦没有松,她在考虑着这个活儿怎么干才最快最好。老话讲,家有百口,主事一人,她就是那个主事的人。她分析了这次任务,利有三:一利是造林队员已经有了充足的造林经验,虽然后扩编进来的经验不足,但可以让这些人多干一些扛箱苗的活儿,只要有力气就行,这样就有效地规避了不足,做到了扬长避短;二利是造林队伍扩编了人马,人多力量大;三利是全队队员经过磨合相处得比较融洽,俗话讲“人心齐,泰山移”,团结的力量从来就不能小觑。弊有三:一弊是造林面积比较大,任务重;二弊是扛箱苗的距离过远,老话讲远路无轻载,何况这一箱苗少说也有四十斤重;三弊是最要命的,密如蛛网的塔头让人难以下脚。走这种塔头路的时候得格外小心,要判断塔头的承载力,一会儿要走在塔头的顶上,一会儿要走在两个塔头的空隙当中,很多时候塔头底下都有存水,或深或浅,一不小心就没了靴子。总之,穿梭在塔头甸子上就像穿越雷区,稍有闪失,踩滑崴脚是小事,摔个腿断骨伤也并非稀奇的事情,可以说危机重重。

如何顺利穿越“雷区”?这可愁坏了刘思文,她睡不着,打着手电筒在外面溜达,溜达了小半宿,终于有了眉目。她发现了一条小道,这是一条紧靠山根的小路，正是塔头甸和大山的"分水岭"，虽然这么走线路曲折了一些，但可以成功地避开所有塔头，这让刘思文兴奋不已。

磕磕绊绊地在塔头甸子上走了几趟后，她终于发现，从停车的地方到山根，可以人为地设定出一条距离最短的直线，全部人马按选定的路线踩踏行走，百十个人只需走几趟便可以活生生地踩出"一条路"来。她的脑子里闪过鲁迅说过的一句话："世上本没有路，走的人多了也就成了路"。

第二天，按照她提出的设想行军，队员们一致拍手赞同，到最后这条最短的直线路成了所有队员扛苗的行走路线。

在这样的工棚里住，刘思文忽然想到了妈妈。在人迹罕至的大山里，抬头就能看见大山里的月朗星稀，时光在变，虽物是人非，但感同身受。揉揉眼睛，她竟然清晰地看到了妈妈，还是年轻时的妈妈。年轻时的妈妈真漂亮，翘着一个小辫子，走起路来一阵风，一笑腮边也有个漂亮的小酒窝。她还看到了爸爸，老实巴交的爸爸在工棚的一个角落里，不敢正眼看漂亮的妈妈，他只是偷偷地看她，偷偷地笑出声。她还看到了那个帅帅的男人，妈妈临终前一直盯着照片看的那个男人。好奇怪，他和妈妈走得那么近，他看妈妈的眼神那么热烫那么油腻，妈妈却没有生气，他紧紧地拥抱着妈妈……吓得刘思文不敢再看下去，闭上眼睛的那一刻，有人连哭带叫着跑回大帐，妈妈就飞快地跑到了帐外。刘思文也紧随着妈妈跑到了帐外。天啊，她们看到了一个血肉模糊的人躺在小杆绑扎成的担架上。刘思文吓得大喊大叫了起来。妈妈没有被这一幕吓傻，她毕竟是"一个赤脚医生"。她飞快地取来几瓶云南白药，将药全部铺在了那个人的伤口上，可是止不住啊，血水从上药的地方冲出来，从妈妈捂住的指缝里涌出来。她和妈妈绝望地坐在地上号啕。她看见人群中走出来的干姥爷，干姥爷沙哑地说了句："别弄了，人已经走了。"干姥爷跪在地上，亲手给那个兄弟合上了双眼，亲手埋葬了那个兄弟。她又看见干姥爷坐上了火车，过了山海关，到了山东。她跟在干姥爷的身后进了一户人家。

被烟熏得乌黑的外屋地（厨房），有一个头发凌乱的女人正在做饭，熬了一大锅红薯粥，冒着热腾腾的水汽，灶台上放着两盘炒菜，一个是大葱炒肉，一个是摊鸡蛋。一个半大女孩在帮她往炉灶里填苞米秆子，小脸熏得黑一道白一道的。里屋还有一个光着膀子皮肤黝黑的男孩子在大炕上跑来跑去，不停地用袖子抹着鼻涕。一会儿又从被垛里钻出来一个光屁股的小女孩，头发扎两个朝天辫，眼睛亮亮的。干姥爷把一大兜子糖果放在炕上，两个孩子吓得直往外躲。刘思文朝两个小孩子挥手，“过来啊，吃糖了。”两个小孩子摇着头，怎么叫也不上前，直到小孩子的妈妈说了句话，两个孩子才敢上前抓了块糖吃，咧着嘴笑，开心极了。干姥爷从兜里掏出一些钱来放在炕沿上，“大妹子，过年了，东起兄弟忙，回不来了，让我往家里捎点钱回来，好过年，这个你收着。”

“是啊？”女人望着钱，怯怯地说：“不对啊，大兄弟，前两天刚有人把工资捎回来，还说因为过年，多支了一个月的工资呢。这咋又捎回钱来了？”

干姥爷红着眼圈，他也不敢看那个女人。“妹子，可能，可能我兄弟怕你家人多钱不够花吧。”说完扭头走人，没敢再回头。刘思文追着干姥爷出去，转身的工夫却找不见了。她大叫着干姥爷，一着急坐了起来。原来是一场梦，她捂着脸，冷汗如针，许久也走不出那个梦境，或许那根本就不是梦境，而是她思母心切，与时光隧道同频共振，沿着一条黑洞似的隧道到达了热血沸腾的创业年代。心无法平静，再无法入睡，她和衣走出大帐，面朝家的方向跪地叩拜，热泪如雨，“妈妈，您在天堂过得好吗，丫头好想你啊……”

第二天，天蒙蒙亮就吃过了早饭，刘思文强调了干活的纪律和安全问题，这是老生常谈的问题，每天开工前收工后是必须上的“课”，并着重强调了一遍生理期的队员不用背苗的队规。二组的人脸上荡着笑容，好像在说队长可真好，考虑得可真细。

刘思文兵分两路，一组队员由周副队长带队从山脚呈曲线队形背苗上山，一组队员上山后就不用再返回，负责在山坡造林。二组队员只管背苗上山，由刘思文带队从塔头甸子直插山脚。她带头扛了第一箱苗，第一趟走得非常慢，塔头横生，步履艰难，每一步都小心翼翼地，稳稳的，实实的，力求将这条布满塔头的路碾压成“平顺”的路。天气炎热，队员们挥汗如雨，虽然一路磕磕绊绊，但路的雏形毕竟已经呈现出来了，队员们就顺着这个雏形来回穿梭，塔头渐渐变矮，变平，“天堑”终于变成了“通途”。第二天，刚刚背完第一趟苗就生了变故，有些人或坐或躺地在草地上赖着不走了，开始嚎骂：“拿我们这些新来的当驴使，苗都让我们背，那些老队员只栽树，就可咱们这些新人祸害呀，老娘不干了！”

“对，不干了，得说道说道！”一石激起千层浪，后扩编进队的女兵连声附和。

周芳走到了这些闹事的队员中间，一脸肃杀地质问二组组长于清清：“是你带头说不想干了吗？”

于清清支支吾吾了半天，“咋了，就是我带头说的又咋了，我说的都是实话。”

“你想栽树，不想背苗，是吧！？”

“都是一个队的队员，队长咋能厚此薄彼呢？累活儿都由我们新兵干，轻巧活儿可着老兵干，这也太说不过去了吧！”众人附和，“对对，就是不公平！”

周芳的目光扫过她们的脸，“这次的任务队长和我跟大家早讲过了，你们的耳朵要是没毛病，听得恐怕都磨出茧子了吧？这次造林任务十分艰巨，但是我们只有十五天的时间，造林质量就更不用说了。如果我们的造林成活率达不到百分之九十，就不算合格！低于这个数就没法验收！你们只算计着个人的小九九，从来就不会从大局想问题，就干这么几天，能累到哪儿去！你们吃饱了可以没心没肺地睡大觉，可队长和我想的是女子造林队的荣誉、发展和未来！”

昨晚可能受了风寒，刘思文一直冒着虚汗，走起路来脚步虚浮，她背完一趟苗回来听到了周芳副队长的讲话，便走到人群之中，一头的冷汗如雨灌下。她用平和的语气对新兵们讲：“二组的姐妹们，这件事从头讲怪我考虑得不周，大家都累坏了吧？”她露出贝齿一笑，用衣袖抹去脸上的汗珠，“大家原地休息一下，咱们背一趟苗够山上的姐妹们干上一阵子呢，咱们都想想怎么干才好。”

周芳看出刘思文身体不适,便劝她回工棚休息,她小声地回绝了。“芳姐,我这是小毛病,不碍事的,得把问题解决了,带着情绪干活儿,非出问题不可。”周芳见劝不动她,就大声说:“队长,你是女子造林队的‘一家之主’,你怎么安排,下面就得怎么执行,这没有啥讨价还价的余地,又不是菜市场买白菜!再说了,让老兵栽苗、新兵扛苗,你这么安排最合适,任务这么紧、质量要求这么严,又是援外任务,说句不好听的话,咱们输不起!眼下哪有手把手教的时间?就是教也不是现在!”

二组有人反驳:“周副队长,如果不让老兵带我们,不让我们有亲自操练的机会,那我们啥时候学会种树?”

“听不明白吗?你们只管服从命令,干好你们的活儿,怎么干那不是你该操的心!”周芳的脸色发紫,向二组的人大发雷霆,“我把话撂这儿,我保留意见,我坚持新兵扛苗、老兵栽树的分工!”

二组的人沉默了。

大家眼巴巴地把目光投向刘思文,她在思忖着更好的办法,额上的虚汗又密密地布了一层。这一次,老兵们无一例外地站在了周副队长这一边,她的话说得无懈可击,这叫帮理不帮亲。

无声的僵持……

新兵们已经低下了头,于清清站起身,吼了一嗓门:“二组的人都跟我走,咱扛苗去!”二组的人“哗啦”全站了起来,有一个瘦小的女兵凑到于清清跟前怯怯地说:“组长,我真是扛不动了,昨天扛了一天,我的肩膀全压烂了。”于清清也压低了声音对她说:“好了,我知道了,你的那份我帮你扛了,咱不能让一组的人和队长小瞧了咱!”

“等等!”刘思文叫住了她们,她在心里权衡了利弊,对全体队员讲:“这样,一个老兵带一个新兵,一半的人在山上栽树,一半的人下山背苗,半天一轮换,上午背苗的下午栽树,上午栽树的下午背苗,每天这么轮换着干。”

新兵们瞬间露出了笑脸,这么干一视同仁最公平。其实老兵们也愿意这么干,新兵们背一趟苗的时间是一个小时,这一箱苗够老兵们不停歇地栽两个小时，背苗的还有个休息时间，栽苗的想都别想。说句难听的话，去撒泡尿都得连跑带颠的，还以为栽树多轻巧，占了多大便宜呢？

刘思文将人马这样一调整，老兵新兵皆大欢喜。“这么安排可以吗，芳姐？”刘思文转身征求周芳副队长的意见，可人家已经扛了一箱苗往山上去了。望着周芳远去的背影，刘思文心里有种说不出的失落。队员们发现，不管怎么分组，刘思文一直在扛苗的队伍里。于清清再也忍不住，踉跄着跑到她的前面，抢过她肩上的苗箱，“队长，您歇歇吧，您也不是铁打的，这样会压坏的。”

“我没事……你管好你的人……身子太弱的队员就让她少扛一趟……实在扛不动的不用勉强……就让去山上栽树苗……就说我说的……这些个事你当组长的自己掌握……不要硬撑……”她虚弱之极，努力笑着对于清清说话。

“好的，队长，我都听您的！队长，我知道错了，您就歇歇吧。”于清清挡在她的面前不让她走。

刘思文大口喘着气，卸下身上的苗箱，却感觉更累了，身体实在支撑不住了，她靠在于清清的身上，声音微弱地说：“于组长，把我扶到帐篷里去吧，我去躺一会儿。”“嗯嗯。”于清清扶着刘思文用力点头，“好的，队长，我扶您回去休息。”她感觉队长的身子好轻好轻，一边走着，泪水大颗地涌出眼眶。刘思文哪里知道，她发了高烧，睁开眼睛的时候已经是第二天的中午……

造林任务按计划推进，天公作美，这几日万里晴空。七月的天，如果连起雨来，可以连月不开。山上的蚊虫奇多，已经达到了肆虐的程度，铺天盖地地袭扰着每一个队员。好在刘思文早有考虑，来时给每个队员配备了养蜂帽和橡胶手套，这样蚊虫就找不到下嘴的地方了，虽然这套装备捂得人透不过气来，但相较于挨咬，队员们还是感觉幸福得找不着北。

帐篷外白天黑夜都燃着艾草堆，并不起明火，浓浓的艾草味熏跑了成千上万的飞虫。每个铺上也都放着一盒开盖的清凉油，这种气味让蚊虫们无法忍受，纷纷避开，这让劳作了一天的队员们可以美美地睡个好觉。

造林任务完成一半的时候，出了一件大家都没有想到的事儿，没把人给吓死。

“厨房”和“卧室”虽然同属于一个大帐，但在中间有一道帆布隔着，形成两个密闭的空间。没到做饭的时间，两个大厨正躺在铺上闭目养神呢，忽然听到后厨有动静，还以为谁饿了回来找吃的来了。队里有几个人，长得干瘦，但是饭量却大得很，而且一般不到饭点就饿得不行了，有时候会连跑带颠地溜回来抓个馒头垫垫底。厨子是两个膀大腰圆的中年女人，干活儿利整，两个人承包了一百多号人的伙食，似乎还闲半个膀子，让人不得不佩服。今天两个厨子咋听咋不对劲，这动静也太大了，噼里啪啦的，简直是要“拆房子”啊，于是赶紧跑过去看看。毕竟是在深山老林里扎的帐篷点，这要是有经验的人估计早猜个八九不离十了，一定是进了啥偷嘴的野兽，可是她俩压根没往那上寻思，手里连个家伙事儿也没拿，直接跑过去了。不看不要紧，一看吓得差点没了七魂六魄。一只体形硕大的黑瞎子直立着身子扒在面案子上，面案子上放着一大块还没有改刀的猪肉，看来是在偷肉吃。两个女人傻了几秒，鬼哭狼嚎地往山上跑，等队员们乌泱泱拿着家伙事儿杀回来的时候，黑瞎子早就跑得无影无踪了。万幸的是没有伤到人。刘思文犯难了，黑瞎子偷惯了嘴容易再来，即便是它不来，也难保别的野兽不来，就俩女人在“家”实在是不安全啊，这可咋办呢？她一时间也真想不出啥好办法来，就算是再添两人守在帐篷里，可对于体形像小山一样的黑瞎子来说也无济于事。尹招弟诸葛卧龙一般站在铺上说：“我听我妈说过，这黑瞎子最怕火和响声了。她说当年她们在山里扎点的时候，黑瞎子是常客，她们就拿大盆当鼓敲，拼命地敲，黑瞎子就吓得不敢近前，要是人手里拿着一只火把，那黑瞎子更是躲得远远的。”

就算这是实践检验出来的真理，但如果真碰到了突发情况，还不晓得能不能使出这招来。大家一个个唉声叹气着，空气很沉闷。

黑瞎子溜进后厨的时候确实还没有生火呢，所以它才有胆量闯进去，但话又说回来，亏的是闯进了“后厨”，要是闯进了“卧室”，那不拿她俩当

“面包”了，想想后脖梗子还呼呼冒冷汗。

怕归怕，但工作还得继续，饭还得有人做。两个胖大姐调整了状态，又精神抖擞地向队长表态：“放心吧队长，该井里死，河里死不了，大不了当烈士。”她们可以不在意，但是刘思文的心却轻松不下来。

刘思文将做饭的由两人变成了四人，毕竟人多力量大，还规定厨房的灶膛二十四小时不断火。作业点撤之前，那个黑瞎子果然又来了一次，不过这个东西很有灵性，只是远远地观望，看着冒着浓烟的烟囱就犯了“嘀咕”。几个人有拿火把的，有拿着盆子“叮当”乱敲的，像“萨满”似的折腾了一阵，熊就怕了，连跑带颠地跑林子里去了。几个女兵大笑成一团，觉得黑瞎子也没那么可怕嘛！

造林任务比原计划提前一天完工，转天的一大早，用过饭就拔营起寨。谁也没有想到，出发的时候还晴空万里，一个小时就阴云密布，转瞬间比饭豆还大的雨点子就落了下来。车子在泥泞不堪的山路里艰难地跋涉，大篷车里的人能清楚地感觉到轮胎侧滑，人一会儿涌向左边，一会儿涌向右边，像钟摆一样不停地倒来倒去。山里的小路在无雨的季节是小路，在大雨的侵蚀下就成了天然河道，车子便成了河道里的“一叶孤舟”。已经拔了营，司机不敢贸然停下来，只能硬着头皮与大雨赛跑，如果不尽快赶到镇子里，哪怕途中有一处桥涵冲毁，就会被隔绝在大山里。乌云一层一层地覆盖了天空，颜色从铅黑渐渐变成了乌黑，似乎车子从清晨直接驶进了黑夜，仿若世界末日降临，恐惧袭上全体队员的心头，让大家忘却了大雨带来的冰冷。

车灯射向前方，大雨不停地拍打在车窗上，雨刷不停地来回扫荡，也难以辨清前行的方向和道路。雨珠砸在大篷车的篷顶像钢珠撒落般发出震耳欲聋的声响。大篷车侧翼有两处细小的破洞，被狂风暴雨撕扯得越来越大，雨开始灌进车里，外面下大雨，车里下起了小雨，车里的人慌乱地躲闪，却无济于事。刘思文晃晃悠悠地站起来，冲到灌进风雨的缺口处，转过身用背紧紧地靠住。虽然她们来的时候每人都配备了雨衣，但在凛冽的风雨中一件薄薄的雨衣不堪一击，刘思文冻得牙齿“咯咯”作响，舌头的一侧在牙齿不由自主地敲击下被刺破,血水在嘴里腥咸难忍,她默不作声地将鲜血咽了下去。

“队长,我来挡一会儿。”同样穿了雨衣的尹招弟将刘思文换了下来,后背顶住风雨缺口的刹那,就感觉身上的骨肉被风雨撕裂。她震惊了,队长已经纹丝不动地顶了半个时辰,身体大概早成了冰雕。车子里太暗,她看不清队长的脸,队长也看不清她的脸,她在嗓子眼里咕囔一声“队长”,已经泣不成声……

拉剩余苗木的大篷车在前面开路,拉人拉物的大篷车紧随其后。拉苗木的车就像是侦察兵,给后面的车蹚出一条安全的行进路线。开路的车子在一个急转弯处突然左轮下道,司机全力打轮,油门轰到底,车子发出困兽般的嘶嚎,可是于事无补,眼见车子侧翻了下去,尾灯还在一直闪烁。后面的车子停下来,姐妹们冲进雨里去救司机。

司机被救上车,好在并无大碍,只受了一点剐蹭伤。眼见侧翻的苗木车泡在大水中,后面的车子不敢再往前开了,倒回一处高点的路段停下来。刘思文用手持对讲机联系了大杨树林业局,但大水冲毁了多处桥涵,救援车无法及时赶到,到达的时候已经是晴空万里的第三天了。

大雨下了一夜,第二天天空就放晴了,大水慢慢地退下去,车子里面的苗木全部脱离了苗箱,被雨水冲刷浸泡得干干净净,乱七八糟地杂糅在一起。中断的桥涵需要维修,救援车一时半会儿还到不了,刘思文做了一个大胆的决定,与其让这些“泡了汤”的苗木白白浪费掉,不如就近消化掉。她查看了这一带的地形,在昨天运苗车侧翻的下方就是一面坡的荒地,消化剩下的这四千株苗不成问题。

她提出了想法,但是回声稀薄。原因很简单:一是栽这四千株苗可是没有半分工钱的;二是将剩余的“泡汤苗”拉回去甭管活不活都属于“颗粒归仓”,如果擅自处理会不会有失“原则”?很有可能好心办了错事,两边都落埋怨!

刘思文没有想那么多,她的想法很单纯,那就是决不能白白损失了这四千株苗。她一声令下,大家就干了起来。

被雨水浸泡的山坡造林并不难,用造林锹镐很容易刨出树坑来,省去了浇水的过程,成活率显然也更高。姐妹们穿着雨靴跋涉在山坡的泥地里,挥汗如雨,一个个成了“泥猴”。太阳普照大地,女兵们恢复了满满的元气,欢笑声覆盖了山坡,只用了一天时间就把“荒山”变成了“绿地”。

说实话,刘思文是揣着忐忑不安的心回到处里的,不求有功,但求无过。一连几天没有动静,四千株苗的事似乎风吹树梢地过去了,没有人再提及。正暗暗窃喜的时候,顾局长派人把她和周芳请进了办公室。真是怕啥来啥,她大喘了一口气,“听天由命吧!”

“这个事是谁做的决定?是你?还是你?还是你俩合谋?”顾局长面无表情,看着文件头也没抬地抛出去几个疑问句。

两人互视了一下,刘思文回答:“顾局长,这个事是我——”她的音拉得有些长,注视着周芳。周芳摆正了头,没有接她的眼神。

“是你下的令?”顾局长抬起头。

刘思文的额头上已经沁了一层细密的汗珠。

“报告顾局长,这个事是刘队长下的令。”周芳接过话去。

“那你呢?”

“我?”周芳一脸茫然,似乎没明白顾局长的意思。

“你是造林队的副队长,跟这件事一点关系也没有吗?”

“顾局长,我只是一个副手,队长安排工作,我负责执行就是了。”

“是吗?”顾局长仍是很执着地反问了一句。

“顾局长,我参加工作二十年了,也是一名老党员,该负的责任我肯定负。我是副队长,在关键时刻没能阻止刘队长,也是我的失职。”

“顾局长,这个事确实是我个人做的决定,和周副队长没有关系。要处分您处分我。”刘思文搓着衣襟低头认错。

顾局长放下手中的笔,眼神在两个人的脸上游移,最后定格在刘思文的脸上。“你确实是画蛇添足了,完成了任务,本来就可以一走了之了,还顺手把剩下的苗绿化了人家一座荒山,你这个活雷锋做得也是到家了嘛。”他又将目光移向周芳，“周副队长，既然你不同意，你当时为什么不力主把剩下的四千株苗拉回来？那可是咱林业局的资产。”

“顾局长，大水把苗冲泡了一夜，根苗上一点土都没有了，救援车到的时候已经是三天后了，就是把那些苗折腾回来，估计也没几棵是活的了。”

“听你的意思，还是挺支持刘队长的决定？”

“顾局长，我不是这个意思，这件事刘队长确实没有征得我的同意，我只是单纯地执行命令。”

“那如果你是队长，你怎么做？”

周芳下意识地瞄了刘思文一眼，她觉得她得实话实说，“顾局长，如果是我，任务完成了，就拉着苗回来，这些苗是林业局的资产，我没有擅自处理的权力。”

顾局长眉头锁住，“你这些话当时可以跟刘队长说嘛，听不听是她的事，说不说可是你的事。”

“顾局长，您批评的是。”

“刘队长，你还有什么要说的吗？”

刘思文没敢抬头，嘤嘤地说了句：“没有，顾局长。”

顾局长沉默了半天，说了句：“你们回去吧，等待林业局的决定。”

刘思文觉得好委屈，透亮的泪珠在眼眶里打着转。她忘记了自己是怎样走出局长办公室，怎样回的家。

路不长，但很迷茫……

刘思文夜里翻来覆去睡不着。工作没干好，家没照顾好，弟弟更没有照顾好，他们撤点的时候已经是七月中旬了，高考的时间是七月七日至九日，填志愿的时间是七月十日，意味着弟弟刘思友不但考完了而且志愿也已经填报完了，她这个当姐姐的是多么不称职啊。没有人比她更归心似箭，但一切已成定局，结果如何，她想都不敢想。弟弟很平静，说估分在520分，所以报了内蒙古大学。刘思文乐得蹦起来，按往年惯例，这个分数已经够重点院校了。

刘思文满心的自责，但对于处理“水淹苗”这件事，她却并不后悔，甚至想，如果让她重新来过，她还是会把四千株襁褓中的绿色生命归还给大地。她将唇咬得没有了血色，头上的这顶“官帽”不要也罢，但澄澈的良知不想丢掉……

13 空旷的大会议室里只剩下她一个人

车子到达克一河的时候天已经黑了,归途的劳顿自不用说。下了大篷车,刘思文迫不及待地往家奔,她的自行车停在雨棚里,却被一辆摩托车挡住了,挡得死死的,挪起来很费劲。她又累又饿又困,身子被风雨打透,瑟瑟发着抖。她伏在摩托车上,真的是要支撑不住了。“谁这么会停车啊,真是够烦人的。”她吃力地挪着摩托车,真是一丁点儿的力气都没有了,像个百无一用的书生。她自己也不明白,为啥扛起箱苗来就变成了“孙悟空”似的盖世英雄,无所不能。想到这儿,她摇了摇头,兀自笑了。

“有啥好笑的,能让一个苦苦等待的人分享一下吗?”有人在身后忽然抱住了她,她的身体一颤。“云飞!”她闭上眼睛,轻轻地呢喃,这一刻好幸福。“快转过来让我看看。”他轻轻地俯在她的耳边说着话,呵出的热气让她耳朵痒痒的、麻麻的,就想这样舒舒服服地在他怀里睡一觉。她又有些怕,自己的脸一定像花猫一样脏,她不想让他看见这么狼狈的自己,只想把最好的一面呈现给他。她迟迟不转过身来,只小声说:“人家脏死了,得回家洗洗涮涮,你明天再瞅吧。”

“你这个丫头,快点转过来吧,让我看看。”他迫不及待地将她“翻”过来。

她转过来的那一刻,他还是有些吓到了。蓬松略显凌乱的头发,小脸黑瘦黑瘦的,眼睛深陷进眼眶里,却还闪着星星般的光亮。他满眼的疼怜,眼睛在她的脸上一遍一遍心疼地“熨烫”。她的身体好冰好凉,她的手就像冰块。他把她紧紧抱在怀里,给予她无尽的温暖,用唇不停地亲吻她的额头。他的声音有些发颤:“身体都冻透了吧,快,把手也伸进来。”“不,我的手太凉了。”她怕冰到他,执拗地反背着手。他不由分说地将她瘦成“鸡爪”一样的小手放进内衣里,一股温暖袭来,而他的身子却一抖。她刚想说话,却被他抢了先:“你这个傻丫头啊,咋不知道爱惜自己,你瞅你瘦成啥样了。”她听到他呜咽般的话音,笑着安慰他:“你不要这个样子,哪有那么夸张啊?你是不是嫌我黑了丑了,不想要我了。”她想用调侃证明“她的身体棒棒”的,可她越是这样刚强他就越心疼,他爱抚着她的头发,她的背,她瘦瘦的小脸。“你这个傻孩子,你咋这么不知道心疼自己?”“对不起啊,知道了,我以后会好好爱惜自己的,嘻嘻。”她朝他龇着小白牙。他把摩托车打着火,让她上车。“是你的摩托吗?”她好像并没见他骑过。“是我刚刚买的,就是为了载你这个丫头回家才买的。”她坐上车,紧紧抱住他的腰,鼻子酸酸的,温暖得说不出话来。车子风驰电掣地将她送到自家的大门口,他依依不舍但还是说:“快进去吧,家人都等着你呢。”她用力点点头,想说什么又说不出来,便冲上去,快速地吻了他的唇。还没有跑几步,就听他叫她:“等等——”她走回来,他把一个大大的方便袋递给她,“肯定饿坏了吧,这是香万里的熟食,你肯定喜欢吃。”她看了看,一只烧鸡、四个猪蹄,还有些别的。她还想跟他“腻”一会儿,他却推她,“快进屋吧!”开屋门的时候,她又向他挥挥手,他感觉自己的心都酥了……

那天到了家没三分钟,尹招弟就把她们队长领着大伙把“水泡苗”就地“消化”的事叨咕了一遍,还美美地说:“看看我们领导,觉悟就是高,眼界跟咱小百姓就是不一样。”

她老公“大头”一边脱成光膀子一边阴阳怪气地说:“要我看,你们队长这次是悬了。”

“你啥意思?”尹招弟瞪起了眼珠子,推搡着他。

“一个女人,把本职工作干好就得了,非得那么冒尖吗?哪儿都显出她来了,一会儿提个合理化建议,一会儿发明个运岀集装架,一会儿又搞个啥‘选女婿’大赛，一会儿又成了‘活雷锋’。要我看，你们领导就是太能嘚瑟！枪打出头鸟，知道不？”

“大头，你啥意思啊？你说的这是人话吗！”尹招弟气哄哄地甩开他纠缠过来的手，这么多天积攒下来的一点点温存，瞬间被浇得稀里哗啦。她听不得任何人对她们队长的冷嘲热讽，赌气狠烟地将衣服又穿得严严实实的。

“媳妇，你，你这是干啥呀？那我也没说啥呀，就是实话实说。”

“狗屁！你就是狗嘴里吐不出象牙来！我们领导多好的人啊，天下最好的人！她一点私心都没有，她的心里装的全是工作，全是我们这些姐妹，她一趟一趟地往山上背苗，摔倒了半天都爬不起来，我把她扶起来，她还命令我不能说出去——”她的眼泪不自觉地淌了下来，抽噎着，“你这个没良心的家伙！你说，你见过这么好的领导吗？”

“媳妇，你这也太上纲上线了！我这也是好心，帮你分析分析你们队长的不足。”大头嬉皮笑脸地凑过来。

“赔礼道歉！”尹招弟红着眼珠瞪他。

“好好，媳妇儿，我错了，不该说你们敬爱的领导……”

“少跟我扯犊子！”尹招弟一抹眼泪，发着狠地说，“不是给我赔礼道歉，是给我们领导，明天就去！”

“大头”一脸找不着北的哭相，“媳妇儿，过分了啊，咱们两口子说的悄悄话，我也没跟外人说，跟她道哪门子的歉？干啥呀这是，纯心找茬呀？”

“大头，你说对了，你还挺不把自己当外人呢，跟我们领导比，你就是一个外人！”

两人“比了”一会眼珠子，“大头”甘拜下风，又笑着凑过来，“媳妇，你刚回来，也挺辛苦的。这样，我给你打盆水，再给你洗一遍脚丫子，让你舒舒服服睡大觉，好吧？”

“少扯犊子！大头。我告诉你，以后你再说我们领导一句坏话，我跟你没完！今天滚大屋沙发上睡去，我不想见到你！”

“媳妇儿，你说你半个多月没着家了，你这样好吗，你看我都成啥样了……”“大头”可怜巴巴地服软求饶。

“上一边拉去!”尹招弟把他的手推开,“大头,你要是再跟我磨叽,信不信我让你半个月上不了这个炕?”

“好好,姑奶奶,我去睡沙发,这回我可长记性了——”“大头”咬着牙,发着狠地说:“你放心,媳妇儿,以后要是让我听见谁说你们领导不好,我第一个去弄死他!哐——”他一脚踢出去,哪料正踢在门框上,疼得龇牙咧嘴满屋乱嚎。尹招弟蒙着被偷笑,这才解恨地睡觉了。

尹招弟和其他姐妹一样,嘴上不说,心里也为她们的队长捏着一把汗呢。两个队长被局长同时叫去“训话”的事传了出来,周芳一推六二五,把事情撇得干干净净,让姐妹们着实气愤不已。尹招弟怎么都想不明白,“都是一个队的人,相处这么久了,就是块石头也焐热了,关键时刻咋就不能替队长分担点责任?队长才真正是一个无私所以无畏的人,她哪里懂得明哲保身?她为人做事凭的只是一腔热血和一身忠骨!有些人咋就那么没担当?咋就那么愿意踩着别人往上爬呢?也不怕掉下来摔个稀巴烂!这种见不得别人好的人咋就那么多呢?”这么一想,突然又恨起自己的老公“大头”来,“这个坏蛋,不能轻易饶了他,今晚还得让他睡沙发!”尹招弟对聚在一起的造林队姐妹们喊话:“姐妹们,队长的事我相信大家都听说了吧,我就不在这儿重复了。队长对咱们不薄,这次队长挨处分是难免的了,闹不好这个队长可能也干不成了。我想好了,如果队长被免了,我就去林业局上访,给咱们队长申冤。姐妹们,我就问你们一句,你们有没有这个胆量跟我一起去!”

郝艳在人群中站了出来,她接过尹招弟的话接着喊话:“造林队的姐妹们,招弟说得没错,咱头儿的为人我就不用说了,只要长眼珠子的都看得见,这次咱姐妹们一定要抱团,一定要把头儿的腰杆子撑起来!谁要是怂包装孙子,我郝艳第一个跟她过不去,别说姐妹一场郝艳不仗义了!”

人头攒动,应声如雷。小不点一点儿一点儿从人群中挪到郝艳的身前,怯怯地望着郝艳,似乎有话要说。郝艳扯个嗓门喊:“小不点,有啥好主意就说,也不是大姑娘上花轿,这个时候就别吞吞吐吐的了。”小不点的眼里闪着泪花，跟郝艳说着话，嗓子像被人掐住了似的，出来的声音嘤嘤的："组长，对不起，我，我爸妈死得早，我还得供我弟弟妹妹上学，我不能丢了这份工作……"

"你的意思，咱头儿要是有啥事了，你就不站出来了呗？"郝艳的胸口抖动起伏，她的脸变得紫黑。

小不点的话在嗓子里咕囔着，她的泪掉下来，"组长，对，对不起了，我真的没办法。我，我得把弟弟妹妹养活……"

郝艳没法再忍下去了，一把扯住小不点，像拎小鸡崽一样将她抡了起来，暴怒地咆哮道："小不点，咱头儿把心都掏给你了，你他妈的还叫个人！"说着话，抡圆了巴掌向小不点掴了下来，"啪"的一声巨响，人群不自觉地向后闪了一圈。小不点吓得闭上了眼睛，瑟瑟地如风中的一片孤叶。这一巴掌下去，小不点的牙得飞两颗，脸得变形。胆小的姐妹都闭了眼睛，不敢吱声也不敢看。

这一巴掌却没能打到小不点的脸上，她泪眼婆娑地睁开眼睛，见队长一只干瘦的手横在了她的前面，死死地攥住了郝艳的手。人群一阵唏嘘，谁也没有注意到队长是何时冲过来的，纷纷叫了声："队长！"

刘思文眼圈红红的，一动不动地盯着郝艳，质问她："郝艳，你想干啥？对自己的姐妹下手，你可真长出息了？"

"队长——"郝艳哑着嗓子嘶叫了一声。

"郝艳，你给我听好了！"刘思文又把头转向人群，向着人群喊话，"不管上面怎样处理我的事情，这是我个人的事，人要为自己的所作所为负责，这是天经地义的事情，没啥好说的！你们要是还当我是你们的队长，就给我记住两条，这是我给你们下的命令。一，以后继续好好干工作，你们的工作干好了，就是给我刘思文长脸，也不枉我带一回女子造林队！二，我服从组织对我的任何处理结果，你们不准生事闹事，谁要敢胡来，我刘思文这辈子不跟她做朋友！"

"队长，我们咋能眼瞅着你受这个委屈？你做错啥了？她们敢不敢我不管，谁要是敢欺负你，我他妈的跟他们拼命！我谁都不惯着！"她大哭着跑掉了。

刘思文在后面追喊了半天,无力地蹲在了地上。“这是怎么了?事情怎么就搞得一团糟?”她感到心力交瘁。早上刚刚去医院看了干姥爷周山,老人家身体不好,已经在医院住了快十天了,她也是回来才听说,就急忙去医院探望。和老爷子唠了半天,老爷子一见这个丫头就精神了不少,一会儿让她吃香蕉,一会儿让她吃橘子,不吃还生气。在医院,她的肚子就让塞了个半饱。刘思文前脚刚离开医院,周玉平就进了病房,杵在周山的病床前,一脸心事的样子。周山气喘吁吁,挑着眉说他:“都多大的人了,也是国家干部了,咋总是婆婆妈妈的,就没个痛快劲。有啥事,赶紧说!”

周玉平清了清嗓子说:“爸,您老人家病着,但是这个事,我也不敢瞒着您,得跟您说。”

“别整那没用的,有话快说!”

“爸,文文那孩子去了造林队,工作干得也不错,可是眼下却出了点小问题,按说也没多大的事,但是就怕有人抓着不放,上纲上线的,就不好说了。爸,您儿子就是个小小的科级干部,这说话……”

周山是老了,是病着呢,可他并不糊涂,一听就全明白了。他上下打量了一下有点“窝囊”的儿子,从床上坐起来,一边下地穿衣穿鞋,一边了解事情的经过。穿戴完毕,取了拐棍,周山看着周玉平说:“算你小子还有点良心,这事你要是不告诉咱,咱从棺材瓤子里钻出来也要敲你的脑袋。”

“爸,我扶您。爸,您这病着呢,等……”话没说完,就发现周山怒目瞪着自己,吓得他把后半截话咽了回去。周山叹了口气,说:“这丫头来看咱啥也不说,只报喜不报忧!这孩子,赶明儿咱得训训她。唉,话说回来,没把孩子照顾好,也是咱这个当姥爷的失职……”他的话音发颤,“难怪这些日子咱咋总梦见杏儿那丫头,这丫头是怪她干爹哩。嘿嘿,这丫头,就是能降着咱,就是对咱的心思啊!你们一个个的,咋都不知道心疼咱家文文呢?”周山气哄哄地指着周玉平、赵敏、周玉梅和李运田一家子,四个人全都板正地站着,不敢吭气。老爷子不想跟他们多费口舌,看着就烦,于是疾步走出医院。一堆人跟在后面，周山不高兴了："你们想干哈，全都滚得远远的！"一群人全都眼巴巴地看着，不敢再靠前，周山坐上出租车一溜烟去了林业局。

秘书们认得老爷子，将他请到了秘书办公室，说是顾局长一会儿要开个重要会议，让他先等等。周山一听，眉毛竖了起来，"不行，咱这个事比啥都重要，咱现在就得见顾局长。"几个秘书忙出一头汗，拦也拦不住，老爷子直接推门进了局长办公室。顾局长正批阅文件，见门也不敲就有人闯进来，正要发火，抬头见是周山，急忙起身上前搀扶，"伯父，老英雄，您来了，快请坐，快请坐。"一面吩咐秘书沏茶。

周山有些歉疚地说："顾局长，实在对不住了，要不是事情紧急，也不敢擅闯您的办公室，还请您恕罪啊！"

顾局长连忙道："伯父，林业局的大门和我的办公室随时向您敞开，您有什么事可以随时来找我，也可以给我打电话，我去您府上聆听教诲。"

"顾局长，您言重了，咱耿直了一辈子，说话也不会拐弯抹角，有话咱就直说了。"

"您老但说无妨。"

"顾局长，文文这孩子在您的点拨下工作干得还不错，咱得先谢谢您了。文文是个好孩子，这一点咱可以拿咱的人格，咱的党性做担保！可是呢，孩子毕竟是孩子，有时候做事呢，还是考虑得不周全，难免会有些小毛病……"周山拄着拐棍，吃力地站起来，"顾局长，看在咱这个快要土埋脖子的老人份上，咱最后求您一件事，就别再难为孩子了，咱给您跪下了……"

顾局长哪里受得起，连忙搀住老爷子，"伯父，老英雄，您何出此言啊？您这是折煞死晚辈了，我也是刚刚听说您老人家生病住院了，没能及时去探望伯父，请伯父恕罪呀。"

"顾局长，您言重了，咱一个行将就木的人怎敢总劳您费心啊？您大人有大量，今天咱就要您一句话。"

"伯父，思文队长工作干得还是不错的，这是有目共睹的事情。"

周山有些意外，但他没露声色，就说："顾局长，您这么说咱就放心了，那也不打扰您工作了，咱这就告辞了。"

顾局长亲自扶着老爷子走出办公室的大楼，并安排专人开小车将老爷子护送到家。

上车之前，老爷子又拄着拐趸了回来，俯在顾局长的耳朵上说了一句意味深长的话："丫头让您费心了，可有句话咱还得先撂在这儿，绝不能伤了咱的丫头，谁都不行！"这话说得霸气十足，震人心魄。

会议比原计划迟了二十分钟，顾局长踱步走进会议室，人齐了，会议正式开始。会议议题有五项，最后一项由顾局长发言。"同志们，这次营林处第四造林队也就是女子造林队出局援外造林，用时十四天，比计划提前一天，圆满完成了预期造林任务，可喜可贺！同志们都知道，这支造林队今年才组建，是由我局女职工组成的一支新生造林队伍。说句实在话，这支队伍行不行，能不能立得住，能走多远，之前我的心里也没有多大的底。俗话讲，家有百口，主事一人，一支队伍好不好关键是看领头雁！在选拔队长上，林业局颇下了番力气，最终林业局大胆起用新人，让其放手一搏，这名同志就是刘思文。实践证明，她没有辜负林业局的重托，将一支新组建的队伍打造成了纪律严明、不计报酬、不讲条件、敢打必胜的钢铁队伍，不得不让人刮目相看！在此，我代表林业局党委、林业局对女子造林队全体的辛勤付出表示感谢，对女兵们做出的工作成绩表示祝贺！相信大家也听说了，在这支队伍返程的途中呢，发生了一点事情，一场大雨将全部人员困在了大山里，拉苗木的车子发生了侧翻，剩余的四千株苗木也被大水冲泡了，万幸的是人员没有受伤。在等待救援的这几天里，这支早已疲惫不堪的队伍又干了件什么事呢？这支队伍的领头雁刘思文同志当机立断，将被大水冲泡的苗木及时地栽种到了就近的荒山上，将苗木的损失降到了最低。我要说明的是，这些苗无论是种到了克一河的地界上，还是种到了大杨树的地界上，全部都是种在了中华人民共和国这片大地上，这有什么不可以的呢？当然可以！在这件事情上，刘思文同志临机决断，敢作敢当，体现了一个共产党员无私无畏的精神！事后，大杨树林业局发现了这片不在计划之内的造林地，得知是咱们的队伍在返程遇险途中栽种的，十分感动和钦佩，特意制作了锦旗送到我局。锦旗上镌刻的是——千里林海共擎巨臂！大杨树林业局委托我局对全体植树造林人员进行褒奖，并且将这四千株苗的造林地全部纳入造林任务，按最高造林标准发放应得工资。鉴于刘思文队长在此次事件中的突出表现，林业局党委、林业局决定对刘思文队长通令嘉奖，工资连涨三级，并提职为副科级队长……”

“啪啪啪啪——”掌声雷动，经久不息。

在主席台下开会的刘思文感觉像做梦一样，她不敢相信这一切，泪水迷失了双眼……

散了会，刘思文独自坐在大会议室里。空旷的大会议室里只剩下她一个人，她还以为这一切都是个梦。“怎么可能？不挨处分就不错了，怎么可能还提职加薪的？刘思文，你这个梦做得也太离谱了，快醒醒吧！”她掐了自己一下，疼得眯起眼睛，“哎哟好疼，看来这不是梦了。哈哈，可真有意思，本来我今天是准备上‘断头台’的，结果却上了‘金銮殿’。人生啊，不要这么大起大落好不好，小女子本是一介布衣，我的小心脏怎么能受得了？”

通知刘思文参加林业局会议的时候，她就有心理准备了，她觉得这肯定是一次“批斗大会”，要不然怎么可能让她一个股段级干部参加局级的会议？这一般是不可能的，处里仅有处长和几个科长参加大会，再就是她，这不是秃头上的虱子明摆着的事吗？

刘思文坐在那里，眼睛还直视着前方的主席台，还想着局长表扬自己的一幕，她的眼角不觉湿润，而后，泪流满面了。“否极泰来。”她轻轻吟道。

白云飞一直在会场外面打转，像是在等什么人。尹招弟、郝艳几个人也纳闷呢，他在外边一圈一圈转悠啥呢？瞅他那闹心劲，跟在产房外面等老婆生孩子似的。顾不上搭理他，尹招弟、郝艳几个人躲在墙角商量的结果是：如果这个大会把她们队长撤职了，那没啥说的，立马纠集人马“围攻”林业局大楼，非要把这件事闹腾出个黑白分明、子丑寅卯不可！郝艳更实在，她吼道：“码不码人①是你们的事，谁撤了咱头儿，等散了会我就去揪谁的脖领子，就守着这么多人扇他大耳光子。你们就都给我瞅着，看看我郝艳敢不敢。

几个人为队长揪着心，散了会，眼巴巴地瞅着门口，一直到人走光，愣是没见队长出来。她们几个纳闷了，走出会场的人个个笑逐颜开的，不像是批斗会呀，咋瞅咋像是一次和谐的大会、胜利的大会呢？

眼见着人真走光了，她们的队长愣是没有出来，几个人面面相觑。不对呀，明明看着队长进去的？还没等她们几个冲进会场，白云飞猴急地跃上台阶，还鬼鬼祟祟地看看身后有没有人，像是在甩跟踪的特务，确认没有“尾巴”，这才用后背顶开会议室的门溜进会场里。

几个人都傻眼了。“这白队长今天唱的是哪一出啊？还有咱们的队长，人呢？唱空城计呢还是玩大变活人呢？”“坏了！”尹招弟突然来了一句：“队长一定是哭晕在会场了，你们想啊，她那么善良的一个人怎么能敌得过那么多如狼似虎的家伙？队长受了委屈又不会当着那么多人哭，说不定现在正蜷在旮旯里哭呢。”几个人倒吸了一口凉气，心提到了嗓子眼，慌忙从会议室的窗户向里窥望，不看不要紧，这一看几双眼睛全直了。天啊，队长竟然和白云飞在热吻……

刘思文吓得心怦怦跳，她推开白云飞，缺氧一样大口喘着气，嗔怪他：“这是会议室，会有人看见的，你坏死了。”

两人互视着对方，那一汪清泉里都映着彼此，如此干净清澈，如此一尘不染，如此荡漾着醉人的涟漪。

“丫头，我不知道以后该怎么称呼你了。”她明知道他在逗他，可他一本正经的样子还是让她捉摸不透。她歪着头，质问他：“啥意思啊，不叫人家丫头了，是不是你心里又有个更漂亮的丫头了？说，老实交代！”

“你说，是叫你丫头呢，还是叫你科长好呢？哈哈——”原来，在散会

① 码人：东北方言，找人。

之后,白云飞已经从散会的人流中打探到了会议消息,他在心里高呼了一声“万岁”。但他得抑制住内心的喜悦,毕竟这是在大庭广众的户外,但是进了那道门就不一样了,他觉得用什么都难以表达内心的狂喜,用什么都难以表达对最爱的人的祝福,唯有深深的一吻。所以,当沉思中的刘思文还没看清进来的人是谁呢,小嘴已经被另一张深情的唇堵得严严实实。她被这样热烈的吻亲得晕头转向,待缓过神后,才笑着追打他。“好啊,你敢取笑我,看我不掐你。”她在他的身上胡乱地掐,他连声喊着“饶命,饶命”。

这一幕让窗外的几个人看得滴水不漏,几个人笑作一团。

涂嘉嘉对郝艳说:“老大,这两个人在玩浪漫呢!”

郝艳“扑哧”一笑,“我也不瞎,别说话,免费的电影不看白不看。对了,你个小屁孩,看啥看,你才多大点,也不怕长针眼,赶紧滚家去!”

“嘿嘿。”涂嘉嘉朝她龇牙一笑,“别价啊,老大,我这不青葱白蒜的啥也不懂嘛,正好借鉴点经验嘛。谁让队长是咱衣食父母呢,她有这个义务教育咱啊,我不跟她学跟谁学?嘻嘻……”

“你个小屁孩,跟尹招弟学坏了,说话一套一套的,好好看,不准淌口水。”

“遵命,嘻嘻。”

尹招弟白了郝艳一眼,“切,咱是讲道理的人,她要是早跟我学,早就修成正果了。”

几个人哈哈一笑。

“小点声,笨蛋!”郝艳说了一句,几个人把头缩在窗下,“你们以为这是在看电影呢,这是‘现场直播’,把头儿的好事给搅和了,看老娘怎么收拾你们!”

尹招弟小声道:“话说回来,咱队长也太不够意思了啊,咱们还傻呵呵地给人家弄十大候选人呢,看这热乎劲,人家好上可不是一时半会儿的事了。天啊,不光是队长,外加一个白云飞,肯定恨死咱们这些搅屎棍子了。”

涂嘉嘉道:“就是啊,队长的保密工作做得也太好了,咱们就是操心的命,这心还操不到正经地方。”

她这一插话,尹招弟突然想起了什么。“涂嘉嘉,当初谁说天崩地裂队长也不可能跟白云飞在一起了,如果当初不是你瞎参谋,不让咱们把她俩往一块捏,现在咱可就是功高盖主的功臣了,啥时候见到白云飞咱腰杆子也直啊,到他家,他得立马去外屋整菜去啊。现在倒好,见人家都脸红,这弄的都是啥事啊!”

“没错,就是她说的,这个小屁孩,可坏了咱们的大事。”

涂嘉嘉一伸舌头,“好了好了,我又不是过来人,哪懂你们成年人那么复杂的世界呀,要不怎么说我得好好学习呢!别说我了,看电影吧,好戏来了。”

几双贼溜溜的眼睛放着光,恨不得把眼珠子掉进会议室里……

14 她拼尽了身体里最后一丝力量

“丫头,我真是没想到会是这样的结果,这样的结果太让人意外了,但话说回来,这也印证了那句老话——吉人自有天相。”

“我也是,你不知道,开会的时候我的手心里全是汗。我在想,该死该活就那么着吧,来个痛快的就行!我甚至想,撤了我的职可以,但是绝对不能对我出言不逊,我可是忍不了的,我会当面还击,我要‘舌战群儒’,就是本姑娘不干了,也要吐出心中这口浊气!”

“丫头,你可真厉害。我真的很佩服你。不,确切地说是敬佩!”

“其实,我从来没想过当官啥的,我只想干好我的工作,只要无愧我心就好了。我弟弟那么出息,我如果成了过街老鼠,那多没面子,我妈在地下都不得安宁,还不如死了算了……”

“你这个丫头,我不许你胡说!任何时候,我只要你好好地活着,明白吗?只要你好好地活着,我才会好,你懂吗?以后我们会越来越好!”他盯着她的眼睛,他星星般光亮的温暖从镜片后直射进她的心里,她感觉自己的心快融化了。她努力地点头:“嗯嗯。”

他忽然发现她的眼睛里有一些血丝,“丫头,你的眼睛咋那么红,不舒服吗?”

“没有,这几晚睡不踏实,闲着没事,就给你织了件毛衣,等入秋后穿。一会儿你送我回去,直接取上,试试合不合身。”

“你大晚上的不睡觉给我织毛衣？”

“咋了？你不喜欢？”

“你这个丫头，你想气死我还是想心疼死我？你这么辛苦，回来不好好休息，还熬啥夜给我织啥毛衣！”

“嘻嘻，没事的，云飞，我也不是娇小姐，我身体皮实着呢。”

“唉，你这个丫头很不听话，看来是得有个人在你身边好好管管你了。”

“你说啥？”

“丫头，嫁给我吧，我等不及了，我要娶你！我要爱你！我要照顾你！我不能再看着你这么折腾自己，你看看你现在有多瘦……”他的眼睛变得湿润，把脸扭向一边。

她假装没看见，跳着走开了。她想让气氛活跃一下，就嘟着小嘴笑说：“哪个说要嫁给你了，你想得美，咯咯……”

白云飞一听这话，火急火燎地奔过来，又把她抱得严严实实，一脸“老学究”般严肃的样子。“你这个丫头怎么说话呢，你如果不嫁给我，还能嫁给谁，你说啊？”

刘思文扬着头，一脸春风得意，“这个嘛，不急不急，让本姑娘好好想想，一时半会儿也说不清，太多了，咯咯咯咯……”

白云飞却没有笑，一往情深地注视着她，轻声吟道：“陌上人如玉。”

刘思文含情脉脉，不由得接道：“公子世无双。”

白云飞捧起她的小脸，疯狂地亲吻，将爱融进自己的生命里。

“哇，这场景太感人了，咱们队长真像一个仙子，娇羞又不失高雅，纯情又满载深情，我想哭，还想鼓掌。”尹招弟情不自禁地说道。这一声“女高音”惊动了会议室里的两个人。

“我看你就是个棒槌！”郝艳恶瞪了尹招弟一眼。

两个人触电一样地弹开来，一前一后疾步走出了会议室。窗外那三个人闻声而动，比兔子窜得还快，眨眼间没了踪影。

几天后，女子造林队开拔回先前的四六三造林地，进行二次幼林抚育。幼林抚育要连续三年四次抚育。第一次抚育也就是造林完成时，以培土、踏实、扶正和反扣草皮为主；当年第二次和以后的两年抚育以除草、松土为主，要求草高不得超过苗高的二分之一，目的是防止草类与幼树竞争营养。当然，幼林抚育还有一个更重要的任务，那就是发现缺苗和死苗时及时补植补造。

回四六三造林地，有种会老朋友的感觉。一道上，女兵们唠得热热乎乎、腻腻歪歪，结果到了造林地，一个个却像霜打的茄子，有些发蔫了。原以为只是用镰刀除除草，用铁锹松松土，哪里会想到缺苗现象竟如此严重。从残存的苗根上可以清晰地看出来，这些花骨朵一样的小苗是被动物啃噬殆尽的。罪魁祸首是山鼠，当然也包括一些山兔和狍子，还有淘气的野猪将一些地块拱得底朝天。甭管怎么说，这些缺苗死苗和被毁掉的苗必须重新栽上。

虽然需要补植补造，但幼林抚育和真正的造林相比，整体的劳动强度还是小了很多，所以这个活儿对于女兵们来讲也算是“小菜一碟”。刘思文将两组人马分开，任务一分为二，各干各的，具体怎么干，组长说了算。

说干就干，刨坑、背苗、种树、除草、松土，分工明确，忙而不乱，忙而有序。女兵们虽然嘴上不说，但个顶个地比着干，生怕被人落下，更怕自己组被另一个组落下，工作进度神速。刘思文挥汗如雨、一如既往地混在女兵队伍中充当着棒劳力。她信奉老子的“无为而治”，特别讨厌一天到晚比比画画、吆五喝六的领导方式。如果工作有序推进，她可以一天不发一道命令，这也是女兵们打心眼里喜欢她的原因之一——平易近人，如同邻家姐妹一样。

山间作业自有苦累，但也有它的无限乐趣。比如从五月初开始种树一直到上秋，山上各种时令的野果就次第成熟，在劳作的闲暇，也可以一品天赐的美味，何乐而不为。

春日里，有香掉下巴的高粱果，一粒粒粉红粉红的，大如拇指，十几粒簇拥在一起；还有酸倒牙的水葡萄，一串串，一捧捧，绿如翠玉，玲珑剔透的宝石绿，带着尊贵与柔情；更有惹人相思的北国红豆，自带仙气，红得香艳，红得醉人，红得倾国倾城。若是进了秋，便可以收获蓝莹莹的笃斯，外皮薄薄的、亮亮的，如待字闺中的姑娘，天生丽质；还有那有着“黑珍珠”之称的稠李子，如繁星点点，挂满枝头。若是有幸品尝到霜打了的“黑珍珠”，那种沁人心脾的香甜滋味定让人无法忘却。无比壮阔的大山，简直是一个天然的“百果园”。

往山上扛一趟苗出的汗就得以斤计了，保温饭盒里的水和背壶里的水往往是不够喝的，所以不省着喝的话，没到中午饭点就得把“全部家当”喝得差不多了。山脚下的泉水成了不要钱的补给，女兵们路过时总要在泉水边咕咚咕咚灌个饱，再把背壶灌满。有些脾胃不好的被冷水一激，胃病就犯了，痛得要死要活，吃啥药也不管用，这个时候就该刘思文出场了，她小钳子一样的手指向着足三里、上脘、中脘、下脘、合谷等几个穴位按下去，用不了三分钟，疼得冷汗淋漓、抱肚子乱叫的人就精神起来，真是神了。这是刘思文引以为自豪的“家传手艺”，她继承了妈妈李山杏的衣钵，将妈妈那套“赤脚医生”理论全部学了过来。不过，她又跟着《赤脚医生手册》自学了针灸术，先拿自己操练，再用亲人操练，比如腿脚不方便的爸爸，经她针灸后，果然大有改观。她听干姥爷周山说过一句话：“孩子，你务一些针灸手艺是对的，小针治大病啊。”当时她还不以为意，过后方知深意。小来小去的病痛不在话下，甚至一些西医觉着很难治的疾病，小小的银针就那么提插捻动几下，不日便可以痊愈，她也惊叹中医的博大精深。队里的曹大姐失眠严重，她给曹大姐号了号脉，看了看她的舌苔，又问了具体症状，做到了中医所说的“望闻问切”。她让曹大姐试了个小方子：炒枣仁 30 克、莲子心 5 克、炙远志 10 克、琥珀 4 克，全部研成粉，每次睡前服下 6 克。没承想，竟然药到病除，将曹大姐多年的顽疾根除了，乐得曹大姐隔三岔五就给刘思文带饺子吃。队里的女兵月经不调的人数不少，刘思文就告诉姐妹们，晚上烫完脚后多揉揉血海穴和三阴交穴，再常用右手搓左脚心，左手搓右脚心。坚持这么做的姐妹们都惊叹，效验如神啊！刘思文对此一笑了之，只说雕虫小技不足道也。

干了没两天，白云飞的造林一队也来四六三造林地进行幼林抚育了。

这样一来，两个队又交织在了一起。

尹招弟捅咕郝艳，坏笑道："看见没，跟屁虫来了。"

"啥……"郝艳后边的话还没说出来，就看见了白云飞，两人相视哈哈大笑。中午吃饭的时候，尹招弟、郝艳、涂嘉嘉几个凑到刘思文的跟前，有的没的跟队长乱白话一气。突然，郝艳话锋一转，对刘思文说："队长，前几天，就咱刚回来那会儿，我们看见白云飞骑了辆新摩托车……"话说了一半，便慢吞吞地拖着长音察言观色，看刘思文的神色反应。刘思文似乎挺淡定，反问："咋了，你们眼馋人家骑新摩托了，眼馋也让你老公买一辆。"郝艳几个心里窃笑，"看你能撑到啥时候！"她接着"敲边鼓"："队长，这个重点不是白云飞骑个新摩托，重点是他的摩托车后面驮了个女的……"刘思文嘴里正嚼着馒头，忽然停住了。几个女生憋着笑，看队长本就被太阳晒得赤红的脸越发红艳。尹招弟接着说："白云飞骑得也太快了，就跟抢着要入洞房似的，'嗖'的一下从我们眼前骑过去了，我们也没看清他驮的是谁。队长，你说他驮的是不是他的娃娃亲？人家娃娃亲是不是从南方找过来了。算了算了，问你，你也不知道啊，待会儿还是去问问白云飞，那个女的到底是谁呀？"刘思文的一口馒头在口中嚼了很久，脸烫得要着火，她开始气嘟嘟地训人了："我说你们几个咋那么闲啊，净操那没用的心！人家驮谁跟你们有啥关系啊？一会儿给我好好干活儿，哪儿都不许去。""不是的，队长，你又误会我们了……"涂嘉嘉嘻嘻一笑说："队长，我们吧，不关心他，但是呢，我们得关心你呢。我们就问问他到底驮的是不是相好的？如果是也就罢了，如果不是呢……"话又停了下来，刘思文不但脸热，现在身子感觉也如同烧着了一般。她觉着这几个家伙在憋着一股"坏水"，但是还得故作镇定，轻轻摇了摇头，仍旧吃东西，佯装出一股泰山崩于眼前而面不改色的淡定。涂嘉嘉干脆就摊牌了，嘻嘻笑道："队长，如果白队长还没有相好的，我们还是有意撮合一下你俩呢，你俩一个郎才一个女貌，看着挺合适的。"这个重磅"炸弹"投下去，她们的队长彻底坐不住了，站起身，用筷子敲着饭盒喊："干活儿了，干活儿了！"

她们也奇怪啊，俗话说"一白遮百丑"，这女人就算长成丑八怪样，但只要皮肤白,那基本还能看。但若是一个女人由白变黑了,那基本就没有回头率了,跟“漂亮”这个词也就不搭边了。队长却是个例外,她们眼见着队长从皮肤白嫩变成了“黑色丽人”,似乎黑一点肌肤更紧致了,更突出了眸子和贝齿的美白闪亮,别说男人瞅着心动,就是女人看见了也想再多瞅两眼。

更让人惊叹的是,她们的队长从来都是“谦和而不声张,愠怒而不张狂,美丽而不妖艳”。几个人眼神中流露出难以置信的不惑,感叹被爱情滋润的女人果然不同凡响!

刘思文一时间还真不知道咋接她们的话,应或不应她们的话都不太合适,她就随口道:“谢谢你们的好意了,我的事呢,就不劳你们费心了,我自己能搞定,你们就消停点吧,别给我添乱我就谢天谢地了!”

还是那条山间小路,人员上上下下必须错肩而过,白云飞和刘思文也总是“不期而遇”,他俩看似漫不经心地诸如牵一下手的“小动作”,也会时不时地被尹招弟几个人收入眼底,搞得刘思文又惊又怕浑身不自在,时刻得“睁着第三只眼”提防那几个“欠儿登”①。

白云飞和刘思文也挺有办法,当有人走近时,他俩的对话就变成“官方用语”,什么苗木啊、工资啊、任务啊之类;当无人在身边时,除了搞一些“小动作”,话语则完全变成了蜜糖一样。有一回,白云飞的小动作有点过火了,竟然在光天化日之下吻了刘思文一下,他以为做得神不知鬼不觉,但是“天网恢恢疏而不漏”,还是被暗处的尹招弟看得真真切切,她差点要喊一声:“俺勒个亲娘啊!”于是,她把这个见闻一传十、十传百地传下去,不消半天,女子造林队就尽人皆知了。女兵们再见到刘思文时,脸上都有一种火辣辣的感觉,好像被吻的人不是刘思文,而是她们一样。

其实,白云飞早就想揭开谜底,公布他俩的恋情了,但是刘思文不让。不知她在担心什么或者害怕什么,或者是她觉得时机还不成熟,反正白云飞觉得这种“保密”状态下的恋爱倒还挺有趣。这天,刘思文扛着一箱苗

① 东北方言:爱凑热闹的人

往山上走,白云飞空着手往山下去,两人相向而行,遇见了免不了"腻"了几分钟,就各忙各的了。刘思文正艰难地往山上背苗,就听见有人突然大呼小叫起来:"不好了,有人晕倒了!"刘思文还以为听岔了,停在原地细细地听。这时有个女兵已经冲到了她的面前,上气不接下气地说:"队长,你快去看看吧,出事了,一队有个队员晕倒了,要不行了,你懂医术,去看看能不能救他。"

刘思文扔下箱苗就往山上跑,那速度像打出枪膛的子弹。她边跑边在心里默念:"阿弥陀佛,可别出事。"等她一溜烟赶到,只见地上躺着一个男队员,她用手探了探那人的鼻息,呼吸微弱,又摸了下脉搏,脉若游丝。不明原因的心搏骤停,命悬一线,她大声呼叫:"有谁会急救!就是人工呼吸的那种急救!"

众人满眼全是惶恐,没有人会这种急救法。

心搏骤停的抢救,在医学的专用名词叫"心肺复苏法",但是那时的刘思文根本不懂,她只是模糊地在影视剧中看过类似的救治,脑袋里有一个模糊的印象,只记得要不停地压病人的胸口,还要口对口地往病人嘴里吹气。

情形危急,命悬一线,也顾不了那么多了,死马当活马医吧!刘思文跪在病人的面前,双手用力压在病人的胸上,一下,两下……

口对口吹气,她迟疑了那么两秒,但脑袋里一个声音立刻将自己骂醒了:"刘思文啊刘思文,现在都啥时候了,救人啊,一条命重要还是'你的男女授受不亲'重要?"她深深地弯下腰,将自己的唇贴在了病人的唇上……

她拼尽了身体里最后一丝气力,已经有些虚脱了。那个人终于睁开了眼睛,睁开时她的唇还对着他的唇进行人工呼吸。那个人眨眨眼睛,恢复了意识,虚弱地说了句:"谢谢你,刘队长,谢谢你救了我。"刘思文仍然不敢大意,她取下别在衣服上的一个别针,将别针掰直,用针在病人手脚的一些穴位又刺了许多下,放出了很多紫黑的血,病人才终于大口喘出了一口气。半个小时以后,那个人已经活蹦乱跳的,一点也看不出是刚从鬼门关走过一回的人。

那个人救过来了，刘思文却已累得瘫倒在地，她的眼前白茫茫一片，看见很多个脑袋聚在一起，很多张嘴在朝她喊话。可是，她什么也听不见。她太累了，给病人做人工呼吸时耗氧过多，造成了她短暂的缺氧性昏迷……

过后，郝艳在姐妹们中间比比画画地夸赞刘思文："队长，你那天抢救人的姿态也太帅了，比专业的大夫还专业。有句话咋说了，你就像长着翅膀飞的那个小人……"

尹招弟白了郝艳一眼，抢过话来，"咋那么没文化呢，那叫'天使'，还小人呢。"人群中响起一阵笑声。

郝艳说："对对对，就是天使，不都把大夫比喻成天使吗，要我看，咱队长是天使中的天使，别的我不会说了，你们接着说。"

"要我看，咱队长是文比诸葛亮，武比关云长，文武双全！"尹招弟接话道。

"这个好！"人群中一阵山呼海啸，巴掌"啪啪"拍得震天响。

刘思文也跟着大伙笑，她没有反驳什么，由着她们的性子闹吧。这些姐妹就像她的家人，已经融入她的生活和生命里，只要她们开心就好。

第二天，刘思文正要扛起箱苗，却发现一个人严严实实地挡在了她的面前，是陈昊来找她。

陈昊的脸上带着真诚的笑意，将一个小盒子递给刘思文。

"你这是？"刘思文不解，但还是接住了小盒子。

"收下吧，思文，一点点的心意。俗话说'大恩不言谢'，但是我还是要说，谢谢你给了我第二次生命。"

刘思文怔了一下，到了这个时候才意识到，她是真的不知道被救的人是谁，当时脑子里只有救人的想法，至于救的是谁根本不重要。但是她不能说自己连救的人是谁都不知道，这话说出来伤人心，别人也不会相信。她就说："陈副队长，这件事你不必放在心上，换作别人也不能见死不救。"她想打开小盒子，他却制止了，"思文，可不可以回去再看？"她不忍心驳了他，点了点头。

陈昊说："如果你只救某一个特定的人，那你就不是刘思文，也不是我心中那个比我的生命还重要的女人。至少，我没有看错人，你的确是一个值得任何一个男人用一生去呵护的好女人，就是不知道，会便宜了哪个男人。我想做那个最幸运的男人，可是我知道，我的好运已经用完了，你给予我的已经足够多，多得让我已经不敢再有奢望。"

"陈副队长，你不要这样说，你这样，我的心里真的挺难受。"刘思文手里攥着小盒子，手心不住地冒汗，小盒子在手上滑滑的，生怕滑掉，她便用两只手将小盒子合在掌心里。

陈昊很感动，他说："是吗，思文，你肯为我难受一次，说明你的心里已经有过我……"他停顿了一下，像是鼓足了勇气，"思文，告诉我，那天如果我死了，你会不会哭？"

"陈副队长……"刘思文不知道怎么回答他的话才好，她欲言又止。

"能叫我陈昊吗？"

"陈昊……"她望了他一眼，他的眼里布满深深的情，她慌忙垂下头。

"思文，你放心，我不会纠缠着你不放，那不是我的性格。我今天找到你，就想跟你说两句话。第一句，谢谢你的救命之恩；第二句话，如果有报恩的机会，请让我来，我想有一次这样的机会，我是说任何事。"

"陈昊，我真的不知道怎样对你说才好，我真的不想伤你的心。"

"思文，你不用解释，你是最好的女孩，你的心就像水晶一样透明，我看得真真切切。去爱你的所爱，你的幸福会波及我。"

"思文，你知道吗？其实我这一辈子，最幸福的就是昨天，如果让我重新选择，我还是会选择在鬼门关里走一遭，哪怕，哪怕是死去，我也要选择这样活一回，能得到你的吻，死而无憾。"

她下意识地用贝齿咬着唇，直咬得苍白无血。"陈昊，我……"她不敢再看他，她怕他眼中那深情幻化的漫天大火。她神情恍惚，像失了魂魄一样。回到家中，在自己的闺房里，她打开了那个外表看起来再普通不过的小盒子，里面是一块黄灿灿金亮亮的长命锁，是一个纯金打制的老物件，至少是清代的东西。正面是"长命百年"四个遒劲飘逸的字，背面是绝美的莲花图，雕刻太过逼真，有呼之欲出之感。盒子里还有一个小纸条，上面写着："思文，祝早生贵子，长命百岁。"她"扑哧"笑了，心道："这个陈昊啊，在作啥妖？我还没有结婚，哪里谈得上早生贵子和长命百岁？"笑着笑着，她的笑戛然止住，忽然觉悟：用心良苦，让人无法拒绝的礼物和心意。她紧紧地将长命锁攥在手心里，不知道该怎么办，就那样呆呆地坐了很久……

一连几天，刘思文觉得白云飞也怪怪的，对自己若即若离的，似乎有满肚子的话要说，但一张嘴就是工作之类的"官方用语"，这让她很不舒服，她决定跟他好好唠一次，她感觉得到他的不安，她要打消他的心疑。这天收了工，到家时依然是星光闪闪了。

以前怕人看见，她都是让他的摩托车停在单位大门外面等她，甚至在看见熟人的时候，还要再等上一会儿再坐上去。可是这一次，她叫住了他，摩托车就停在单位的院子里，她很自然地坐了上去，并且将手环住了他的腰。她的身体紧贴上他后背的一刹，他的整个身体为之一颤，像被电流击中了一样。

摩托车风驰电掣，白云飞的心也跟这摩托车一样飞了起来。也是从这一天起，两人的恋爱关系不再遮掩，露出了庐山真面目。

摩托车停在胡同口，夜色迷人，两人互视着，眼神纠缠在一起。刘思文柔柔地说："云飞，那天抢救人，我真的是啥也顾不上了，我给那个人做了……做了人工呼吸，你，你不会怪我吧？"她追踪着他的眼神，试图发现一些蛛丝马迹。

"丫头，你是我最爱的人，你是我的，我怎么会不在乎你跟另一个男人……"他说不下去了，目光投向无垠的星空，长出了一口气，"关键是你在救人，我再那么狭隘，那我真是太渺小了，我可就真的配不上你了。

看他大度释然，刘思文的心才放下来，她说："云飞，你说可笑不可笑，当天救完人，我都不知道救的人是谁。"

"陈昊找你致谢了吧？"

"嗯。"

“他很优秀，看得出来，他很崇拜你，你迷倒他了。”

刘思文的心一紧，“云飞，你怎么会这样想？再说我可生气了。”她嘟着嘴，佯怒。他把她拥在怀里，抚着她的秀发，“丫头，我没有别的意思，你那么美，那么优秀，身边怎么可能没有蝴蝶飞舞？况且，你的女兵们不是还给你弄过‘十大候选人’吗，那可个个都是很优秀的男士。”

“你，吃醋了？嘻嘻——”刘思文仰头看他清秀俊朗的脸，又撒娇似的伏在他的肩上。

“嗯，有点。”白云飞直言不讳。

刘思文却将白云飞抱得更紧了，在乎一个人才会吃醋，她感觉到了浓浓的醋意，像一坛被掀翻的陈年老醋。她小心翼翼地，像哄小孩睡觉一样哄他开心，“好了好了，云飞，我的心里只有你，我的心很小很小，小到只能装下你一个人。至于陈昊，在我的心里，他就像我的弟弟思友一样，请你相信我。”

白云飞推了推眼镜，重重地亲了一下她的额头才说：“好了，你这个丫头，你不解释倒好，你这么一解释，反倒让我更加醋意大发了。你对弟弟的好不亚于对我的好，我自然不能嫉妒亲弟弟，但是你却说对陈昊像亲弟弟一样，真是的，真是气死人了。”

刘思文轻轻地捶他的胸，“哎哟，云飞，那怎么能一样？那是亲情之间的爱，我和你是爱情，我该怎么解释才好啊。”

他又扶扶眼镜，双臂缩小“包围圈”，将她紧紧地拥在怀中，吐出两个字：“罚你。”

“好吧，只要你消了醋意，我啥都答应你。”

“这可是你说的，你这个丫头站好了，我要吻你……都说了要吻你，为啥还不闭上眼睛。”

她露出贝齿笑，“人家想看着你嘛，看不够。”她摇着头，像一条不听话的小金鱼，在他的怀里摇头晃尾，“吻吧，今天让你吻个够。”

他喃喃道：“你这个丫头，也太小看我了，我才不会吻够，一辈子都不会，下辈子还要追着你，一直吻着你。”

他的吻雨点般地落在她的脸颊、额头、眼睛、红唇上，"丫头，我想爱你，我想要你。"

她还有一丝清醒，轻轻地对他耳语，"你这个坏孩子，别，我们结婚的那天我再给你，好吗。"她已经桃花一般的娇羞，急忙俘获了他无比"淘气"的那双手。

他气喘吁吁，"丫头，那你嫁给我，马上嫁给我，我要等不及了，我要疯掉了，我爱你，一分一秒也不想离开你。"

"云飞，今天是八月一日，最晚这个月底我弟弟的大学录取通知书就会下来了，我弟弟考上了大学，我的心才真正踏实了，咱们先到对方家里见见长辈，他们没啥说道，日子你就定吧，我都听你的。"

"好丫头，那就这么说定了，我要让你风风光光地做我的新娘，咱们的婚礼一定要隆重热烈，冰箱、彩电、洗衣机、音箱，咱们的新房要应有尽有，金戒指、金耳环、金项链，我要给你全部戴上，咱该有的，一样也不能少。"

刘思文摇头，"云飞，我从来不在乎那些东西，咱们的婚事我想一切从简，我要的是你的心，你能给我一个温暖的小窝，我就能给你一个幸福的家。"

"你这个丫头，我怎么能那么小气呢？我怎么能让我心爱的女人那么委屈地嫁给我？我要竭尽全力迎娶最美的新娘！"

"云飞，我知道你家里的条件好一些，可那些是你父母积攒的，他们岁数大了，以后用钱的地方也多。云飞，我家里的条件你是知道的，弟弟马上要去念大学，我得一直供着弟弟，爸爸的身体也不好，妈妈走得早，弟弟去上大学了，爸爸就只能由我来照顾了，所以结了婚以后，恐怕得搬过来和爸爸一起住，照顾他的饮食起居。云飞，我不知道你想没想过这些。爱情是美好的，可是生活很现实，云飞，你……你愿意和我一起承担这些吗？"说到最后，她的声音变得很小很小。

她凝视着他的眼睛，她在他的眸子里寻找答案。那里有一片星空，那么辽阔又那么深邃。

他许久也没有回声……

15 抡镐的力气似乎也没有了

刘思文似乎懂了,成人的世界,不回复就等于拒绝。她眼里噙着泪,面带着微微笑意说:“云飞,谢谢你送我回来,天不早了,你该回去了。”她伸出手,做出握手的姿态,她在等待。握手之后便转身离去,原来再美丽的烟花也只是一瞬,这一个转身将代表前路珍重,各自安好。他还是没有伸出手,她仍旧微笑着,毅然转身。那一刻,泪水飘零,遗落风中。

她转身离去,刚刚迈出一步,衣襟却被一只有力的大手牵住,继而被一股巨大的力量向后带去,等她转过身去已经重回他宽阔温暖的胸膛。“丫头,如果我连这些都做不到,那我的爱就太肤浅了,肤浅得如同兽类的本能。”她抬头看他的脸,已是泪落如雨。这一刻她再也忍不住,在他的怀里肆意地哭喊着:“你这个臭孩子,吓死我了,我还以为你不要我了……”

“丫头,我要用我的余生好好爱你,我不知道怎样说,不知道怎样爱你才好,可我觉得,爱一个人可能就是把全部给她还嫌不够吧。从今以后,我的生命为你存在,我就是你的影子。”

她带着泪花破涕为笑,“傻孩子,再奖赏你一个吻吧。”

他也笑着说:“一个可不够。”他深情地吻她的香泽。

“姐,是你回来了吗,你在跟谁说话?”声音从院落里传出来。

“啊,是我,没有啊,我马上进来了。”她语无伦次,惊慌失措地向院子里跑,一边朝白云飞飞吻一边压低了声音叮嘱他,“回去慢点骑。”

白云飞不以为然地说:“你这个丫头,真是的,怕啥呢?我还真想认识一下小舅子呢。”

刘思文听见他这么大声地回话,惊得险些撞到大门上。白云飞为她捏了把汗,“这个丫头可真是的,毛手毛脚的也不好好看着路,万一摔着了可怎么办?”他其实恋恋不舍地在外面待了挺久才回去的,从门缝里看见刘思文进了屋,看见屋内的人影在晃动。他咂了咂嘴,回味了下甜蜜的吻,才一步三回头地推着摩托车离开胡同,走走停停,幻想着刘思文还会偷偷跑出来再和他“腻”一阵。他自己不禁笑了,爱情的魔力真是太大了,这哪是一日不见如隔三秋啊,这是一会儿不见就如隔三秋啊!

这样过了一周,两人互到对方的家里见了长辈,大包小包都没少拎见面礼。刘思文的爸爸和弟弟对白云飞有天然的“眼缘”,有种自家人“相见恨晚”的感觉,尤其是弟弟和白云飞很有“共同语言”,从天文地理谈到古今中外,从飞禽走兽谈到人情世故,无所不谈,欢声笑语充满了小屋。

相比之下,白云飞父母对刘思文的态度就比较平淡,尤其是他的妈妈,非常介意她少根手指,甚至于人走了之后就和儿子争执了起来。白云飞态度坚决,非刘思文不娶,他的妈妈则不同意他们继续相处下去。白云飞没有想到妈妈会是这样的态度,双方各执一词,谁也不肯让步,陷入僵局。白云飞把目光投向稳稳坐在茶几旁看报的爸爸。爸爸看着妈妈,说了句话:“你呀肤浅,太肤浅,别的不说,单凭思文舍身救人这一点就何其了得。你呀,是有眼不识金镶玉,思文这样的孩子是可遇而不可求,让你儿子碰到了,你就偷着乐吧。”

白云飞的妈妈气鼓鼓的,原以为一直对人家不冷不热的老伴也会向着自己说话,哪里想到他竟然和儿子同声一气。她还是据理力争,对白云飞说:“儿子,咱们两家的条件我就不说了,现在呢,也不讲究啥门当户对了,但是这两口子过日子是讲究有共同语言的,你是一个科班毕业的大学生,她只是一个高中生,时间久了,你们会无话可说的,反正妈妈希望你好好考虑一下,毕竟婚姻是一辈子的大事。”

白云飞直截了当,“妈,如果我要是没有考虑好,我也不会把人带回来见您二老,我爱思文,我绝不后悔。”

“这样,儿子,你先不要急着下定论,先处一段时间,如果处得来,再说下一步的事情。”

白云飞同意他爸爸的意见,他要证明他和刘思文的爱经得住时间、金钱、地位、家庭条件等等一切世俗的考验!

这个月对于刘思文来说喜事连连,月末高考分数下来的时候,姐俩都傻眼了。刘思友考了整整600分。刘思文惊得捂住了嘴巴:“天啊,弟弟,你分估低了,你这个分能走复旦啊!”刘思友也懊悔不已的样子。1991年内蒙古重点院校文史录取分数线是472分,理工录取分数是504分。按这个分数推算,他完全可以走进中国一流的知名大学。刘思文心疼弟弟,也不忍再说下去了,能上内蒙古大学已经是光宗耀祖了。

八月初,录取通知开始陆续发放,眼见着别的同学陆续接到大学录取通知书,刘思友却迟迟没有接到。这天,刘思文照例是顶着星星收工回家,一进门,弟弟一脸喜悦地递过来一个大信封:“姐,录取通知书到了。”“真的。”刘思文一把将弟弟搂在怀里,“姐爱死你了,快给姐姐看看。”她打开信封,手颤抖得有些拿不住。她取出了那个大红本本,突然眼神定住了,大红本本上面赫然写着“上海复旦大学”。“天啊,这是咋回事?”刘思文一想,不对啊,问弟弟:“你的通知书呢?这是谁的?”刘思友笑笑,“姐,这就是我的呀?你看清楚了,上面写的是刘思友。”刘思文还是不敢相信,疑惑地问:““你不是说你报的内蒙古大学吗?”刘思友吞吞吐吐地说:“姐,我骗你的,我怕你担心,又想给你个惊喜,所以录取通知书没下来之前,没敢告诉你实情。”

刘思文这才缓过神来,“连打带骂”弟弟,“你个臭孩子,你咋这样啊!”她抑制不住地大哭起来。

刘思友将姐姐揽在怀里,轻柔地说:“姐,我有信心,我一定能考好。姐,我答卷子的时候感觉不是一个人在作战,是咱俩在并肩作战!”

刘思文哭得很凶。弟弟也不劝阻她,弟弟知道“高考”那是压抑在姐姐心中多年的一座大山,一个结。这个结在今天的一瞬间如火山喷发一样地释放出来，她泪眼婆娑，激动地叫喊着："天啊天啊，姐要疯了，弟弟，我的好弟弟，你可为咱老刘家扬眉吐气了，赶紧给妈妈上炷香，告诉咱妈这个好消息。"

弟弟露着小白牙，努力忍着不哭，他觉得他要像个真正的男子汉一样顶天立地，男子汉哪有动不动就哭鼻子的。他笑道："姐，我早上完香了，已经告诉妈了，咱妈朝我笑了，她好开心。"

"你这个臭孩子，你咋考得这么好，姐都不知道咋稀罕你了。"她把弟弟的头发揉搓得像鸡窝。弟弟的个子已经快比她高一头了，她够着费劲，弟弟就俯下身子，让姐姐使劲"抒情"，自己咯咯地笑。

继续"折磨"弟弟的头发，刘思文边淌泪边说："你还笑，你个臭孩子，你咋考得这么好？"她说着话，眼前一黑，晕了过去……

一场风，一场雨，不经意间大兴安岭的秋天已至。时间真是再神奇不过，它无始无终，无休无止，匆匆走过四季，周而复始。兴安四季，其实最美莫过于金秋，沉稳而殷实。秋风瑟瑟，秋雨飘飘。秋，唯一能让人有两种心结的季节，让人怀念和期待。在秋天，漫步走过田野、山岗，跨过小桥、溪流。习习秋风，吹起秋的美丽，凌乱的叶子恰似满怀柔情和思念的少女，黑发随着思绪在寂寞的秋风里飞舞飘扬，那一抹寂寞的眼神，在秋的深沉里变得深刻、宁静、华美。

九月。刘思友已经踏上去上海的列车，走上求学之路。工作任务很重，加上爸爸刘强需要人照料，所以刘思文并没有送弟弟去复旦大学报到。

刘思友考上复旦大学，最高兴的人是他的爸爸，小脑萎缩近乎痴呆的刘强那一刻甭提有多清醒了，他捧着儿子的大学录取通知书，又哭又笑，鼻涕流得老长。他把通知书拿给亡妻李山杏看，一遍一遍哭号："杏儿啊，你要是还活着有多好啊——你看看，咱们的儿子出息了——出息了——"

同样高兴的还有周山，他端起了久违的酒盅。自从上次生病康复后周山就滴酒不沾了，可是这个大喜事又让他忘乎所以了，像当年在连里和兄弟们纵情豪饮一样来了个一醉方休。周山的一大家子人热热闹闹地聚了好几天,这才喜气洋洋地将刘思友送上南下的列车。刘思文送不了,周山自有安排,他把这个任务交给了周玉平。周玉平二话没说,这么有面子的差事一辈子恐怕也轮不到两回。

刘思文就被周山再次催婚。白云飞提着几瓶宁城老窖去看望周山,周山揉了半天眼睛竟把他看成了王志杰,一时间老泪纵横。其实说来也不怪周山将人认错,一来刘思文越长越像她的妈妈李山杏,二来找的这个男朋友白云飞也是个斯斯文文的大学生,也戴着个眼镜,也爱穿着白白的衬衣,和当年的王志杰简直如出一辙。周山对这个后生十分喜欢,于是大手一挥就把婚期定下了——等刘思友放寒假回来就办。周山说的话一个唾沫一个钉,那就是“圣旨”。

刘思友考上复旦大学,惊动了克一河这座才三万人口的小镇,一时间人声鼎沸,认识的、不认识的都要跑到这个小小的胡同来看一眼出了“状元”的小平房。老百姓传得更邪乎,给这个小巷子起了个了不得的名字——状元巷。

让刘思文没想到的是,有一天竟然在胡同口碰到了一身酒气的施振雄。这个她记忆深处快成为“古董”的人竟然在自家的大门口被自己碰到了,她的第一反应就是想到了施振雄曾经诅咒弟弟一辈子没出息的情形。但转念一想,经年往事早已物是人非,又何必执着于过去?本是萍水相逢,何必自寻烦恼。倒是刘思友曾经和她说过的一番话让她颇有感触,他说:“姐,你不觉得生活有时候很残忍,有时候又很慈爱吗?你不经历失手指这件事,怎么可能看透人心?你不失一根手指,可能就跟那个副厂长结婚了,那么没有担当的人,怎么可能给你一生的幸福?姐,你是失之东隅收之桑榆,你会收获真正的爱情。”

相视无言,两人擦肩而过。“文文,我想跟你谈谈。”施振雄忽然叫住了她。刘思文迟疑了片刻,回过头,心若止水地说了一句:“有事吗,施厂长?”

“文文,我们,我们能不能不用这种语气说话?”施振雄脸红涨涨的,很激动,他冲到刘思文的面前,一只手抚在了她的肩上,一身酒气裹挟着冲过来。刘思文没有动,也没有表现得特别厌烦,只是用眼神扫了下他那只手。他畏惧地缩回手,她那么平静的目光在他看来竟然带着无法言说的威严。

刘思文说:“那我们应该用哪种语气说话呢?”

施振雄眼珠红红的,一副生无可恋的样子,仰天长叹了一声:“文文,你就那么绝情吗?文文,不管你现在信不信我说的话,可我还得说出来,我这辈子最大的错事,就是错失了你!”

刘思文的心里早已波澜不惊,眼前的人和任何一个过客没有什么不同,她依旧很平静地说:“春红是个好姑娘,你不应该辜负她。”

施振雄的眼神灰蒙蒙的,透着绝望,他乞求地说:“文文,告诉我,你怎样才能原谅我?怎样你才能回到我的身边?只要你说出来,任何条件,我都能做到,求求你告诉我。”他不管不顾地抱住她,疯狂地想要亲吻她。

刘思文大声喊道:“我要结婚了!”

施振雄停下来,眼睛直直的,一脸的泪花,摇头说:“不可能,文文,不可能的。”

刘思文长吁了一口气:“施厂长,你喝多了,赶紧回家吧!”说完,她便匆匆而去,再没有回头。望着她的背影,施振雄一声长号,哭得稀里哗啦。

后来遇到春红,刘思文才知道了事情的原委。施振雄和春红的爱情经历过热情似火,而后进入婚后的平淡似水,再往后就是生子后的一潭死水。春红说:“我实在是不想和他过了,孩子还不到一岁,但凡能过下去,我也不会和他离的。”刘思文问到底因为啥,春红长叹口气,只吐出两个字:“出轨。”

“他有别的女人了?”刘思文惊问。

“不是,不是他有别的女人了,是我有了别的男人。”

刘思文半晌无语,这实在是让她不知说啥好。

春红掉下泪来,她说:“文文,这难道是老天对我的惩罚吗?我从你手里抢了他,可是我并不幸福。”

“春红,你再不能乱说,我们那根本算不上爱,你也谈不上和谁抢,到底咋回事?”

春红拭去了泪,镇静下来,对她说:“文文,说出来你可别笑话我,那个人其实就是一个开小商店的个体户,可是我和他在一起就很来电,就幸福得要死要活。振雄当官当得如鱼得水,可是我却看不惯他那种和谁都能假得跟真的一样的表演,我倦了困了,我都不知道他哪句话是真的!他跟谁说话都跟说过年话一样,放下电话就骂人家祖宗,骂得恨不得把人家房顶揭开。文文,你说说这种人可不可怕?”

刘思文没有说话,她不知道说啥才好。

春红接着说:“上中学那会儿,他就喜欢我,可是,那个时候我在他心里就是高高在上的女神,他不敢明着追我,就总偷偷给我写纸条,偷偷塞在我的书包里。多少年过去了,我们都以为早已忘了彼此,可是当我再见到他,当他敢站在我的面前表白的时候,我的心就被小鹿撞得拿不成个了。我的心告诉我,我还是那么喜欢他,虽然我曾在心里无数次埋怨过他的胆小怯懦。我承认,见到他时,我的心都化了,他像一缕最温暖的阳光直接扑进我的怀里,我们将心与爱交给对方,爱得忘乎所以,爱到感动自己。爱过才知,这爱并不能解相思之苦。爱过,想的却是想更爱,想在一起,生生死死,地久天长,不想再和他分开。”

“那,那他有家室吗?”刘思文轻轻地问。

春红点点头。刘思文没有表现出惊讶,只是说:“春红,咱们是好姐妹,任何时候我都希望你过得好。”

春红点点头,两姐妹相拥在一起。

九月,女子造林队已转战到了另一个“战场上”,开始了声势浩大的“秋整地”,为下一年造林做准备。

秋整地是人工造林的前期步骤,也是第一个步骤,多采用人工穴状整地,使用的工具为大镐。穴面规格为50厘米×50厘米,松土深度为10~20厘米,穴行距为1.5米×1.5米。部分地势低洼、阴湿的荒地采用机械整地,其目的是除掉草皮,疏松土壤,以便来年栽种树苗。

秋整地还有另外一个作用，那就是人工促进天然林更新①。在有种源的林地用大镐把草皮铲除，翻见新土，拣出树根、草皮，深度为 10 ~ 20 厘米。整地规格为 1 米×1 米，整地密度为每亩 167 ~ 200 块。

秋季整地任务十分艰巨，可以说春夏造林有多忙，秋季整地任务就有多重，两者成正比。造林队的姐妹们每天无数次地挥镐刨地，挥汗如雨……

小不点爱偷懒的毛病早就被姐妹们识破了，但是大家看着她的小身板，也都让着她，少干就少干点吧，可周芳是眼睛里揉不得沙子的人。有一天，她又严厉地训了小不点："你今天刨了几块地了？"

小不点可怜兮兮地望着她，"周副队长，我的心突突跳得厉害，喘不上气来。"

周芳的火气顶不住了，吼她："就你心在蹦跶！就你知道累！你偷奸耍滑可不是一天半天了，但凡能说得过去，我就不吱声了，今天你要是不刨出五十块地来，你就没工！以后大伙干多少你就得干多少，干不了就不用来了！"

小不点的泪珠在眼圈里打转转，她茫然四顾着。周芳气得直哆嗦，不听指挥，还想着搬"救兵"。她尖着嗓子朝小不点喊："你瞅啥瞅？找队长给你撑腰吗？告诉你，找谁也没用！完不成任务想有工，门儿都没有！"

"周副队长——我没有——我真的——"

"说，到底能不能干！"

"能——我能干——"小不点抄起镐干了起来，汗水和泪水迷了她的双眼。她在心里无数次怪自己不争气，"天生出力的命，穷事咋还这么多？哪怕只抡一镐，身上的虚汗就止不住地往外冒，真是没用，真是丢脸！"

尹招弟看不下去了，第一个前来助阵，帮小不点来完成任务。接着第二个，第三个……大家一起动手，帮小不点完成了工作任务。小不点不敢看大家，觉得实在没脸，便蹲在地上"呜呜"地哭起来。

---

① 天然林更新指树塔里的种子随风入土，直接长成树木。

大伙儿聚在一堆儿休息的时候又开始“声讨”周芳，七嘴八舌，说啥的都有。

“就没见过这么坏的人，坏完了队长坏老实人……”

“她太欺负人了，小不点就那么几斤几两的劲，是个人就能看得出来，你就是把她折腾碎了，她也干不完，难为这样一个‘残疾人’干啥，有意思吗？”

郝艳瞪着眼珠子说：“跟你们说好了，就这号人，哪天她要是倒了霉，谁要是伸一根手指头，小心老娘跟她没完！”

大伙鼓掌赞同，有人小声说：“谁搭理那个母夜叉，脑袋被门挤了吧？”

尹招弟给小不点打气：“没事的，明天大伙儿干完了还帮你干……”

小不点泪水涟涟，说不出话来。其实，刘思文早发现小不点有些不对劲了，春秋造林的时候，她还能扛着箱苗上山，虽然一天也扛不了几趟，可是毕竟能干动。到了秋整地这会儿，她连抡镐的力气似乎也没有了，一天天地大汗淋漓，嘴唇也跟被谁打了一样发紫发青。刘思文让她去医院检查一下，可是小不点一天工也舍不得耽误，耽误一天就少挣一天的钱啊，一天的工钱对于她那个只靠她一个人的工资过活的家庭来说，那就是天大的事。有一天，刘思文也发火了，朝她喊：“咋说你，你就是不听呢，我命令你明天就去医院检查！”

“不，队长，我没事儿，我能干活儿。”她低下头，不敢看队长的脸，固执得让人恨不得想上去抽她两耳光。

刘思文也觉得刚才的语气过重了，就换成关切的口吻说：“你去医院检查一下，咱们也就放心了，你去看病，你的活儿我替你干了，你的工还给你画着，工资还有。”

小不点抬起头，嘴里咕囔着：“队长——”泪水已经连成了串儿。

刘思文将她揽在怀里，安抚道：“好了，明天你就安心地检查身体，下了班我就去你家看你。”小不点用力点点头，用袖子擦干了泪水，脸上花花的，让人忍俊不禁。收工的时候，刘思文搀着小不点下的山，她依附在刘思文的身上，虚脱得像一摊泥。两人上了大篷车，司机却没有开车，一问，竟然说是周副队长还没回来呢。

谁也没有注意到周芳还没有回来，也没有人去注意。她每天钻进驾驶室去独享属于她的专座，所以能刻意注意到她的人只有司机。

造林队人员扩编了以后，车辆又增加了一辆，按常理刘思文可以坐另一辆车的驾驶室里去，但是她仍没有那样做。她一直觉着自己年纪轻轻的，干吗非得去坐那儿，仍是坚持让岁数大一些的队员坐了进去。

刘思文是搀着小不点回来的，本来就够慢的了，没想到后面还有落下的人，这不符合常理。刘思文连忙跳下车，回头去找人。如果队长回头去找别的任何一个队员，车上马上会跳下不少人跟她一起去，但是去找周芳，大家你看看我，我看看你，都稳如泰山一样，也只有曹大姐下了车，跟着刘思文往山里返。

前脚刚走，后面就炸了锅，说啥的都有。

“队长就是多余，找她干哈，还能丢了不成？”

“每次都不紧不慢地让车等她，以为自己多重要。”

天色渐渐暗了下来，刘思文和曹大姐顺着原路找了回去，老远就看见一个人像袋鼠一样，一蹦一蹦地往前跳着，刘思文急步迎了过去。原来周芳下山的时候崴了脚，崴得挺厉害，疼得满脸都是冷汗，脚肿得已经像个泡水的馒头似的刘思文扶她坐下来，轻轻摸了摸那只肿胀的脚，周芳疼得大叫一声，声音都变了调。“芳姐，你忍一下，我跟干姥爷学过一些正骨术，我得帮你将骨头归位。”周芳点点头，闭着眼睛平躺下来。刘思文指挥曹大姐：“你趴在芳姐的身上，别让她乱动。”刘思文端着周芳的脚，轻轻地捋，也是在一瞬之间，一抻一端一上，只听“咔吧”一声脆响，周芳挺尸一样坐了起来，曹大姐拼了命也没按住，一脸茫然。那种死过去又活过来的疼痛自不必说，周芳将手巾从口中拽出，汗雨纷落，摸了摸肿胀的伤脚，说来也奇怪，竟然不怎么疼了。

周芳挥了一脸的汗水和泪水，轻声说了句：“谢谢了，刘队长。”

刘思文躬下身子，说了句：“芳姐，上来。”

周芳说啥也不上她的背，“我已经没事了，我自己能走。”

"芳姐,你的骨头刚归位,绝对不能再吃一点劲,快上来吧。"

"曹大姐,扶着我走。"周芳扶着曹大姐,吃力地向前挪,那只脚虽然可以踩实,但还是钻心地疼。刘思文直接靠在了她的身前,不由分说,抱住双腿就将人背了起来。

"队长,你,你这是干啥呀?"周芳俯在她的背上,随着下山的路起起伏伏。下山的路不好走,天色越来越暗,一路磕磕绊绊,她听到了刘思文粗重的喘息声。她哽咽着说:"好了,刘队长,放我下来吧。"

刘思文咬着牙向前走,曹大姐在前边用手电筒照着给她蹚路。

在刘思文的背上,周芳思绪万千,她说:"队长,上次那件事,局长问是不是咱俩共同的决定,你说是,而我说不是,想想真是有些对不住你,其实我是怕受牵连……"

刘思文越走越快,像是在跑,喘着风箱似的粗气说:"芳姐,你说的都是实话。"

周芳感觉到刘思文的后背已被汗水打透,但她仍没有停歇。那么柔弱的肩,那么弯的脊梁,怎么可以驮着一个人在山路上奔跑?周芳的眼里、鼻腔里像灌进了苦涩的药汁,难受得不可名状。周芳的鼻音很重,她囔囔地说:"你怎么还不明白?我那是在落井下石!我无意扳倒你,但是老天爷如果给我机会,我还是不会错过的!"她的这一声"掏心挖肺"的坦白吓坏了曹大姐,暮色中曹大姐的脸吓得惨白,但是刘思文似乎没有听见,她说:"芳姐,你坚持一下,马上就要到了。"

"队长,你不用对我这么好!"她的尖声划破了天空。

"我们……是一个战壕……里的姐妹……呼呼……"刘思文的背越来越弯,她拼了全力。

"我没有你那么高的姿态,我心里一直憋着一股气,凭啥我干了这么多年才熬成个副队长,你一个新来的,也不懂造林就直接当了队长。"

只有呼呼的喘气声,刘思文似乎仍没有听见。

周芳仰头看了一眼无尽的深色的天空,长声叹气道:"现在我似乎全明白了……刘队长,你让我周芳输得心服口服,在你面前,我真是无地自容!”

实在背不动了,刘思文停下脚,将人放了下来,她喘着重重的粗气说:“周队长……你不要把自己说得那么不堪……论技术……你是营林处造林方面的专家……论年纪……我叫你一声阿姨也不为过……论拼搏奉献……你一样冲锋在前……哪样活儿也不比姐妹们少干……要不是曹大姐告诉我……我都不知道你做过左肾的摘除手术……您的身体别说扛箱苗抡大镐……就是天天的车马劳累都已经是要命的事了……凡事你都咬牙挺着……没见你说过一声累……芳姐……就凭这……你永远是我最好的大姐……”

周芳眼圈红红的,长声叹了口气:“刘队长,我也是一个刚强的女人。唉,要强的女人命不好,我要强了一辈子,到头来丈夫跑了,孩子不愿搭理我,在单位又把同事们得罪光了,还跟自己的队长唱对台戏,想想真是失败啊!”

刘思文恬静地注视着周芳的眼睛,眼神中有信任,有鼓励,有关爱,有温暖,似乎说了很多,又似乎什么都没说,一切都在不言中。所谓人与人之间的理解,不外乎知道你笑容背后的悲伤,明白你怒火里的善意,了解你沉默之下的坚强。

周芳再也忍不住,泪水滚滚……

16 记住你说的话,男人要说到做到!

秋整地持续到了十月下旬,这期间造林队发生了两件大事。

第一件大事和小不点有关。按照约定,第二天下班后,虽然夜色已浓,刘思文还是买了些水果直奔小不点的家。刘思文进门的时候,小不点和弟弟妹妹正在吃晚饭,但看到队长,虽然打心眼里知道队长是言而有信的人,小不点还是愣了半天神。小不点连忙招呼刘思文坐下,还让弟弟妹妹叫队长“姐姐好”。小不点说:“队长,你刚下山,还没吃晚饭吧?”刘思文看了看他们的晚饭:一碗家酿的黄豆酱,一把大葱,一碗卜留克咸菜条,有些油星,好像是炒了一下。桌子上还有一个小竹笸箩,里面放着满满的“开花”馒头。碱使得大了一些,而且面没和匀,馒头看上去黄一片白一片的。“新出锅的吧?闻着这些碱面馒头真有些饿了。”刘思文伸手抓了一个,咬了一大口,又用大葱蘸了口大酱、“咔嚓”咬了一大截,连声说:“好吃,好吃!”小不点只是客气地让了一下,没想到队长真真地在她家吃上了这么寒酸的“农家饭”。实在太寒酸,没有一点荤腥的晚饭,这怎么能招待客人?她取出几十块钱递给了弟弟,示意他出去买点好吃的回来。刘思文将弟弟拦下,取出带来的几样熟食,一只烧鸡,一块猪肝,一块猪头肉,几个人美美地吃了一顿“大餐”。刘思文打量着这个家,都是一些破旧得快散架的家具,墙上正中的位置有一个相框,里面有一些小不点爸爸妈妈的黑白工作照,工棚、大木头、抬杠、手捧语录的身影……看着这些熟悉的场景,刘思文的眼眶渐渐湿润了。看来,这是保留一家人完整记忆的宝贝了。进门的墙上还挂着一个老式挂钟,发出“咔咔”的摆动声,一张学校学生用的斑斑驳驳的课桌算是最高档的物件了,真正的家徒四壁。刘思文的鼻子酸酸的,她又来到外屋地,灶台上只有两口像出土文物一样的铁皮锅,墙角里堆着几棵白菜和大头菜,看来这几棵菜也是稀有之物,并未舍得上晚上的餐桌。吃过饭,弟弟妹妹自觉地开始学习了,一个伏在饭桌上,一个伏在那张课桌上,互不打扰,屋子里只有笔落纸上的“沙沙”响声。刘思文感慨万千,自古高山出俊鸟,寒门出才子,说得一点也不假。

刘思文将小不点叫到外屋地,问了她去医院检查的情况。小不点示意她小点声,看来她检查的结果并没有告诉家里人。她怯怯地说:“队长,去看了,没啥大事,我明天就能上班。”刘思文的脸沉下来,声音虽小但带着威严:“把检查单给我。”小不点不情不愿地将检查单掏出来,递给刘思文。外屋地昏暗,刘思文借助里屋透过来的微弱灯光看到了检查单最下面的一行小字:严重心脏病,高度怀疑心脏瓣膜关闭不全,建议立即转院治疗。

“你太不爱惜自己了!”这一声因为生气所以特别大,引得两个孩子紧张地观望着。刘思文赶忙道歉:“对不起,弟弟妹妹,我说话嗓门大,没事,你们安心学习吧。”她又把小不点叫到了屋外。小不点耷拉着脑袋,说了她自己的理由:一是这个家离不开她,她得照顾弟弟妹妹;二是她得继续挣钱养家,没有时间看病;三是她根本拿不出看病的钱,而且治这个病一定不是个小数目。

刘思文几乎没有思考,单刀直入:“再难,病也得治! 弟弟妹妹这么大了,照顾自己没有问题。至于看病的钱,你不用管了,这几天我给你筹钱。你准备一下,钱一到你马上就坐火车走。你这个病得有人照料,你家庭情况特殊,我请示处里领导,给你安排两个姐妹护理……”

“队长——”小不点早已泪流满面,说不出话来,“扑通”跪在了刘思文的脚下。按照刘思文的安排,小不点在两个造林队姐妹的陪同下去了哈尔滨医科大学附属第二医院,前前后后做了两次心脏手术。小不点的心脏病很棘手，不单单是心脏瓣膜关闭不全，所以花费很大，以至于到了医院的第五天，医院的催款电话就打到了刘思文的办公室。但不管怎么说，手术很成功，也很及时，用大夫的话讲，若再晚上几天，甚至一天就可能华佗再世也无回天之力了！

为了救治小不点，造林队的姐妹们自发地捐了一些钱物，钱有多有少，有的只捐了一元两元，有的买了些水果送去，但不管多少，都是一片浓浓的姐妹情。白云飞的造林一队也集体表达了“心意”，而且这个“心意”的数目惊到了刘思文，一下子补足了巨额手术费的缺口，在刘思文看来，这“雪中送炭”的情义远比“锦上添花”珍贵一万倍！

秋高气爽，秋风拂面，小不点的手术费有了着落，刘思文一下子体会到了什么叫天高云淡，她感觉身体轻盈得就像一只小鸟，她迎着风儿狂奔，似乎飞了起来。能救人一命，是多么的快乐，况且这笔钱救的不只是一个人，而是一个家庭。

一块心病了却，刘思文的心情甭提有多好。她想到了大功臣白云飞，见面的时候才问起了筹钱的事。“云飞，你们一队怎么捐了那么多钱，说说看，是你的队员太有爱心了，还是你这个队长的面子忒大？”

白云飞神秘一笑，很随意地说：“可能，可能两者兼有吧。”

“切，把你牛气的，总之呢，这次我代表我的姐妹，向你，向你们一队真诚地说一声谢谢，请把我的谢意一定转达给你的队员。”

“放心吧，丫头，这话，我一定带到。丫头……”他欲言又止，“有个事，我说出来，你可别怪我。”

“你帮了我的姐妹这么大的忙，我怪你啥？说吧，你的丫头心情大好，大赦天下，无论你犯了多大的罪行，今天一律免于责罚，哈哈——”

白云飞还是难以开口的样子，小心翼翼地说道：“丫头，那些日子我看你因为筹钱的事嘴都起了泡，我心疼你啊，就顾不了那么多了，就把，就把咱们结婚的钱先用上了。”他的声音越说越小，他看到刘思文的眼睛越睁越大。

“丫头，你不要生气，救人要紧嘛，钱没了咱们可以再赚，你看我们像赚不到钱的人吗?”他努力地解释着,一边在看刘思文的表情变化。可是刘思文却“扑哧”笑了。这个结果出乎白云飞的意料,他把眼镜在鼻梁上扶来扶去,用教训人的口吻说:“你这个丫头,这是个很可笑的事情吗?那可是娶世界上最漂亮丫头的钱,起码伤心一下才是,怎么可能笑出来?”

刘思文不笑了,迟疑地说:“云飞,我笑的不是这个事,我也有个事想跟你说,说出来你也不要生气啊!”

白云飞又扶了一下眼镜,一副正气凛然的样子。“你这个丫头,把我看成啥人了?我是个男子汉大丈夫,就算天塌下来,我帮你托着,我如果跟丫头生气,那还算男人吗?”

“云飞,你知道的,后来手术费用不够了,我也是急得没办法了,就把我的嫁妆钱先垫上了。”她眯着眼睛看着他,害怕挨打一样。

“啥?你这个丫头,你把嫁妆钱都捐出去了?”

“这个不是捐,等以后她的弟弟妹妹出息了,会慢慢还上的。”

白云飞再也忍不住,大笑了起来,随后刘思文也“咯咯”地笑起来。两个人像孩子似的笑得那样肆无忌惮和天真无邪。

“有句话叫啥来着,不是一家人不进一家门。”白云飞看着刘思文说。

刘思文用力点点头,像得到夸赞一样。

“你这个丫头,你说说,你这叫啥?你这叫先斩后奏。”

刘思文故意撇着嘴,“你还说,你不也是。”

白云飞耸了下肩,“这下好了,咱俩结婚一身轻了,没钱的感觉真是好。结婚那天,我大摇大摆地骑着摩托车到老丈人家,说声‘媳妇上车吧’,我就把丫头接回家了,然后送入洞房。也不错,挺经济实惠的婚礼。”

刘思文嘟起小嘴,“你也太抠门了,就这么把你老丈人养了三十年的黄花大闺女接走了?好意思吗?怎么也得给小舅子点改口钱吧?”

白云飞一本正经地说:“这个这个——没有问题,给呀,怎么不给?还得给个大红包呢,不过得先在老丈人那讨来改口钱,然后再送给小舅子就行了,连红包都是现成的了。”

刘思文笑着掐他,“你这个臭孩子,坏死了。”

白云飞哈哈大笑，还嚷着说：“不疼不疼，你怎么也不用力啊，不舍得吧。”

刘思文“哼”了一声，佯怒不理他。

白云飞将她顺势揽在怀中，手滑落在她的腰际，她的身体为之一颤，不自觉地将身体紧紧地贴住他。他的目光变得腻腻的，带着热烈的爱火，柔柔地说：“丫头，我要爱你。”他雨点般的吻让她窒息，她大口喘着气，娇嗔地说：“你这可是趁人之危啊。”

“这可是我应得的奖赏，怎么，不该奖赏一下吗？”

刘思文咯咯地笑说：“奖赏是应该的，可是你‘功高盖主’了，我好像不能拒绝你的任何‘封赏’要求了，在这个节骨眼上你提出这个无理要求，不是趁火打劫、乘人之危，是啥？”

“你这个伶牙俐齿的丫头，我说不过你，索性就不跟你理论，还是动粗比较实在一些。”他像个大老虎一样占有着他的猎物。刘思文张着惶恐的眸子，她看到他眼中爱的火焰就要席卷一切，她想挣脱却难上加难，她的小手蛇行一般够到他的腋下，搔到他的痒肉，他的手一松，刘思文“咯咯”笑着从他的怀里胜利逃脱……

造林队发生的第二件大事同样和小不点有关。刘思文隔三岔五就来小不点的家里坐坐，买些水果，和她谈谈心，这似乎成了刘思文生活的一部分。有一天，刘思文在小不点的家里碰到了陈昊。刘思文很惊讶，陈昊见到刘思文，眼里立时充满了灼热的光芒。他对刘思文说：“我代表我们造林一队没时间来看望的队员来看看苏丽。”

刘思文很感动，也替她的队员感动。虽是萍水相逢，他却做到了用情至深，能有这份心，实在是难得。那天她和陈昊聊了很多，还在小不点家一起吃了晚饭，回家时陈昊执意要送她，两人一路唠了很多关于小不点的事情。刘思文有着深深的忧郁，不时地长吁短叹，愁的是小不点家的经济来源以后会更加艰难，小不点毕竟做的是心脏上的大手术，可能很长一段时间，一年，两年，甚至更长时间不能从事体力劳动，这对于一个供着两个学生的家庭是致命的。刘思文最近正忙着和处里领导沟通，希望替小不点找一份不用费力的工作,如果找到了,以后她的生计就有了着落。陈昊默默地听着,很少插话,送刘思文到家的时候,陈昊说了一句话:“苏丽有你这样的领导,是她的福气。”

有段时间任务吃紧,刘思文十来天都没顾得上去看小不点,等她再去的时候,她看到了一幕让她目瞪口呆的画面——小不点和陈昊拥抱在了一起。陈昊率先发现刘思文进屋,但似乎并不急着和小不点分开,似乎有意让她当个“见证人”一样,见证他们俩的爱情奇迹。

刘思文心里涌上一种感觉,说不上来是什么感觉。爱情就像风一样,不知道什么时候会起风,也不知道风会吹向哪里,也许,这就是爱情原本的样子。她明明是亲眼所见,可是她却并不相信,有的时候眼见也未必是真,她急于求证这是怎么一回事。小不点羞涩万分的样子似乎已经给了答案,但刘思文还是不相信。夜已深,刘思文主动提出让陈昊送她回家。离开小不点家不远,刘思文迫不及待地问他:“告诉我,你俩刚才在屋里……”她实在说不出口,停下来。

陈昊非常平静地说:“正如你所见。”

刘思文摇头,很肯定地说:“不对,陈昊告诉我,发生了啥事儿?”

他俩在一处路灯下驻足,陈昊看着刘思文的眼睛,似乎沉醉在了那里。他缓缓地说:“思文,我看到了你眼中的忧虑,能告诉我,你的忧虑是什么吗?”

刘思文回答他:“你说得没错,我是替这个不幸的姐妹、不幸的家庭难过,但是我相信,一切都会好起来的。”

“思文,你不觉得我跟她有同病相怜的地方吗?我和她都是心脏病人,都受过你的救命之恩。”

“所以呢?”

“思文,我要娶她。”

刘思文倒退了两步,这话让她难以置信。她平复了一下心情说:“听到这样的消息,我应该替我的姐妹开心的,可是,为啥我一点儿也开心不起来。陈昊,为啥要这么做?是因为我吗?”

“思文,这样不好吗?就让我爱你所爱吧。”

刘思文转过脸,泪水还是淌了下来。

“思文,我答应你,从今以后,让她做世界上最幸福的女人。”

“陈昊,你,你真的想好了吗?”刘思文泪眼蒙眬地望着他。

“思文,你和云飞的婚期定好了告诉我,我也想在那一天和苏丽结婚……”秋风吹乱了陈昊浓浓的黑发,他笑着,哽咽着,鼓起勇气说:“思文,能让我拥抱一次吗?像我的新娘一样,让我拥抱一次?”

刘思文将唇咬得没有了血色,泪水大颗涌出,顺腮飘零,她走上前去,紧紧地,紧紧地与他拥抱在一起……

陈昊想推开她,可是,她却紧紧地拥抱着他,不肯放手。陈昊泪流满面,轻轻地在她耳边嗫嚅:“谢谢你思文,能得到你的拥抱,此生足矣。”说完,她转身而去,再未回头。

岁月匆匆,有时一个转身,便是一个季节的轮回。

大兴安岭的冬天不知不觉就来到了。如果你问刘思文,一年四季最爱哪一季?她的回答一定是冬季。这厚重、圣洁、一尘不染的雪国能让人的灵魂得以安放和洗涤。

翌日,推开门,外面已是洁白的世界,时间仿佛在那一刻凝止。大地的肌肤涂抹了上天恩赐的“玉脂仙膏”,大地的肌体变得如此润滑洁净。她不敢深呼吸,怕打破这固有的宁静。被这暗灰的天色、洁白的大地深深吸引,深深陶醉,她听得到自己心动的声音。北疆的雪啊,铺就千里,气势何等恢宏,何其壮观,而这雪却来得那样无声,那样低调,那样深沉。雪花轻盈盈的,挂满了枝条、线杆、孩子的小红帽、老爷爷的笑脸。雪花是个调皮的孩子,毛茸茸的,惹人疼爱。那边,过来几只小鸟儿,不知是乐不思蜀地留在了这里,还是贪玩忘了回家,它们在蘸满雪的枝条上蹿动飞跳,似乎在淘气,又像在捡拾果仁。欢鸟、大雪、曲树、人影,素淡的、有大幅留白的中国画就这样自然而然地形成了。

不知出来了多久,她只循着雪中的小径独自追寻,连遮雪的帽子也没有戴,冷了哈一口气暖暖手和耳朵。可是,心里不想这些,只有雪趣。不知何时,大片的雪花又飘然而至,于无声息里显示了威力,密集、汹涌、蜂拥而来,仰望苍穹,让人产生空灵无际的幻觉。她害怕地闭了眼,但是心里却兴奋得直想喊叫。这,大概就是雪的魔力吧！古人也说,知雪不如赏雪,赏雪不如玩雪。那还等什么,她在心里叫喊道:“那就痛痛快快地玩个尽兴吧!”有几个孩子在玩打雪仗,小脸冻得通红,互相追逐着投掷雪球,满头的汗水,哪里有冷意？乐在其中,乐此不疲。

手捧着圣雪,真心臣服在雪国的世界,透过雪的迷雾,刘思文仿佛看到千古大雪横扫而过,埋葬了多少先人的足迹和壮志未酬的雄心。多少金戈铁马裹尸而还,多少将士坚守边陲誓死卫国,多少英雄弹指间灰飞烟灭,“数风流人物,还看今朝!”

在刘思文看来,没有比毛主席他老人家笔下的雪更雄浑辽阔、更高远圣洁的了,她情不自禁地吟诵起来:“北国风光,千里冰封,万里雪飘……”

顶着大雪一直走下去,她又想到了妈妈李山杏,想到了干姥爷周山,想到了……翻过厚重的历史书页,透过这漫天的飞雪,她仿佛看到那一年,苍茫大雪阻挡山路,齐腰深的大雪让兴安汉子眉头紧锁,兄弟们深深地裹了一口比手指还粗的旱烟后,和着震山响的号子,抬起大木头,甩开膀子,移步向前！那些来自祖国四面八方的人,到了兴安,就都成了铁打的兴安汉子。工棚是他们的家,大地是他们的工作场地,风餐露宿、爬冰卧雪,他们在铿锵有力、结实带劲的号子里日出而作日落而息,他们以苦为乐,默默奉献,日子在雪水、汗水和泪水中流过,将那段刻骨铭心的日子流成了一段金色的岁月、一段永恒的岁月！于是,丰厚的大雪,被兴安汉子写进了闪光的史册中。

大雪无痕,掩住山路。落雪的日子,为什么总有人要远行？她跪在苍茫天地间,跪在圣雪覆盖的大岭脚下,不知为何,泪水迷失了双眼。她深深地感知到父辈们开天辟地的创业历程,那每一步负重前行的艰辛,那每一步负重前行的殷实,她觉得他们这一代人应该继承英雄父辈们战天斗地、一往无前的创业精神,他们也要像英雄的父辈们一样挺起钢铁脊梁,用这钢铁脊梁擎起大兴安岭的千里林海和生生不息、枝繁叶茂的明天!

无论是人生之路、工作之路，还是情感之路，这一路走来，刘思文感慨万千，明天她就要嫁为人妻，就要成为美丽的新娘，此时的心情又期待又心惊，无可名状，满腹的话不知对谁说，如果妈妈还在该有多好。“妈妈，你可知你的小棉袄多想你啊！”妈妈一定会给自己盘个最精美的发髻，她也一定会在妈妈的怀里撒上好长时间的娇，在心里轻轻吟道：“妈在家在——”一行清泪，一丝惆怅和太多的怀念……

与所有人的期待大相径庭，刘思文和白云飞办了一个极其简朴的婚礼，没有车队，没有乐队，没有盛大的酒宴，没有熙攘的人流，只在他们小小的婚房里摆了几桌酒席。为了便于照顾她的爸爸，两人的新房选在了离她爸爸家不远的地方。婚房也是一处只有三十几平方米的砖房，房子不大，但室内的物件却不少，诸如她的干姥爷周山送的21英寸彩电，周玉平送的录音机，李建萍送的洗衣机……锅碗瓢盆衣被鞋帽，屋子里堆得满满当当。院落里还有一辆最新款的女式弯梁自行车，那是周楠亲自为姐姐挑选的。

按照约定，婚期是在刘思友放寒假的日子进行的，这个时候也是冬季清林的要紧期。清林，就是将割灌木以及采伐造材作业中的剩余物，如枝丫、梢头、截头等按要求截段归堆，摆成不超过2米的枝丫堆。女子造林队员们还是每天有“专车”接送，早上送上山，中午在作业点吃午饭，晚上收工。冬天清林最大的问题就是天气严寒，姐妹们没有偷懒的可能，一刻不停地在干活儿，停下来身体就有可能被冻坏。到中午的时候，在雪地上点燃一个枝丫堆，用铁丝或树枝串一串馒头架火上烤，这是几十年不变的老清林工传统。烤馒头暖心暖胃又补脾，可以给冻透的身体由里到外带来持续的温暖，一个人随随便便就可以造三四个烤馒头，山里的饭啥时候吃都是那样的香甜。

火烤胸前暖，风吹背后寒。用过了午饭，赶紧干，活动起来了，才不至于将烤馒头蓄积起来的一点热乎气遗失殆尽。虽然姐妹们做足了防冻“功课”，但是每年清林还是不可避免地有冻伤事件发生，原因很简单，真正干起活儿来，穿得太多太厚根本就不行，拉不开裆迈不开步，有些时候完全是在不知不觉中冻伤了手脸或者脚……最让刘思文这个当队长的感动的是，女子造林队从建队到现在基本上是只进没有出的，姐妹们的坚强和毅力着实让人惊叹，这些人就像大兴安岭满山的杜鹃花一样平凡朴实而又让人心生敬畏！

任务紧，所以刘思文要求造林队只能派二十人参加婚礼，其中十个人参加她和白云飞的婚礼，十个人参加小不点和陈昊的婚礼。这是队长下的命令，“军令”不可违。为选出这二十个名额，姐妹们煞费苦心，说实话，谁不愿意参加热热闹闹的婚礼啊，尤其是队长刘思文的婚礼。郝艳提出用摔跤比武的方式选出出席婚礼的代表。尹招弟用白眼仁斜了斜她，说：“显你胳膊粗力气大啊，你咋不说用吟诗作对子比试呢？”一句话逗得大家哄堂大笑。末了，周芳的一句话平息了事件又得到了大伙的拥护。她说：“抓阄最公平，能不能喝上喜酒，全凭自己的手气！”

婚礼那天，姐妹们发现了一个很大的问题，她们队长的手指上手腕上脖子上怎么都光秃秃的，应有的“结婚必备三金”一样也没有啊！

有姐妹就揪着白云飞质问：“白队长，我们见过抠的，也没见过你这么抠门的，我们女子造林队这么大的队长下嫁给你们一队了，不说让我们队长浑身上下珠光宝气吧，怎么着也得‘穿金戴银’吧？你看看人家陈昊副队长，给苏丽的‘三金’一样也不少，你能不能拿出点当队长的魄力来，造林一队就这么点水平吗？”这话臊得白云飞恨不得钻进地板缝里去，要不是刘思文给他解围，他得糗死。刘思文说了句连自己都脸红的话：“云飞早说要给我买三金的，我是想着以后用钱的地方多，就将钱都存起来了。”大伙儿“噢噢”地起哄。有人笑说：“他俩这小日子要不过发家了天理不容啊！”白云飞心里实在不是个滋味，早知如此，就是借钱也得给自己的新娘买个金银戴戴，瞅瞅自己的新娘子，浑身上下除了人美心善花棉袄，就没有一点新娘的“贵重气质”，确实太寒酸了一些！就像大除夕餐桌上摆的全是几道素菜一样，缺少了点婚礼起码应有的隆重和奢华。白云飞这个悔，悔得肠子都青了。

姐妹们戏闹了一番，仍觉不过瘾，还是不让白云飞把新娘子接走。有人出难题："白队长，你是堂堂的大学生大才子，来形容一下我们思文的美貌与智慧，说得好，人你接走，说得不好，新娘子你是休想接走。"随后一阵哄笑。这对于白云飞确实不算是难事，他推了推鼻梁上的眼镜，似乎信手拈来，"那我就借用诗经中的一句话来形容我的新娘。"他情意绵绵地望着刘思文，轻声诵道："我的新娘手如柔荑，肤如凝脂，领如蝤蛴，齿如瓠犀，螓首蛾眉，巧笑倩兮，美目盼兮。"全场立刻响起"噢噢"的起哄声，刘思文眼角湿润，轻挑眉黛，娇嗔地说他："你这是在夸我，我咋觉着你这是在寒碜我呢？"白云飞指天顿地说了一堆甜言蜜语，总算把姐妹们都哄笑了，这才顺利将新娘接走。

要说白云飞与刘思文的婚事，白母一直横加阻挠，根本就不同意，因此母子俩冷战了许久，双方僵持着，谁也不肯退让。但自从刘思文在全局大会上得到了顾局长的夸赞，尤其是升任副科级队长后，白母的态度发生了一百八十度的大转变。她万万想不到刘思文竟然是当今局长看好的"大红人"，照此发展下去，刘思文的仕途必将高歌猛进，前途不可限量。白母为此狠狠自责了一番，逢人便夸刘思文的好，说儿子和刘思文那是天生的一对、地设的一双，天下就没有这么般配的婚姻了。白母态度的天地大逆转，惊呆了白云飞和刘思文，也惊呆了一众小伙伴。白云飞和刘思文还傻傻地不明就里，以为是白母良心发现，被他俩的"伟大爱情"感化，其实明眼的小伙伴们一眼便看出了其中的端倪，如果刘思文不提个副科级，白母骨子里那个门当户对的"势利眼"是打死也不会同意这桩婚事的。甭管怎么说，婚顺利结成了，这对于白云飞和刘思文二人比吃了蜜还甜，他俩知道，他们的幸福生活就要开始了……

接新娘子的是一台老式的吉普车，除了喇叭不响，其他部位的零件叮当乱响。在别人看起来无比简朴的婚礼，却是刘思文梦中期待的样子。其他人就只能步行其后了，本来也没有多远，走着走也就五分钟的路程。

"三金"的事件原以为偃旗息鼓，哪里想到还远远没有结束。喧闹的结婚典礼结束后婚宴开席，夫妻俩第一个要敬酒的就是她的干姥爷周山。老爷子身体不济，每况愈下，但刘思文的婚礼，岂有不到之理，岂有不喝几杯的道理？他啥话也没说，一气干了三杯，令全场震惊。刘思文吓傻了，她心疼啊，干姥爷的身体怎么吃得消？她绽放出最美的笑容对周山说："干姥爷，这酒您抿一小口，剩下的外孙女替您喝了。"周山挥挥手，笑道："好丫头，你大喜的日子，干姥爷怎么能不喝个尽兴！咋地，今天喝酒不管够？"明明是一句玩笑话，但刘思文听出了弦外之音，她连忙低头赔罪，轻轻摇着周山的胳膊，"嘻嘻，干姥爷，丫头错了，丫头不懂事，说错话了，自罚一杯。"

哪里料到，周山抢过酒杯，一饮而尽。

全场无声。

老爷子收起笑意，意味深长地说："咱的丫头错了，没关系，都记在咱周山的头上，要打要罚都可以，咱半个字也不会吭气，但是——"话锋一转，老爷子的语气突然升高，脸色涨紫，威严的目光环视一遭，尤其是将不怒而威的目光横扫在白云飞父母那些婆家人的脸上，驻足片刻后才说："哪个敢给咱丫头气受，可别怪咱这把老骨头翻脸不认人！"最后，他将目光定格在白云飞的脸上，"云飞，咱的孙子辈孩子当中，思文是咱最疼爱的一个丫头了，老话讲，那叫含在嘴里怕化了、捧在手心怕掉了。咱从来就不是一个老顽固，看人下菜碟，欺软怕硬，见风使舵，那都不是咱干的事！咱觉着，只要你们过得好，比啥都强。但话说回来，现在毕竟不是那么艰苦的年代了，咱寻思着，你给丫头买件称心的首饰应该不是太困难吧？"周山的这句话和两道比利箭还锋利的目光射向白云飞，让他站立不稳、无言以对。稍停，老爷子继续说："云飞，从这件小事上，咱咋瞅着你的态度不端正啊！咱把丫头交给你，这心里犯嘀咕，咋感觉没底呢？咱是个粗人，一辈子斗大的字不识一筐，但咱也年轻过，也爱过恨过，咱记得有句话是这么说的，'所爱隔山海，山海皆可平'！咱在你这个大学生面前班门弄斧，见笑了。"

其实，当时包括刘思文在内的亲戚朋友都有一件事没弄明白，为啥白云飞受了这样大的委屈，他的父母竟然气定神闲没事人一样能够稳坐在那里。按理说，婚礼弄得这样"寒酸"，老爷子"打"的可不止白云飞一个人的“脸”。整个婚礼，刘思文一直捏着一把汗，她不时瞅瞅这个，不时望望那个，生怕事态闹得不可收拾。当时刘思文的理解是：自己的公公婆婆素质高，毕竟两个人都是知识分子，又都是单位的干部。后来刘思文才知道，压根就不是那么一回事儿。原来白云飞在将折子上的钱全部捐给小不点之前，留了一个心眼儿，特意给他的父母看了存折，并把自己的想法跟父母讲了，意思是他俩都是队长，应该带头提倡新式婚礼，不应该铺张浪费，应该把钱存起来过日子，等等。他的父母一听，一致赞同，还说儿子的做法值得提倡，并且夸赞了儿子的觉悟，可是他的父母哪里会想到，他们看过的那个折子第二天就清零了。他的父母很开明，把结婚买房、买家具、三金的钱都给了白云飞，原意是让他俩自己看着置办，老人不掺和。

听老爷子那样说，白云飞的脸说不上红和白了，只觉得心被什么东西一块一块地撕扯碎了，他细声地回道：“干姥爷，您放心，我一定会尽全力让思文幸福……”

老爷子挥挥手，若有所思地说：“咱这辈子有幸跟一个大学生一起工作过，那个人，身子骨比你弱多了，但咱敢说，那个人是个顶天立地的男子汉！是咱大岭的英雄！”老爷子再不去瞅白云飞，将目光转向刘思文，“丫头，干姥爷只问你一句话，你必须跟咱讲实话！”

刘思文点头，“干姥爷，您请讲，丫头不敢骗您。”

“丫头，我问你，你是真心喜欢眼前这个男人？”

刘思文瞅瞅白云飞，用坚定的目光望着老爷子，用力点头，“嗯嗯。”

“干姥爷，我回来了。”刘思友一头白霜地从外面跑进屋，将一个精致的小盒子递给老爷子。

老爷子将小盒子转手交给了白云飞，“云飞，把这个给咱的丫头戴上。”白云飞打开盒子，里面有一枚闪闪发亮的金戒指。他不能也不敢再说什么，说了句：“是，干姥爷。”

老爷子见白云飞把戒指给刘思文戴上，露出了悦色，拍了拍他的肩说道：“云飞呀，从今以后，咱的丫头就交给你了，记住你说的话，男人要说到做到！”

白云飞眼眶红红的,应声道:“是,干姥爷,孙女婿记住了。”

入夜,闹完了洞房,人群散去,一对新人四目相望,她拽拽他的衣襟,不好意思地说:“云飞,今天我干姥爷的话重了,你别往心里去。”

17 要因地制宜，保质保量，不断提高更新造林成果

白云飞无限感慨地说："丫头，你不要这么说，干姥爷义薄云天，是咱大岭的英雄，是咱晚辈们的榜样，在他面前，我才感觉到我的渺小和无知。'所爱隔山海，山海皆可平'。"他轻轻吟着这两句话，十指相扣，两个人紧紧地拥抱在了一起……

冬去春来。

林间，清凉但并不寂静，清风拂面，群蝶肆意飞舞，散落一两个枝头，嬉戏三五个来回，蹁跹七八个花杈。胖臃的蜂王，收敛了翅膀，在一处闲淡的花丛里打瞌睡。遍地的花草，晒着暖暖的阳光，享受着一上午的惬意。几只顽皮的小狍子天真地跑呀、跳呀，在树林里飞蹿，有时也在道边发傻发愣，见着人也不知道跑掉。大山的更深处，犴达罕顶着皇冠一样的犄角悠闲地散步，渴了喝山泉，饿了吃青草，在属于它的森林王国里享受着生活。

老爷爷老奶奶们还未来得及更换厚厚的棉衣，却突然感觉暖和了，不得不笑呵呵地找来薄一些的衣物换上。淘气的小孙子早疯得满身是汗，露着小屁股在草地上跑来跑去。

蓝天，白云，绿树，净水，野花，林林总总，勾勒出了山里人家的绝美景

象。与南方的骄阳相比，生活在山里的人家真可谓幸福，再热，只要找到一棵遮阴大树，背靠着坐下，再弄壶绿茶，“滋滋”地倒入口中，不消一会儿，爽心的汗便会细细流出，人似神仙，两腋生风，飘飘升入云端。山里人不羡慕北上广，山里人只守着自己的林城小镇，过着田园旷野的桃源生活，独守一份安逸与清闲。最惬意的是山里的小学生，随便找块绿地，摊一地书，整整一个周末的下午就泡在馨香的墨迹里，那样专注，让人看到山里人家的明天和希望！

春天是万物生长的时节。

眼见着小不点的肚子大了起来，经过休养和爱情的滋润，小不点的气色好多了。在刘思文和处里领导多次协调下，小不点年前就调进了营林处机关，成了一名收发员。她腆个大肚子在大楼里来回收发文件报纸，脸上洋溢着幸福无处不在的笑容。

刘思文还像往常一样，有时间就去小不点家坐坐，和她唠唠家常，顺便“羡慕”一下她的“肚子”。她们是年前十一月同一天结的婚，小不点已经怀孕五个月了，而她至今肚子平平，“毫无起色”，这可愁坏了白云飞的父母，白云飞是家中独子，其家人的盼子心情可以想象和理解。

白云飞父母的脸色越来越难看，说话也常常夹枪带棒的，弄得刘思文苦不堪言。在双方老人的催促下，两人去牙克石林业总医院做了检查，西医检查的结果似乎并没有大问题，只让他们放松心情，静待花开。刘思文是略懂中医之术的，她隐约觉得自身有恙，又去中蒙医院做了检查。中医大夫通过“望闻问切”四诊，得出结论：“症结在女方，她的体质虚寒，寒不受化，不易受孕。”刘思文对这个结果倒不觉得意外，她常年在山林里风吹雨淋，脚下沾湿带泥，湿寒侵体，加之自身体质本来就虚，因此落下了病根。中医大夫说：“你这个病急不得，回去慢慢调理吧，我给你开一个疗程的药，每天一副。在排卵期内的几天，做丈夫的可以多努力一下。”一句话，说得两人一身火辣。到了医院外，两人忍不住相视大笑。刘思文一本正经地说：“这个小鬼，革命尚未成功，同志仍需努力呀！”白云飞也止住笑，立正道：“报告首长，保证完成任务！”两人又哈哈笑作一团，惹来路人侧目。

从牙克石回来,白云飞的父母火急火燎跑来问检查情况。炉子上砂锅飘出的浓浓中药味让两个老人心惊。其母问刘思文:“咋的了,到底是啥毛病?”刘思文脸憋得通红,刚要说话。白云飞接了过去:“妈,思文没问题,是我有病。”

“啊?”老两口和刘思文一起将目光投向白云飞。

“也没啥大问题,就是,就是那个数量少了点。”白云飞支支吾吾,说得比真的还真。

其母还是将信将疑,心道:“儿子自幼就喝不了中药,一喝中药汤子就吐,这咋结完婚就变了?”

白云飞觉出妈妈的异样,不声不响地从砂锅里倒出黑乎乎的中药汤子,晾凉一些,咕咚咕咚一口气喝了一大碗。刘思文看得直咽苦水,不禁喊了声:“天啊!”送两位老人出了门,白云飞示意让刘思文不要跟着。白云飞跟二老说:“爸爸妈妈,儿子有了毛病,所以思文才怀不上,所以您二老以后得对思文好一些,人家一点儿也没有嫌弃我。思文说,就算我一直治不好,也不会离我而去,现在这样的好儿媳实在是太少了。”

其父一听,唉声道:“文文是个绝好的孩子,我早说过,错不了。儿子,没啥大问题吧?喝中药能治?”

白云飞马上安慰二老:“大夫说了,问题不大,喝一段时间中药就能康复的。”

其母连连称是,一路嘀咕着:“怨我怨我,我还一个劲儿地埋怨儿媳,想不到是自己儿子出了问题。”

这么私密的话儿,刘思文不能对外人说,但她没拿小不点当外人,去她家串门的时候,就把这事儿给小不点学了,乐得小不点前仰后合。她说:“队长,看看白队长多疼您啊。”刘思文应是。说着话,又看着小不点的肚子发呆,一会儿摸摸,一会儿听听,欢喜得不得了。女人鼓着肚子多漂亮啊!小的时候觉得大肚子女人要多砢碜有多砢碜,现已为人妻,方体验到生活的真谛与美好。

小不点劝慰刘思文："队长，您也别太心急了，吃段时间的中药就能调理过来了……"

"思文，你病了？"正聊得欢，陈昊回来了，听见个大概，急切地跑进屋里，汗水瞬时从额头沁出来，手里还提着肉、鱼和菜。方才进门时，刘思文跟他打了一声招呼，没想到他闷声不响地去买了这些。刘思文不知如何对陈昊讲，脸上起了红晕，应付了一句："没啥事，小毛病。"陈昊对刘思文说："思文，今儿就别走了，在这吃中午饭吧。"刘思文马上起身，说："不了，我……"陈昊截住话道："白队长去牙克石开会去了，明天才回来，我知道你一个人在家，一个人吃饭也没意思，你就别推辞了，今天就在这儿玩，晚饭也在这儿吃。咱们春季造林工作也马上开始了，又得没头没尾地忙了，今天权当放个假，让我露一手，好好伺候一下你们俩。"他话说得情真意切，刘思文也不好再推辞。

其实，刘思友上学以后，为了照顾残疾的爸爸，刘思文和白云飞早就想要搬到刘强家住，可是刘强犟得很，说啥也不让他俩去住。老人家不愿打扰初婚的恩恩爱爱的小两口，平时连声都不吱的人，在孩子面前逞了一回强。刘强底气十足地说："我又不是不能走、不能动，我做的饭不是吹，比你妈妈也差不了多少！"老人这般坚持，刘思文心里更是难受，但眼下只能先依了他。刘思文两口子几乎每日都会给刘强送去一些好吃的，惹得刘强直恼，用拐杖敲着炕沿嚷他俩："总买这些熟食干啥，浪费这个钱……"他俩却是左耳听右耳冒，心照不宣地嘻嘻偷笑，依然如故。

午饭很丰盛，陈昊和小不点不停地给刘思文夹菜，热情得让刘思文身上直冒热汗。刘思文连连说着"够了够了"，但是陈昊还是时不时地给她的碗里夹鱼夹肉，刘思文下意识地看了看小不点，她却一直在低头吃饭，没有特殊的表情。本来刘思文想好的晚上去给爸爸做顿好吃的，可是陈昊和小不点硬是拦着不让走，到底是吃了晚饭才出的门。小不点对陈昊说："我腆着个大肚子走路不方便，你去把队长送回家。"陈昊快速穿上外衣，刘思文却劝住他，有些恼得对陈昊说："你把咱们的大功臣照看好了比啥都强，这外面还见着亮，还有路灯，还用送啥？"小不点就没辙地笑笑：

"那就听队长的话吧,把队长惹恼了,再不登咱家的门可咋整。"陈昊也笑着点头:"那好,就听队长的。"小不点说:"我就送队长到大门口。"刘思文同意了,陈昊的目光一直跟着刘思文的身影。在大门外,小不点笑着说:"队长,春造马上开始了,这个活儿有多累,没有人比我清楚,我现在虽然不在您的手下干活儿了,可是我永远是您手下的兵,如果日后有啥差遣,您随时吩咐我就是了。"刘思文捋了捋她额前的头发,很是欣慰地说:"看到你们俩过得这么好,我心里真是高兴。"小不点笑笑,稍微思忖了一下说:"队长,您也挺忙的,还得照顾刘叔,以后就不用总惦记着往我这头跑了,我有陈昊呢,这家里有了男人就有了天,他能照顾好我,您说是吧,队长?"刘思文用力点点头,笑说:"等小宝贝出生了,我再来看你和小宝贝。"小不点说好,目送着刘思文轻盈的身姿消失在暮色中。

不久,春季造林工作正式拉开大幕。

白云飞的造林一队被派往加格达奇地区援外造林。刘思文的女子造林队的第一块造林地离局址有三十公里。这块荒山在高山陡角,去年秋整地的时候,姐妹们已经领教了它的威力。空着手走上去一趟就已经大汗淋漓了,想想这扛箱苗的距离就知道,今年的造林任务无疑是一场硬仗。经过雨水的冲刷和开春的春潮水一泡,通往山上的茅草道就变成了烂泥塘,靴子踩下去"扑哧"一声响,有时候脚拔出来了,靴子还在烂泥里。走这种路没有靴子是难以想象的,而且必须是长靴子。靴子踩进烂泥里的一刻,那带着冰碴的开春水的寒冷之气就在一瞬间打透了靴子,传到脚底心,继续传到全身,这种冰冷刺入骨头,刺入五脏六腑。最难受的是穿这种靴子爬山,回弯困难,走路别脚,脚丫子在靴子里直打滑。后来,姐妹们想出了个好办法,每个人备上两双鞋,一双靴子用来过烂泥塘,一双胶鞋留在山脚下用来登山。

在山场干活,蚊虫叮咬自不必说,被咬了顶多是痛了痒了,不值一提,值得一提的是林区的一种害虫——蜱虫,俗称"草爬子"。这种虫子能传播多种疾病,最常见的是森林脑炎。即使被不带病毒的草爬子叮咬了,也得及时去医院清除掉,如果生拉硬拽将草爬子的口器留在皮肤下,皮肤就会长期溃烂痛痒。这种害虫在皮肤上的行动是悄无声息的，它锋利的口齿自带麻醉剂，皮肤会在不痛不痒中被分割开，然后它的脑袋就会钻进人的肉皮下吸血。人们几乎都是在不知不觉中被叮咬的，有的甚至隔天才发现。这个小如绿豆粒的害虫喝起血来毫不含糊，它的身体会因吸血而膨胀几十倍，直到将身体撑到小手指盖那样大，甚至撑死。时至今日，林区人仍谈“蜱”色变。九十年代，林区人对预防这种疾病的意识并不强，几乎每年都有因上山干活而被草爬子咬后致伤致死的病例。进入新世纪后，林区在职职工涉及山场作业的人员都免费接种了森林脑炎疫苗，大大降低了因草爬子噬咬而导致的病死率。

山高路远，背一趟苗可不是闹着玩的。难怪老造林人都说：“苗上山，活儿过半”。中午吃饭的时候，刘思文抓紧时间将在营林处开会的会议精神传达给队员。她从来不长篇大论式地作报告，而是善于抓住文件中的重点，比如七页的会议精神，她只传达了这样几句话：“要因地制宜，保质保量，不断提高更新造林成果，从根本上解决采育失调的矛盾。造林要坚持成活、成林、成材的标准，认真按照造林的六要素抓实工作，即适地适树、细致整地、良种壮苗、适当密度、认真栽植、抚育管护。”

姐妹们认认真真地领会完会议精神，一起将目光投向了队长瘪瘪的肚子。尹招弟忍不住“嘻嘻”一笑发声了：“队长，这植树造林是百年大计，那传宗接代呢？培育革命接班人更是千秋万代的大计吧？你和白队长咋还不慌不忙呢，还合计啥呢？你俩都三十出头的人了，加起来六十多岁了，该要个小宝宝了。”

“就是啊，队长，你和小不点一起结的婚，人家小不点都快生了，你俩也真是能沉得住气。”

七嘴八舌，姐妹们将这个话题打开就一发而不可收了，尤其是那些老大姐们更是苦口婆心。

“队长，要孩子得趁早，早生早享福，大龄产妇对大人和孩子都不好，你俩已经是晚婚晚育的楷模了，可别再拖了。”

“……”

善意的劝说塞满了刘思文的耳朵。她的嘴上一遍遍说着“知道了”，心里却生出一丝悔意，确实是应该“加一把劲了”，必须将时断时续的中药连着喝了，必须将身体调整到最佳状态等待受孕，必须加强营养犒劳过度消耗的身体了。一年四季，从春夏造林到秋天整地，再到冬季森林抚育，再回到春季造林，没有闲时，身心俱累。刘思文在心里摩拳擦掌，跃跃欲试。白天用汗水浇灌树苗，夜晚用思念打发时光。

只要有思念的人，心就不孤独。望着窗外星光点点，躺在床上的刘思文失眠了……

一个月后，当她用钥匙打开屋门的暗锁后，一股菜香迎面扑来。她知道应该是他回来了，她的笑像婴儿般天真灿烂。不用开灯，她就和他拥在了一起。他们尽情地亲吻，尽情地吸吮着对方的甘霖，两个人都气喘吁吁。她欢喜地笑着，但还是腻腻地埋怨他：“你这个臭孩子，要回来了也不提前吭个气。”她退后一步，背靠在灯的开关上，屋子明亮起来。他没有戴眼镜，她看到他深陷进眼眶的眼睛，他的脸变得黑瘦，她心疼和思念的泪水溢出眼眶，抚着他的脸啜泣：“你这个从来不怕毒日头的人都晒黑了，瘦成这样，你不会是哪里生病了吧？身体哪里不舒服吗？”一连串的问题，一连串的关切。他紧贴着她的身体，手在她的身上不停地爱抚游走，喘着重重的粗气，略带狡黠地说：“你说得没错，我是病了。”

“哪里病了，严不严重？”她如惊弓之鸟，满目的慌张。

“很严重。”她才听到他的嗓子已然嘶哑。

“你不要乱说，不要吓唬我。”她的泪都急出来了。

“我没有吓唬你，真的很严重。”他捧着她的小脸不停地亲吻。

“到底是哪里病了？”

“这里。”他把她的手按在他的胸口上。

“是哪里，是心脏不舒服吗？那快去医院看看吧？”

“丫头，这个病医院治不了。”

“胡说，哪里有医院治不了的病。”她的眼睛很快被水汽蒙住，又变得湿漉漉的。

他这时才露出一丝坏笑:“不要怕,丫头,我的这个病一见到你就好了。”

“臭孩子,又胡说,可吓死我了。”她用拳头捶他的胸,露出释然后的喜悦和孩子气。

“真的丫头,我这个病,是相思病。丫头,你没听过这首诗吗?‘遍寻人间回春手,唯有相思不可医。’”

“你坏死了,揣了这么久的哑谜。”

“丫头,咱们分别刚刚一个月,你不知道我有多想你。人都说‘时间是最好的良药’,但在我看来,时间不过是包治百病的江湖骗子。能治好我的,只有你。”

刘思文倚在他的怀里,幸福得无以复加。

“傻孩子,在外面就好好工作,就不要想我了,伤神伤力的。”她嘴上这样劝他,却在心里希望他多想自己一点才好。她在心里也笑自己,女人怎么这样啊,口是心非!

白云飞在她耳边呢喃:“有些事并不是说说那么简单,情若能自控,要心有何用?心若能自控,何必要心动?”

“臭孩子,丫头想你了。”她呢喃道。

“好丫头,我也想你。”呼吸急促,两人的目光柔柔的,缠绕在一起……

过后的某一天,刘思文惊奇地发现,“老朋友”快两个月没来了,而且有时还有恶心的感觉,原以为是着凉引起的不适,现在看来应该是有喜了。收工回来的白云飞似乎很疲惫,对刘思文例行公事一样的拥抱后就躺在炕上不动了,连饭也懒得吃。刘思文一脸兴奋地对他说:“老公,我那个有两个月没来了。”“啥没来?”白云飞睡眼惺忪,几乎要睡着了,迷迷糊糊地问了句。“瞅你那傻样吧。”刘思文心怦怦直跳,抑制不住的喜悦。白云飞还在迷糊,“思文,哪儿不舒服吗?要不我明天陪你去医院看看去。”“哎呀,笨死了,不理你了。”刘思文跳着走开了,把结婚时亲戚送的小孩衣服从柜子里掏出来,哼着小曲全部摆弄了一遍。白云飞似有所悟,忽然弹簧一样弹起来,大声问道:“你刚才说的啥?”刘思文甜甜地瞅着他,说:“老公,我好像有了。"

"有,有啥了?有小宝宝了?"

刘思文使劲地点点头,眼里闪着光,"老公,我们成功了,我要当妈妈了,你要当爸爸了。"

"天啊!"白云飞光着脚从炕上冲下来,一把将刘思文抱起来,没头没脑地亲起来。然后丢下她,攥紧拳头,一圈一圈在地上转,嘴里不停地叨咕着:"我要当爸爸了,我要当爸爸了。"不觉间淌下两行热泪。他把刘思文抱得更紧了,深情地望着她,似乎两只眼睛都不够看,激动得嘴唇都有些抖动,"丫头,这么说我的努力成功了,是吗?我要当爸爸了。"

刘思文"咯咯"地笑他。看到老公这么欣喜若狂的样子,她的心暖得都快化了,可嘴上却说:"去你的,都是我喝又苦又涩的药汤子的成果,你努啥力了?"白云飞顺着她说:"老婆大人所言极是,小生这厢有礼了。"他像京戏里面的书生一样拉着长腔作着揖,引得刘思文捧腹大笑。

"告诉你不许重男轻女,我喜欢女孩。"

"我也喜欢女孩,老婆,求求你,给我生一对儿女吧。"

"你知道你这叫啥吗?你这叫蹬鼻子上脸,哈哈——"

"好丫头,让我好好稀罕稀罕你这个大功臣。"

"不行。"刘思文把他推开,忍住笑,很严肃地告诉他:"从今儿开始到小宝宝出生都不许碰我娘俩。"

白云飞搞怪地做了立正的军姿,"为了我的大宝贝和小宝贝,坚决服从命令!"

刘思文"扑哧"笑了,撇撇嘴道:"这还差不多。"

接下来的几天时间里,他俩忙活着给孩子起名字,觉着学问根本不够用了,一个高中生和一个本科生竟然绞尽脑汁也想不出个理想的名字来。无奈,白云飞又搬出《康熙字典》,还借鉴了老祖宗金木水火土五行相生相克的起名要义,综合评定,然后决出"超凡脱俗"的美妙名字来。用刘思文的话讲,他俩的知识都学杂了,可谁料给孩子起一个名字竟然是如此的不易。他俩在本子上记了一个又一个、一页又一页的名字,字与字纵横交错,上下左右相连,像周易的卦爻一样复杂多变。两人忙得天昏地暗,不亦乐乎,要知道这可是他俩下班以后点灯熬油干的事儿。白云飞让她干脆请假不要上班了,毕竟养胎不是儿戏,刘思文一口回绝:"哪儿有那么邪乎,顶多我不干活儿就是了,指挥一下总可以吧?"白云飞将信将疑,自己的老婆自己了解,在家里可以柔情似水,可干起工作来就成了拼命三郎,让她在一旁比比画画,似乎做不到。白云飞就千叮咛万嘱咐,让她千万注意身体,反复强调了革命工作和革命后代的同等重要性。本来白云飞想陪着刘思文去医院做检查,但是刘思文没有同意,"你是一队之长,怎么能把队伍说丢下就丢下,我只是做个检查,有必要前呼后拥吗?"白云飞当然不敢违抗"老婆大人"的"军令",但却整整担心了一天,收工下了山,飞也似的奔回家。进了门,竟然是冷锅冷灶,还以为屋里没人,打开灯,竟看见人在炕上趴着,细一听,竟在嘤嘤地啜泣。上前细看,眼睛哭得已然成了熟桃子。白云飞越急她越不说,直到把她扶起来抱在怀里,她才抽抽搭搭说出了实情。原来,白天刘思文本是高高兴兴地去医院检查,可是还在排着队等挂号,就感觉身体有了异样,久违的"老朋友"竟然在那个时刻又来了。刘思文满脸的愧疚,满心的自责,睫毛上挂着水汪汪委屈的泪水,一遍遍说着让白云飞揪心的话:"我咋就这么笨,连个孩子都怀不上。"

白云飞把她扶正,略有愠怒,像大人教育小孩子一样说:"好了,你这个丫头,我还以为出了啥大不了的事,我们有的是时间,不着急,慢慢来,孩子还没来,就说明我们和孩子的缘分还没到。人家陈塘关李靖的夫人怀哪吒还怀了三年,看来我这个儿子可不简单,要么不来,要么就腾云驾雾地飞来。"

刘思文抹着泪花被他逗笑了,用拳头捶他,"人家跟你说正经的话,你怎么这么不着调。"

他没有说话,柔柔地爱抚,轻轻地吻,一点一点将她的泪痕吻干。

她的情绪平复了一些,但眉黛紧锁,似有心事窝在心底,将唇咬得没有了血色,下了决心似的忽然说:"云飞,你有没有想过,也可能这辈子我都怀不上孩子呢?你知道我是懂些中医的。云飞,我怕,我真的好怕。你是白家的独子,我能体会到你爸爸妈妈盼望有个孩子的心情,看他们二老焦灼的眼神,我的心真的好痛好痛。云飞,如果我真的怀不上孩子……我不能连累你……"

"傻孩子,不要说这种话!"她看得出,他是真的生气了,虽然他的话温柔得像一池春水。她和他从相识相知到相恋相爱,再到相濡以沫,还从没有见过他发脾气,他似乎是一个不会发脾气的男人,但这一刻,他像一只遭到羞辱的雄狮,他想吼叫,可又怕吓到她,由于太过激动,他的脸像山火一样瞬间烧得通红。"看着我的眼睛!"他命令她。她怯怯地,看到了他眼中赤焰连天的真爱之火。这火足以将她烤焦烤碎,烤得凤凰涅槃浴火重生。"丫头,你把我们的爱说得那么不堪一击,我这里很痛。"他将她的手放在他的心窝上,眼眶红红的。

她好心疼,慌忙解释道:"对不起,云飞,对不起,我真的……"

"丫头,答应我,永远也不要说分离,哪怕我们真的不能有孩子,那也没啥要紧的,要紧的是我们是真心相爱。丫头,你想一想,那满山的小树,不全都是我们的孩子吗?所以,任何时候,我们都不孤独。"

"嗯嗯。"她的唇够到了他的唇,温香软玉般的舌纠缠在一起,忘情地吸吮,尽情地去爱……

18 绿水青山就是金山银山

1992年的秋天，周山的儿孙们非常隆重地给他过了八十大寿。原本周山并没有打算过八十大寿，他既不跟风，也不落俗，这一生硬硬朗朗，从来不愿意搞那些花里胡哨的往自己脸上贴金的“面子工程”。在他的心里，啥寿不寿的，只要儿女孝顺，只要没有堵心的事，比啥都强。儿女们三番五次地提过大寿的事，他理都不理。但说来也奇怪，自从参加完刘思文的婚礼后，他的气色一天比一天好，身子骨也硬实起来。后来，刘思文偶尔提了一次，周山竟欣然答应了，可以说惊呆了在场的众儿孙。不得不让人佩服：这世界上绝对有一个人是另一个人的药，由不得你不信！

周山这一生最大的爱好莫过于看京剧，简直到了痴迷的境地。为了让老爷子开心，看得更真切，子孙们一合计，将老爷子的电视换成更大屏的。美中不足的是，京剧并不是时时能看到，一天或几天才播出的那么一段戏剧，对于这个老戏骨级的戏迷来说难以解渴。过寿这天，刘思文夫妇给老爷子送来了一个神秘礼物，这在当时绝对算得上高端大气上档次的礼物，这也是刘思文夫妇婚后近一年才攒够钱买下的。比起儿孙们锦上添花买下的大屏彩电，刘思文送来的录像带播放机显然就是雪中送炭了。

有了这个神奇的“黑盒子”，老爷子再不用费劲巴拉地在固定时间等大戏了，可以随时随地想听就听，想看就看。小戏迷刘思文当然知道干姥爷的“口味”，和录像带播放机一起还买了很多京剧录像带，诸如《霸王别姬》《定军山》《贵妃醉酒》《金玉奴》《失空斩》《穆桂英大破天门阵》《玉堂春》，全是百看不厌的经典剧目。老爷子一面说着花那么多钱买这么贵的东西干哈，一面又稀罕着一盒盒印着精美京剧封面的录像带，看看这个，又摸摸那个，舍不得放下。刘思文对京剧的热爱完全是受老爷子熏陶，小时候或坐在干姥爷的大腿上，或被干姥爷驮着、背着、抱着听干姥爷五音不全牙疼似的哼哼唧唧唱京剧，逗得小小的刘思文一天到晚“咯咯”直乐。有一次，老爷子唱得入了迷，以至于忘了给坐在脖颈上的刘思文把尿，背部忽感热乎乎、湿漉漉的，竟是顺着后脖颈灌下了一泡尿。老爷子还自嘲，说尿得好，说明咱这人识交！

老爷子曾说过：“京剧是国之精粹，震天撼地，一开口就不能停，人不听，还有鬼神听。”老爷子对国粹的理解，让刘思文肃然起敬！

老爷子开心，自然而然说起很多以前的事。老爷子说：“咱创业的那个时代是放大木头的时代，也是开天辟地的时代，那时支援国家建设，砍的树越多越好、越多越光荣。现在不同了，现在主要是提倡植树造林，树种得越多越好才最光荣。丫头，你们现在干的是有利千秋万代的大事，你们就多多地种树吧，把干姥爷砍倒的大树给咱全补齐了。”

刘思文注视着这个慈祥的老人，眼里闪着雪花般明亮的光，她重重地点头。“放心吧，干姥爷，您的话丫头都记下了，丫头一定把您这一辈子砍倒的大树全补齐了。”老爷子无比欣慰地笑了，连连说着好。接着他又说：“人这一生，都不容易，丫头你看，同样是人，有的人可以活得优秀，有的人可以活得伟大，可有的人却活得很平凡很平凡，像一棵小草，像一粒土坷垃，还有的人活成了低贱和卑微的模样，不同的人活出了千姿百态。丫头，你说说看，这是为啥？”

刘思文顽皮一笑，“干姥爷，丫头愚钝，丫头想听您点拨呢。”

老爷子将碗里的鸡腿夹给刘思文，那只鸡腿是李建萍夹到老爷子碗里的。李建萍嘟着嘴佯怒：“看看，我姥爷这是赤裸裸的偏心眼啊。”满桌子的大人孩子一起哈哈笑起来。刘思文笑着将鸡腿又夹到李建萍的碗里，李建萍还想给她夹回去。刘思文用眼神示意她别闹了，听干姥爷讲话。

老爷子顿了顿说："人活一世，草木一生，这不同的人生是怎么来的呢？不外乎一个字，那就是'修'，每个人都在修自己的人生，不论好的坏的。干姥爷这一生识字不多，但对几个字小有感触，可以给你们叨咕叨咕。这几个字就是'静、稳、忙、忍'。你们看，这'静'中藏了个'争'字，'稳'中藏了个'急'字，'忙'中藏了个'亡'字，'忍'中藏了个'刀'字，就是告诉咱，越想争心越要静，越急心越要稳，越忙越要照顾好自己，越忍越要看清世道的艰险。"

这些话与其说是老爷子入世闯荡得来的智慧，还不如说是他一生做事为人总结出的经验教训，他要指引着他的子孙们顺着一条金光大道一直走下去。这些用风霜岁月和花白年轮换来的话对于后人无疑是金玉良言，桌上的人不时点头，刘思文更是全神贯注地倾听。

老爷子轻轻叹息一声，对着刘思文说："丫头，你做的事，全对干姥爷的心思，唯有一样，干姥爷还在等着哩。"

刘思文俏皮地一挑眉毛，似乎还没有参悟，笑嘻嘻地说："干姥爷有啥事，您只管吩咐，丫头照做就是了。"

老爷子随和地说："其实也没啥，不急。"

"干姥爷，您说嘛。"刘思文摇着老爷子的胳膊追问。

"干姥爷年岁大了，身子骨也一天不如一天了，按说能参加上你的婚礼，干姥爷就该知足了，但不知咋回事，这些日子干姥爷又寻思着还能不能活到抱上咱的重外孙那天啊？"

刘思文恍然开悟，老爷子这是在润物无声地点她和白云飞呢。老爷子一直以为年轻人贪玩而又忙于工作，从而耽搁了传宗接代的大事，他觉得十分有必要替杏儿照看好她的女儿。一句话说得刘思文心里脸上热辣辣的，她甜笑着十分坚定地说："干姥爷，您不但能抱上您的重外孙子，您还得主持操心你重外孙子的婚事呢。"屋里又扬起一阵欢笑。

周山连连说："好啊好啊，那咱这把老骨头就好好地活着……"

那晚，一直欢闹到很晚大家才散去。刘思文和白云飞十指相扣，相视而笑。月朗风轻，秋月如水，两人有一种心照不宣的默契匆匆向家走去。

他将她紧紧拥在怀里，她像一朵渴望怒放的花蕾等待阳光雨露的滋润。想起新婚之夜，她是羞涩的，而他也是懵懂的少年，莽莽撞撞，情意绵绵……

今夜如昨，月亮也窃窃笑了，羞羞地隐进云朵里……

那天夜里，刘思文做了一个梦，梦见自己生下了一个亭亭玉立的女儿，这个孩子兼具了父母所有的优点，规避了父母所有的不足，真可谓天生丽质，聪慧过人。她在梦中给孩子起了一个很高洁的名字——白桦。甚至连小名都起好了，小名就叫苗苗。她是笑醒的……即使她睡醒了也觉得那并非是梦，她甚至起身开灯去看了看早已安放好的婴儿床，朝着空空的床铺甜甜腻腻地叫了声："苗苗，我的小懒猫该起床了。"

工作这么多年，刘思文还是第一次误了点，她到的时候，车辆人员全部都在静静地等她，而她像一个要阅兵的首长。

郝艳看着健步过来的刘思文，对大篷车上的姐妹说："你们看咱头儿，步伐豪迈，神情淡定，啧啧，被爱情滋润得越来越漂亮了，小脸红扑扑的。这个点才来，准是白队长缠着咱头儿不放！"

车上的人哈哈大笑。

"笑啥呢？"翻上大篷车的刘思文故作镇定地问了她们一句。

郝艳一本正经地说："队长，今早起晚了吧？是不是昨晚没休息好？"车上的人挤眉弄眼，"哧哧"地小声笑。

刘思文知道这个假小子准是憋着话，也不接她的茬，敲敲大箱板，示意车子出发。

郝艳接着一本正经地说："队长，您看您都有黑眼圈了，这一瞅就是晚上没休息好的事儿，您怎么隔三岔五的就有这黑眼圈，这白队长也太不知道心疼您了。赶明碰到他，我得训训他。这咋不知道心疼我们队长呢，这夜里总闹腾睡不好觉可不成。"

已经有人呵呵地笑出了声，因为车子开动起来，掩盖了笑声。

刘思文脸红涨涨的，"谁告诉你我没睡好啊？别在那做梦似的胡咧咧！”

“哈哈哈哈——”郝艳大声笑起来，随后全车的人也都大笑起来，笑得刘思文晕头转向又无言可辩，抓过来郝艳捶她几拳。郝艳的身体很结实，捶到哪里感觉都像碰到了铁块，捶得手生疼，捶着捶着刘思文自己也笑了。

刘思文提倡的快乐工作法在女子造林队得到了最有效的应用，秋整地那么繁重的任务，姐妹们抡镐挥锹汗如雨下但却并不觉得有多累，辛劳的工作总是湮没在欢声笑语中。

姐妹们心情好，活儿干得也透溜，整理好的地块尺寸一样，深翻均匀，横竖上线，可以说没有瑕疵。刘思文一气刨了十几个地块，挥去额头的汗水，直腰歇歇，忽然肚子岔气般地绞疼了一下，紧接着肚子里又是“咯噔”一下，这种疼似乎扯着心连着肝，很要命，额上的汗珠密集地淌下来，感觉下身有一股热烫的液体顺着大腿流淌下来，她坚持不住，慢慢地蹲下去。姐妹们发现异常，围了过来。此时的刘思文脸色苍白如纸，疼得已经站不起来，暗暗在心里叫了声不好。那一刹，她才意识到自己可能是小产大出血了。其实又有两个多月没有来月事了，她怕又会上演“狼来了”的闹剧，所以一直没有当回事，也没有告诉白云飞，就一直和姐妹们出工劳作。谁曾料想，这一次却是真的怀上了。她在心里无比地悔，觉得愧对白云飞，这个孩子来得不易，却在那么不经意间要失去了，她心里的痛大过身体的痛，身体再也支撑不住，倒了下去。

“不好了，队长流血了！”有人大喊了一声。这一声在人群中炸响，姐妹们才意识到问题的严重性，众人搭手让郝艳背起队长一溜烟向山下冲去。

车子启动，飞也似的将人往医院拉。到医院的时候，刘思文因失血过多，已经完全没有了意识。

生死时速的抢救……

抢救室外被围得水泄不通，女子造林队的姐妹们在心里默念着：“队长一定要好好的，一定没有事的！保佑保佑！”胆子小的队员们一直在啜泣,不停地问着:“队长咋样了,队长到底得的啥病?”

医院里医护人员奔跑起来,造林队的姐妹们闪开一条生命通道供医护人员来往。

恍惚间,刘思文感觉身体飘了起来,一群穿白大褂的人围着她的身体,她拼命地大喊大叫,可是一点声音也发不出来。她感觉不到疼,只是越来越轻,轻轻地飘起来,飘到无影灯下,飘到天花板上。她哭叫着:“云飞——云飞——你快来——我好怕——再也见不到你了——云飞——对不起——”

“病人血压直线下降!”

“病人血浆告急,你们谁是O型血?”

“我是我是……”声音连成一片,O型血的队员挽起胳膊排着长队去献血。

“病人家属来了没有?”

“来了没有,谁签字……”

“大夫,病人家属也是造林队的队长,他正在赶来医院的路上……”

“人来了!”不知谁喊了一句,就看见白云飞跌跌撞撞地跑进来,面无血色,冷汗如刀。

“思文呢?思文在哪儿?思文怎么样了?”他咆哮道。

“你冷静一下,你是病人家属?”

“我是——我是——病人刘思文的丈夫——思文呢?思文怎么样了?啊?”他脸上的汗水伴着泪水顺腮而落。

“你咋回事,咋当的丈夫?为了挣钱不要命了,大人不要命,连孩子的命也不要了吗?”大夫的话似钢刀剜进心里。

白云飞傻了一般,“大夫,大夫,你说啥?我听不懂,你,你是说我妻子怀孕了?”

“就你这样当丈夫的合格吗?连老婆怀孕了都不知道,现在病人昏迷不醒,我们马上要手术,保大人还是保孩子?签字吧!”

“大夫,大人孩子我都保!我都保!”白云飞的嗓子瞬间嘶哑,完全是在嘶叫。

“开啥玩笑，现在来能耐了，我们大夫也不是神仙，快点签字，晚了哪个都保不住。”大夫的话冷硬如铁。

“大夫，我求求您了。”白云飞失声痛哭，心痛得嗷嗷直叫。

“快点签字，保大人还是保孩子！”

“保大人，保大人，保大人！”白云飞红红的眼眶里溢出血一样的泪。

医院走廊里还有好多人赶过来，人越聚越多，黑压压的一片。

“金大夫，病人血压还是直线下降，出血远远大过输血！”护士冲过来报告。

“再打开一条血管通道，双通道输血，再组织人员紧急输血，保证血浆充足。”

“大夫同志，血浆供应没有问题，我已动员全局O型血职工向医院紧急集合采血，求求你们，一定要将病人救活——”边冲进来边说话的是林业局顾局长，他有力的大手紧紧攥着大夫的手，不再撒开。

“金大夫，再不切除子宫，恐怕，这样……太冒险了！”又有位大夫跑过来向金大夫汇报。

窗外，是密集如战鼓的脚步声，林业局各单位的职工黑压压地聚在医院的楼外，有撸起袖子排队献血的O型血的职工，还有更多的职工手里举着现金来贡献自己的力量……

“大夫，想想办法，看能不能大人孩子都保住了，我们队长是世界上最好的队长，她是好人，她是好人啊，求您了大夫，救救她们母子……”人群中为首的郝艳、尹招弟两人滑落在大夫的脚下，深深地跪下去。随后，后面的队员一片片地跪下去，接着后面的人群一片片地跪下去，跪了满满一走廊……

楼里的地板仍在震颤，窗外大批的林业职工如整建制的部队源源不断地汇聚而来，透过楼墙，透过楼的窗户，他们渴望殷切的眼眶都聚焦在金大夫的身上……

金大夫从医半生，从未遇到过这样的阵仗，她的眼眶莫名地湿润了，即使有钢铁之心也被柔软的泪水泡化了。她怔怔地呆了几秒,随后大声下令给手术室:“止血输血,严密观察,启动保守疗法!”

“金大夫,病人——”

“不要说了!”金大夫打断护士的话,“搏一次,有责任我全权负责。密切观察,运用保守疗法,双通道血管供血,采取保子宫措施,我去给病人手术。”金大夫毕业于北京医科大学,是对口支援内蒙古的高级专家,是这家医院绝对的权威。但说实话,这样的救治,她心里根本没有底,但有一种力量支撑着她,心里必须要有底!

那一刻,金大夫被眼前的景象惊住了——

她看到的是一双双期盼的眼睛……

她看到的是林业职工们的一片赤诚之意……

她看到了一种能够忽略生死、不计报酬、踏平任何艰难险阻的力量……

她看到的是林业巾帼们饱经风霜的脸、撼天动地的真诚和一往无前的心……

她无法也不能辜负这些大岭英雄、这些最可爱的人!

她要挽救的不是两条生命,她要挽救的是世间的善良和民意,唯有起死回生方能安抚人心!

尾　声

1998年，刘思文和白云飞的女儿白桦已经五周岁了，在克一河林业幼儿园上学。白云飞和刘思文还是那样的忙，顶着星星走，顶着星星回，送孩子上幼儿园就成了难事，接孩子回家更是难事，于是周山老爷子的一大家人从老到少齐上阵，而晚归回家的刘思文夫妇每天就都在上演寻子大戏。

电话里永远在问："喂，玉梅，苗苗是你接走了吗？"

"喂，建国，苗苗是你接走了吗？"

"喂，建萍，苗苗是你接走了吗？噢，不是啊，我再问问楠楠。"

"……"

周而复始，乐此不疲的每一天。

也是在这一年，长江流域和松花江流域遭遇了两次特大洪灾，特大洪灾给我们国家的启示是：生态保护刻不容缓！

2000年，白桦七周岁了，在克一河林业一小上二年级。那一年国家正式启动"天保工程"。

2015年，内蒙古大兴安岭林区全面停止商业性林木采伐。这一年，白桦二十二周岁，是北京林业大学大四的学生。白桦自幼有自己的追求和理想，毕业后，她要回到生她养她的故乡克一河。她的根在那里，她立志回归乡梓，扎根林海，造福一方……

如今,一直向东蜿蜒,最终汇入嫩江的克一河两岸长满优质的树种,青松,白桦,杨树,垂柳……

参天, 巍然, 高大, 苍劲——

蓊郁, 挺立, 繁茂, 葱茏——

碧绿的森林之海,潜伏着多少生机与生灵！成群的鸟滑过森林之海,掀起绿色的风。绿色,天使的颜色,幸福的颜色,高贵的颜色,生命的颜色！生命,从这绿色开始,从这绿色点燃,从这绿色放飞！

远处,一轮红日喷薄而出,横亘在绿色群山之间的十个金色大字——“绿水青山就是金山银山”,在阳光的照耀下熠熠生辉……